葡萄园畅谈录

张炜 著

中国友谊出版公司

图书在版编目（CIP）数据

葡萄园畅谈录 / 张炜著. -- 北京 ：中国友谊出版公司，2019.3

ISBN 978-7-5057-4618-3

Ⅰ. ①葡… Ⅱ. ①张… Ⅲ. ①散文集－中国－当代 Ⅳ. ①I267

中国版本图书馆CIP数据核字(2019)第038811号

书名 葡萄园畅谈录

作者 张 炜

出版 中国友谊出版公司

发行 中国友谊出版公司

经销 新华书店

印刷 天津嘉恒印务有限公司

规格 880×1230毫米 32开

11.5印张 270千字

版次 2019年7月第1版

印次 2019年7月第1次印刷

书号 ISBN 978-7-5057-4618-3

定价 48.00元

地址 北京市朝阳区西坝河南里17号楼

邮编 100028

电话 （010）64678009

如发现印装质量问题，可联系调换

电话 （010）59799930-601

目录

下篇

序

这是一部文学讲稿，在几年的时间里完成。今天看它显得浅近和简陋，但作为一段时间的记录和痕迹，仍然觉得有理由保留下来。

……

无论以怎样的方式、因为什么缘故，当一个人得以亲近一片土地的时候，心里必会充满感激。

在没有预料的情况下，我就开始了长期旅居胶东半岛的生活。时间流逝得飞快，转眼已近八年。

八年时间对于一个人当然非常重要。我在这期间跨越了一道线，即中年与青年的分界。

这期间我到过许多省份、许多城市，但主要还是住在半岛上。离开省城后，我没有像很多人所理解的那样生活，也没有像很多人所希望的那样生活。我只遵从心灵的召唤，走向自己的内心。在苍茫野地、山区、滨海林场，我努力寻找了过去、今天和将来。

痛苦和欣悦掺进了生活的每一章。我在这里接受，也在这里拒绝。有时不停地奔走，有时又长久地滞留。我出现了，我消逝了，我接近了，我退远了。在巨浪翻涌的冬夜海岸，在火夏的城郊树林，常常只有我一个人……

这片“文化和艺术”的偏僻之地让人宁静。

离开别人强加的一份生活，让自己像一棵树，在此地自然生长。冬天披霜挂雪，夏天淋雨沾露。远望城郭，渺渺无踪，大地如此开阔……

有多少个夜晚，挚友们一起在林中、在田野和斗室、在海边，畅谈倾诉。这是沉浸和回忆、向往和拒绝、希望和企盼。这声音被我们播撒在葡萄园中。

不记得在哪里见过这么大、这么繁茂的一片葡萄园。它无边无垠，郁郁葱葱。漫漫的半岛旅途中，我常常在焦渴疲惫中抬头一望，就看到了生机一片的葡萄树。

它安慰了我、帮助了我。

我幻想着在葡萄园中定居，继续自己对生命和土地的呓语。

1995.8.25

上篇

第一章
精神的丝缕和火种

陌生感和千篇一律；安定与排遣。人的抱负和奢望。

这里是一片沉默，也是一片喧嚣。就看怎样感知它、发现它和接受它。从地图上看这里只是一个犄角，它伸进海里，成为又可怜又精巧的大陆边缘。与之呼应的是海中那几粒岛屿。这儿在古代称为“登州海角”。

很久以前，当老铁海峡还没有发生陆沉的远古，这里与辽东半岛连为一体。

如果不从现代的角度去看，这里可算偏远的“东夷”。文化的寂寞，边地的寂寞。两千年前的孔子传礼也没来这里，他认为这里的人原本懂礼。可能那也是一种“夷人之礼”吧。

对这里的人文地理本应极为熟悉。可一切触目皆生。像来到了一块生僻之地。偶尔能看到十多年前的痕迹，但只是一闪，另一种感觉就将其覆盖了。

四周响起的声音也是如此。它显得久远、深入，不由得让人疑惑：这是从哪个世界飞来的声息？自己的声音与之同源同根吗？是，又不是。从哪里来？从这里和远方？是归来还是离去？是旧友还是新朋？是主人还是客人？

隐隐希望看到真正独特的东西。这显出了自己的天真和浪漫。其实到处一样，更多的是千篇一律。现代风习的感染力同化力比过去的时代大了十倍百倍。处处都给翻造了，改变了，此地与彼地必须一样。房屋是这样，街巷甚至植物、人，都是这样。这才让人吃惊。

最好能拨开表面的浮障，探寻到不同的、个性强烈的内核。这应该是久居此地的目的之一。

烦恼和愉悦、欣喜，被种种情绪纠缠也是必然。偏远之地给人安定，也给人一些焦躁。关键是能够排遣，能够与这片土地在心灵深处沟通和对话。平静的、温暖和从容的心情一点点泛上来，从此也就住得下了。

没有什么隆巨的事业。谁也没有那么大的抱负，起码是外在的抱负、世俗物利的抱负。只是寻个安静的读书地场。这个地场对人的磁性大，正在把人吸附，如此而已。人如果能够借此休整和修正，培养起好的心情，生成明亮的眼光，就该非常感激了。人对其他并无奢望。

害怕被打扰，也不想打扰别人……

1987.11.22

无边无际的葡萄园；另一种危险。可怕的反差；虚假的繁荣和真正的贫困。

这里最引以自豪的，是无边无际的葡萄园。而且在海滨，离另一片无边无际（大海）只有四五百米甚至一二百米。这种壮观和美丽足以震慑一些人了。

这种美的生成自有原因。当然有经济因素，也有其他。这里的土质适合种植葡萄，糖度高，色香味俱佳。这就不仅是人为，而且包括了神秘的命数。

十几年前这里主要是林场和园艺场，丛林比现在密，但葡萄园和现在差不多。

一些建设工地从南到北、又从北到南地铺展，这大概要毁掉一些葡萄园。还有煤矿的开采。有些所谓开发区围了大墙，墙内空空如也，无端地毁掉作物，不能不说是一种罪孽。这是和平年代里的一种摧毁，是特别的危险。

战争年代不能贯彻法度，又难以遵循理性，所以当时这片海滨毁灭了许多美好的东西。现在则不同，现在应该是得以休养生息的时期，是建设时代，应该从容规划，着眼全局。如果不能，就是野蛮的肆虐。

模仿的可怕后果比预料的还要大。舞厅、馆舍，还有各种消费场所，都从开放的窗口模仿而来，迎合了浅薄无知和贪婪的心性。一方面制造了虚假的繁荣，另一方面到田野上看看，陋巷，穷人，泥泞的乡下小路，拥挤可怕的集市，街道，贫寒无靠的山民……真正的贫困。这种反差的存在，是一个地区最无耻的表现。

对待这种耻辱，人要有义愤、有表示，心中有愧。面对这样的时代，每个人都像迎接一场考试，对意志、品格……一个人在今天也许不能成功，但不应失败。

丑恶的势力、丑恶的人性，在一种风气中会蔓延和复活。要抵抗先要战胜疲惫，有忘我精神。这将是艰难的人生……

1987.11.23

没有真正的隐者。现代生活及一块土地对隐者的腐蚀。

有人要学做隐者，其实没有那样的隐者。当然有些名号也是强加的。那些挂出牌子的“隐者”往往都是策略之人。

有名的“隐者”也就不“隐”了。记得鲁迅先生在谈隐者时，曾有过精彩的剖析。

在一个地方久居，就得忍受。

几年前拜访过一个隐者。他居于偏僻之地，但焦躁明显可见。他不能忍受遗忘，对世俗的喧声格外敏感。

现在与过去不同，传播信息发达得不可思议，这既刺激了隐者，又发掘了隐者。现代生活不断制造隐者又不断毁掉隐者。制造，是它的荒谬、紊乱的生活节奏对人的逼迫，不断逼迫的结果就是终于使人奋起决绝。他们一旦告别了，总是愤怒而坚决。可是他们接下去又会发现，他们已经离不开现代生活了。物利得失尚可忍受，其他呢？误解甚至是侮辱、各种令人难堪的遭际，也能忍受吗？

真正的隐者必须心冷如冰，放弃了“文明人”的“体面”才可以去做。

隐者追求的是自尊，可是现代生活除了破坏这自尊，还有无时不在的腐蚀。

任何土地既有培植力又有腐蚀力。它往往通过腐蚀得来养料，再去培植所需要的一切。

土地的强大拗性可以对人的个性视而不见，无时不在并无孔不入地牵引、诱惑和教导一个人，使他在不知不觉中改变和就范。他被消融了，同化了；当他发现这一点时，就开始挣扎和呼号。

这一叫，一个隐者的形象又破坏了。

这个地方自旧社会就是一个商业发达之地，人很精明。隐于此地可太难了，他必须先变为一个商人，然后才能隐下。如果要抵抗，要叫喊，隐是隐不住的。

这个时代，可见宁做个战士也不要做个隐士。

隐而不成的无聊和悲凉，不是一般人所能想象的。

现代社会里，唯利是图的人多了，好奇的人也多了。过去发现一个隐者，如果他居于特别偏僻的山地边陲，那么要传达出隐者的消息会很困难。他骑上最快的马跑上一生，又能传播多少？现在则不同，不要说卫星电视、报刊传真之类，单是电话，揭露一个隐者也很容易，“喂，这里有个‘隐者’，快来看看吧！”

自然地、旁若无人地生活，真是太难了，有时却是一种必须。

1987.11.26

时代的上访者；基层与环境。今天与明天的生存。

与过去的上访者不同，他们现在是因为自然环境被破坏而愤怒。过去只有知识分子关心环境之类，今天是农民。他们在为自己的生存而抗争。环境的灾变不到一个严酷的时刻，农民就不会站出来。他们是时代的上访者，崭新的上访者——这是悲剧还是喜剧？

整整一个村庄失去了活鲜清澈的水源，这是对一个地区发出的最可怕的警醒。可惜极少有谁真正重视。

一个时代有一个时代的主题，一个地方有一个地方的主题。地方的主题是小主题，如果它不与时代的大主题结合的话，就没有前途。这个时代的大主题应是“人类与环境”。人类的发展、生存，都依赖于怎样对待环境、产生一个什么样的环境。有些问题已经不能再等待。因为未来的环境，不久以后或很久以后的结局，都要依赖于现在的认识和动作。自然环境的现状是积累的过程，有时这种积累是相当缓慢的，所以说在灾变发生之前的许多年，就应该有所对应，有牢固的防范措施。

现在的基层人不择手段地搞钱，几乎完全没有地球生态的概念。他们认为自己人微言轻，不是管那种事情的人。可是生产部门大多在基层、准确点讲环境问题也主要是从基层产生的，不抓基层，不改变基层的认识，还奢谈什么地球的未来？到了顾及农民上访才考虑一下环境问题，毕竟太晚了一点，也愚昧了一点。

现在的某些人，与之谈环境，他们只是敷衍，认为那是书生意气，是当代的“奢侈”、知识分子的毛病。他们不知道这是一个今天的人能不能活得好、而明天的人能不能活的大问题。他们没有迫切感。说白一点，这才是“要命的话题”。

因为破坏环境而受到严厉惩罚的负责人很少，甚至在一个广大地区内没有一个。

有的大城市已经到了难以居住的地步，烟尘、噪声，大得让人吃惊，连最泼辣的外地农民、打工者、耐受性最高的重体力劳动者，进城后也大咳不息，嚷着要快走。这里出现了如此恶果，责任者是谁？他们又受到了什么惩罚？

他们是不受责备不受追究的，因为他们损害的是平民。

不仅不受责备，而且在一个城市里，几乎所有高一些级别的领导人都迁到了靠近郊区的无污染地段，住到了最好的楼房里，那里有警卫，有草地雪松之类。

这种不加掩饰的丑恶堆积如山，已经司空见惯，这片土地还有什么希望？

1987.11.28

劳动者的被掠夺。艺术的自尊与自在。高雅艺术与劳动者的力量。

在工人和农民中间，在县市乡村，阅读高雅文学作品的人越来越少。他们都在忙“更重要的事情”，为挣钱糊口而奔波。有人不仅是不读这一类书，其他书也不读；有的机关人员甚至在一两年时间里没有读过一本书。

他们在冷落艺术吗？不少人责怪艺术家：不更多地写写大众所关心的现实生活，所以这种冷落也是必然。这种说法似乎略有道理。

但我们看到的却是一种相反的情形。我们觉得他们在享用高雅艺术的权利方面，被粗暴地掠夺了。劳动者现在已经疲于奔命，没有了时间和精力，更没有机会。除此而外，劳动者还受到了其他伤害，比如金钱与性、粗俗的文化制成品，等等。

由于这种掠夺的隐蔽性，所以让人视而不见，只更多地去谴责艺术和艺术家。

其实艺术有自己的自尊与自在性。它有时是既不愿意也不能够迁就的。它为人类服务、为劳动者服务的最好途径，只能是使自己变得更好。

从根本上说，高雅艺术是属于劳动者的，因为艺术家本身也是劳动者，他们的创造物深深浸透着劳动的精神，是同一种灵魂。

如果揭示出这个奥秘，那么人们就会更多地把注意力转向掠夺本身，而不会过分地去责备艺术和艺术家。

要研究劳动者被掠夺的全过程，被掠夺的方式和被掠夺的严重性。

有人说贫困是失去接受教育的机会、进而又失去享受高雅艺术的机会；这当然不错。可是需要指出的是，使其贫困，正是掠夺的一个主要方式。其次还有其他，比如精神的伤害、破坏其对高雅艺术的注意力等等。

劳动者一旦享有高雅艺术、有了高层文化的滋养与引导，就会变得力大无穷。

而丑恶的势力最惧怕的，就是劳动者的力量。丑恶势力要愚弄一拨能够阅读屈原和托尔斯泰的农民或工人，那大概是难而又难的。

在劳动者中间播撒艺术之籽，实在是功德无量的事业。

1987.12.2

不妨“好为人师”。从一点一滴做起；精神的丝缕和火种。

现在的聪明人在某些事情上是会格外犹豫的，比如走进讲习班，比如面对学生。这令人深思。

在偏远而喧嚣的古海角上，现在更多的是挚友而非学生……但是在今天，在这样的时刻，一个人也不妨“好为人师”。关键是否具备老师的资质、境界，还有传授什么内容。

伐树取材者比比皆是，可是谁来植树？

且做个植树者，不停地培土和施肥。不必贪图回报。有一天回头遥视，会感到安慰的。为了那一天和那个结果，现在就要快做。

这是微小而细致的工作。但一株树可以结籽数千。这是个私念，它将慰问劳作的心情。

那种高扬手臂、声音远达的呼喊是必须的，也值得尊敬；可是从一点一滴做起的人，在近处小声叮嘱的人，也仍然需要。就像鲁迅先生所说，人也只能做人的事情。先生还提到了“精神的丝缕”这个概念、“火种”的概念。

决定了，然后是选择和设计。不必求多贪巨，永远也不要舍弃“微细”；要“浸润”和“导引”。

在长久的过程中，“为师”的反而被感动、被点染、被深启。他会由此获得力量，从“土地的派出者”身上获得力量。

1987.12.3

对人和作品的遥视；距离感。人需要时间的帮助。微小与伟大的颠倒。

除了少数人之外，大多数人是极为重视当前舆论的，它可以因此而严重地改变自己的真实印象。人需要一种与别人大致统一的意见和观念的支持，这与人追求安全、喜欢群居的心理相类似。

其实“统一”的看法是不存在的。“统一”是妥协的结果，是互相迁就、盲目跟进的结果。对有些艺术家和艺术品所形成的“统一”看法、传递的感觉，有时正大可怀疑。

因为艺术是极具个性甚至是难以言传和表述的，所以更需要一份特殊的敏悟。对艺术的理解，有时的确需要先天的才分。它需要爱和知，但爱却不等于知，爱只会增加知。

对当代艺术需要有一个遥视的习惯。这非常重要。这是解决和打破局限的唯一可能。遥视可以使人放松，使人达观和平静。时下的喧闹从耳畔退远，人也公正多了。人变成了自己，判断力才是自己的。有了设想的距离，与没有这种设想的距离，其结果是大为不同的。

可以想象十年或五十年之后、一百年之后，有些嗡鸣和热闹可能都化为屑末。因为它没有坚硬的内核支撑。相反，有些寂寞无声的角落，却极有可能在未来的重新发现中熠熠闪光。因为这个角落仍有热量不能消失，有什么在一直燃烧……

人无论多么睿智，都需要时间的帮助。人无论多么愚钝，在时间之河的冲刷下，也会变得犀利聪明。

因为要不断接受世俗之见的蒙骗和诱惑，真确的思路时而覆盖，常常把微小和伟大的事物搞颠倒。这种巨大的、不被后人所原谅的错误，实际并不罕见。

用这种观点和方法对待自己，一切也就释然。应该更加相信劳动，劳动的过程才是美的、有意义的。一切自我膨胀都是可悲的、不必要的。

真诚无欺地对待劳动，这样做很难。因为这样做不仅需要毅力和品质，而且还会遭遇那些惧怕劳动和厌恶劳动的人，受到鄙视和谩骂。

人应该虔诚地对待劳动。谩骂者总是孱弱的、难以为继的、经不住时间检验的生命。

1987.12.6

前后一贯的分析能力。真诚和坚守；不为时尚所动的精神和力量。

我们常常看到令人惋惜的现象，这种现象即便在智慧人物身上也时有发生。从比较长的一个时段看，他对事物的判断相互矛盾，有时甚至破绽百出。有时是尖锐的、有力的、有内容的和明晰的；而有时又陷于混乱、迁就、变幻不定……他缺乏前后一贯的分析能力。

思想界的混乱和误解，有时正由于这些现象的交织而形成。人们缺少可以较长时间依赖和信任的思想者，缺少对比和鉴定的援引、某种标尺。

不能保持前后一贯的分析力，是一个人的素质所决定的。他的血液里缺少那种因子。于是他继承着一种传统，又常常丢弃另一种传统，不得不在时间和空间中闪烁摇摆。

一个人长期真诚坚守，就会深入追溯和探究。他可以走向很远，但不会突兀地转向。一切变化都有可信的脉络可循。他只沉迷于自己的世界，这个世界完整而博大，并且与其他世界相衔接。

平时对严肃的学术和艺术的干涉打扰太多，身陷其中的学人不得不前后顾盼。但这种顾盼应是坚定自己的根据，而不应慌张游移。专注于原来的思路，推动这条思路，是抵抗干涉和打扰的最有效的方法。

漫长的学术和艺术生涯，应该锻造出一种有硬度的性格，逐渐获得一种不为时尚所动的力量。

缺少和丧失了前后一贯的分析能力，就不能推进科学的思路，就会中断和丢弃至为重要的研讨。最后的结果是即将建立的宫阙破碎坍塌，留下一片瓦砾。

1987.12.7

野蛮以及野蛮的伪装；最危险的误解。文化建设和经济建设的一致性。

现在最令人害怕的是一个地方的所谓“开拓型”人物。他们让人看不到开辟的作为和能力，也没有拓展出任何新的领域。在特殊时刻，“开拓”成了蛮干无知的同义语，没有法度、没有禁忌，也没有操守，更谈不上信仰。这样的“开拓者”兴盛之时，就是大地一片狼藉之日。

真正的“开拓型”人物，应该有丰富的精神生活，有内向性，有现代思路。他可以是相当拘谨的人。不懂得拘谨，不懂得畏惧，放肆起来就不可收拾。这些人顶多是一些所向披靡的破坏者、孟浪汉和冒失鬼，而不会是卓有成效的建设者。

现在也有人喜欢一些野蛮的人。使用这种可怕的力量即便是权宜之计、即便仅仅是借用，也会带来巨大的、难以消失的灾难。他们留下的臭迹将难以消除。

流氓无产者一旦稍稍伪装，比如伪装成“开拓型人士”，就会得到相当广泛的喝彩声。野蛮的东西可以打扮、变种，骨子里是不会变的。让最原始最低级的一类去操作现代化，这是最荒唐不过的了。

在野蛮的力量盛行之地，素养较好、卓有才具的知识智者也许真的难有作为。但从长远看，还是他们能够贯彻理性。

有人对这一点长期存有误解：把责任交给一些“开拓型”的人物，事业才有发展的希望。这是人类最危险的误解。这种误解会把一个地方引入毁灭。

战争年代一度利用过流氓无产者。但简单的打斗拼抵、冲锋，与胸怀全局的运智是不一样的。破坏推倒摧毁，与建设完善确立，原本就不一样。其实在任何时期，流氓无产者对事业都弊大于利，得不偿失。

现在有一部分人搞起“现代化”来，简直是疯狂。别人引进一个项目，他可以引进十个；别人围千亩良田搞“开发区”，他一口气可以围上几十万亩。不计后果，不思民意，不管得失，完全以推波助澜为快意。

一个时期的经济建设出现这种倾向，文化建设也必然如此。文化建设与经济建设总是呈现出某种一致性和同步性。学术界、艺术界的冒进人物、自大狂、二流子、冒险家，简直像蘑菇一样破土而出，他们拥至前台，招摇过市。喝彩者很快出现，喝彩也是一种时尚。

现在缺少的是批判，无情而尖锐的批判。这种“恶声”有利于民族，有利于明天。一个个唯唯诺诺，跟从尚且不及，生活就要一塌糊涂。

凶猛和自大、傲慢的一类，必然没有根柢。一个人文化视野狭窄，就不知天高地厚，当然没有什么顾忌。本来就有横冲直撞的传统，而且有绵绵不绝的继承者。

善良的人应该警惕，应该有声音。

一叶知秋。不能忽视局部倾向。况且这也远远不是局部了……

1987.12.8

谨记的责任和无奈的心情。不停息的劳作的意义；积极和积累。

有人往往对他人的期望值太高，这实在促人三思。比如远离闹市的生活，不过是有了沉入基层的可能性。一个人的力量微小，但和基层融为一体，就得到了延展。起码可以记录、了解、思索和传递认识。

有人说这样还远远不够。但人也只能做人的事业。一个人在自己的时代没有荒废，这已经是难能可贵了。

从未像现在一样，感到有这么多的事情需要赶快去做。但愈是如此，愈要好好判断。我们责任重大，但能力微小。我们怀着不能遗忘的责任，同时也怀着悲凉的心情……

在这样焦躁急切的状态下，更应该鼓励劳动的精神，让越来越多的人明白，不停息的劳作具有真正的意义。往往是呼喊的声音大，只不愿伸手去做；有些事情虽然繁琐，但却非常有意义。人人都渴望某种突破、突变的痛快，却不愿投入促成这种突变的积累。积累是缓慢的，但通过积累完成的变化才更可靠、更真实也更稳固。

激烈的呼喊、急剧的要求，是一种积极；但这不是唯一的积极。真正的、坚持下来的积极，还是劳动和积累。劳动绝不是消极。

急躁而激烈的要求者，有时只是要求别人，而并非严格地督促自己去做。这种急躁的声音是有害的。他们认为寄一个很高的期望于别人，总是不受谴责、总是不会错的。但让一个勤劳的人负重再负重、辛劳再辛劳，恐怕也是别有用心。

一个人先要守住自己，不苟且、不跟随、不嬉戏，然后才是其他。每个人如果都有这样的操守，那么社会就会变得好多了。“你还应该更加勇敢啊！你应该去管啊！你早应该站出来了！大家都盼着你代表他们说话啊！去回击和揭露啊！……”类似的声音真的需要警惕。

这种推向别人的、辉煌的期望，总是害人的。他们不太问自己做了什么。他们的理由是别人更有力、更合适、更有资格甚至更有才华。好像历史总把牺牲选择了别人，他们仅是牺牲的看客，而且留下了评说和鉴定的自由，非常光荣地预见过、投入过，自己将来俨然是更大的、存活下来的英雄了。

善良的人要关心劳动者，并且自己也要勤劳。

1987.12.11

验证美的本源。心绪和观察。激动和安静的交替出现。

那些难忘的体验和感觉将会记住。不是一般的激动，还有战栗、冲动、感激、羞涩、跃跃欲试……一些复杂的混合的情绪和心情。这就是面对它们的时刻。

什么构成了“它们”？是大自然？比如一条大河、大山旁的落日、茫茫海涛、丛林浓绿？具体的动物、人？“它们”是美的、可感的、打动人心的，所以才让人长久不忘。

多数人体验过，仅此而已。但作为一个渴望走进艺术之中的人，这还远远不够。他或许要重新去面对“它们”。他应该更细微更谨慎地接近、观察、回味和咀嚼，徘徊流连。要走近、退远，在不同的心绪下与之神交、触动。

是“它们”的美打动了我们。那么“它们”就是美的本源。美的本源需要验证。如果“它们”是大河入海口的黄昏，那让我们再一次去观察和感觉。橘红色的太阳、晚霞慢慢变得色彩浓烈起来，连接河口的大海在微风中加大了浪花，如火焰轻轻燎动。宽阔的河湾却愈加平静，芦苇、荻蒲，都安然挺立，纹丝不动。如一面圆镜似的河湾，橘红之中又掺了银亮。偶尔有跳鱼在响，苇莺躲藏。在河对岸齐整肃穆的黑松，一排排站直了，呈现出铁蓝色。松树上空云气稀薄，颜色也在一丝一丝改变。整个河湾有一种亲切感人的气氛，好像触动了童年的某一幕或者其他旧有的印象，它正与某一天的欣悦交叠？

河湾美的构成，是潜在与明朗的全部事物，是一次综合。它有无限的层次，有推动和支撑这美的无限生命在运动。我们在不同的心绪下接近和观察，所接受和感知的侧面都有所不同。这样的重复、交叠、咀嚼，也就有了验证和分析，有了更多的领略，美的印痕于是深烙心扉。

这期间激动和宁静的心情是交替出现的。这有点像生命的呼吸，像大海的潮汐。这种律动也是一种美。美的本源既是“它们”，也是观察和面对“它们”的这个生命本身。他的灵魂、心情，会焕发出美的感受，在此，他不过是刚刚得到了一次验证而已。

1987.12.12

艺术家只向一小部分人讲话。因“小”而“大”的世界。

在艺术的追求和表达、艺术家的责任心、品格和情怀这一切方面，常常存在各种混淆的矛盾的理解。其实要弄清也并非不可能。

在艺术史上，人们渐渐发现，那些对自己的读者（或观众）要求特别高、选择上特别苛刻的人，往往才是极为重要的艺术家。同时也发现，这样的艺术家，又是人民性（或叫成“责任心”）特别强的。这就似乎产生了不可理解的矛盾。

一般而言，一个艺术家既然要用自己的艺术去打动更多的人，较深地介入社会生活，那么就必须与大多数人对话，读者和听众越多越好——这样理解可能是不成问题的。

但是，一个艺术家的对话者——内心的对话者，有可能很多很多吗？那样，他就必须迁就很多的眼睛与耳朵，就必须用无数的口吻和角度去阐发自己。可以想象，这最终会是一场多么令人疲惫的、无数次妥协的过程。至此，艺术家将变得没有风格和个性，变得非常紊乱。他试图表达更广泛的道理，更复杂的意绪，但由于每一次表达都太狭窄太短促，结果也就会适得其反；他的整个世界即由这些组成，所以这个世界会呈现复杂中的简单、宽泛中的逼仄，既不可能深邃，也不可能辽阔。

事实上，在一个真正的艺术家那里，无论他讨论的问题有多么重大，也永远只是向着一小部分人讲话。这一小部分人是装在心中的，与之交流、倾诉。他直视他们的眼睛，交换神色，心心相印。

这种专注是能够带来一种纯粹的；而艺术的纯粹性才能使其变得多解、博大，变成诠释不尽的极为丰富的一个大世界。

由于艺术家选择的对话者是极重要极少的一部分，所以他在对话的过程中也不断地提升了自己的艺术品质，即变得更大和更高。而后又会对对话者产生更苛刻的要求，即有了再一次的品质提升……如此下去，就进入了良性循环。

这样的艺术和艺术家，其听众和读者将是非常之多的。因为纯粹的艺术较之芜杂浅近的艺术，更为具备欣赏的普遍性和长久性。这一代和后一代，都能够从中获得共鸣。从累计的人次上看，这种艺术的对话者也将是最多的。

内心的对话者愈少，展现的艺术世界就愈大。

1987.12.15

不断保持诚实的爱情。无欺的精神生活。感激和怀念的状态。

无论是就一个人生理的健康还是心理的健康而言，这种要求都是至为重要的：不断保持诚实的爱情。这当然包括对异性，但包括得还应该更多。爱得真实、厚重和诚恳，爱的质量就提高了。爱之中不能有牵强和应付，不能有策略和权宜之计，尤其不能掺上其他芜杂，比如名利之类。

诚实的爱情可以是青春的，也可以是成熟的。但它都有利于人。不被爱情方面的亏欠折磨，人性和生命就得到了滋养。无论被爱者怎样，爱者自身是诚实的，爱者即是美好的。这美好会常常帮助他（她），让他（她）越过生活的坎坷。

如果这个人是一个艺术家，那么诚实的爱情将会有力地支援他（她）。它是善与美的境界滋生的基础；它本身就是善与美。他（她）从爱的、留恋和依恋的、倾慕的眼光看去，这世界都在一种动人的韵律中鸣奏。从此他（她）的喜乐多了，嫉愤少了，如果有什么将这个世界破坏，他（她）的勇敢也将增加，卫护也将有力。他（她）歌唱的愿望增长了饱满了，歌声愈加打动人心。

由于严酷的现实、世俗的逼迫，一个诗人精神上极易陷于痛苦。可是这一切都不应使其变质。不仅是诗人，任何一个好人，都应该有一份无欺的精神生活。磊落和诚恳朴素、率直和认真、坚守的意愿，什么时候都不能放弃。在爱和被爱之中，没有世俗利欲的位置。

美好的东西一旦在内心生成，就需要保护和维护。这个过程是不断坚持、勤勤恳恳和小心翼翼的过程。不间断地、不诲倦地保持它，人心才有安宁和踏实感，才有幸福的享用。

在现实生活中，人常常不得不进入各种状态。人会有被逼迫被欺凌的时刻，有尴尬的时刻，有难堪之时；但是人也有感激和留恋、怀念的时刻。后者的存在是最可宝贵、最为有益的；人在这样的状态中，是灵魂最健康、最洁净、最美好的时刻。

不断地追忆友谊，并维护自己的友谊；不断地感念来自他人、周围的一切帮助、支援、爱、关怀，并能够在沉浸中确认这感念，是多么幸运。怀念往昔的岁月、亲人、植物、一个个生动有趣的场景，等于让流逝的生命之水再次冲洗自己。生命的刻度加深了、丰富了，时光也更具有弹性。

勇敢的人、安怡的人、宠辱不惊的人，都是经常处于感激和怀念的人。

1987.12.16

确认操作者更重要；好的用心和设计如何实现；陌生而又真实的痛苦。

常常可以见到动员起来的忙碌和奔波。这近似于一场运动，有发起，有动员，有计划，有大规模的宣传。大街上的标语挂牌又出现了，不过内容与十几年前不同。现在是呼吁致富，是“现代化”。方向不容怀疑，要求直接明了。

在一个地方和一段时间，为实现一个目标需要有具体的“操作者”。我们确认操作者才是更重要的。我们有时会发现一些完全不具备现代思维的人、使用完全原始的方式操作所谓的“现代化”的人。他们的文化素养差到令人吃惊的地步，却俨然一个指挥者和指引者。

无论多么好的用心和设计，要化为现实都需要条件。它必须通过具体的人、具体的步骤去落实。如果一个操作者对自己的目标一无所知，或干脆就是这一目标的直接抵触和障碍，要实现这样的目标就完全没有可能。

名义可以不变，“目标”可以照旧，但操作出来的可以是完全相反的东西。追求幸福，却迎来了灾难。

所有藐视真理和科学的人，都是幸福的阻碍者。这样的人胆大妄为，直取利益，所向披靡。他们可以用自己的拙劣方式、粗俗的要求去改变一切，而且看上去“顺理成章”。他们能够在一定范围内维持自己的秩序，建立自己的规范。

只要操作者没有改变，无论怎样的设计，对于大多数劳动者而言，结果都差不多。

但是，较之十几年前，由于目标的改变、设计的改变，有些痛苦看上去就有些陌生和费解。这是崭新的痛苦，比如环境污染之类；但这痛苦又很真实。还有大面积的腐败，这在过去，在一代人的记忆中，好像也很生疏……但它送来的痛苦也是真实无误的。

并非所有的改革、所有从事改革的人都是积极的。鲁迅先生说过，如果缺乏理性和科学，如果这种变革不能从改变人的素质方面着手，不能触动风俗和民心的“大层”，那么很可能非但没有进步，反而发生严重的倒退，即先生所说：“改革一两，反动十斤。”

1987.12.17

文化的薄弱，地方的失尊。一场旷日持久的跋涉还没有开始。

尽管有人一再发出了叮嘱，结果仍然无动于衷。因为一个地方没有这种认识和觉悟，叮嘱很快就会消失，并且一开始也不被理会。

文化成果既没有被保护，也没有被积累。文化和知识不仅得不到推崇，而且还不同程度地受到嘲弄。精神和物质的极度贫困、可怕的诱导的结果，使为数极多的当地人只趋向权力和金钱，遵从一种可怕的实用主义、犬儒主义。

结果，稍稍长久的打算、一些远程设计、开阔一点的眼界，都被视为可笑和不正常。微小的追逐、精明的盘算，反被尊为当地智者的行为。长此下去，风气败坏，人心涣散，人变得唯利是图。这就根本谈不上什么原则，人与人的关系只是利益的互置。

一方面是诡计多端，另一方面又表现出可怕的无知愚昧。小当不上，大当常上，糊糊涂涂中可以损失无法计算的珍贵。他们心中早已丧失了最基本的原则，所以也就谈不上正常的维护。

人类最美好的思想成果和艺术成果，在这里几乎没人知晓。展读严肃书籍的人微乎其微，对相术气功大师的迷恋却几近疯狂。因为视野的狭窄和不负责任，在侵犯面前表现了难以置信的无能。忍受、苟且、模仿、仰人鼻息，这些频频发生，已成平常。一个地方因为文化的薄弱而造成的失尊，达到了令人吃惊的地步。

改变这一切从哪里开始？要回答也简单得很：从提高人的基

本素质入手，开展教育，不厌其烦，不厌其细，从头开始……回答容易，做起来却非常之难。我们会发现这是一场旷日持久的跋涉，而且尚未开始；它将耗掉我们无数的时间。

也正因为如此，人们才懒得去做。在短时间内收效甚微的工作，往往都是伟大的工作，却往往都是当代人必要舍弃的工作。可怕的是这种舍弃必会招致报复，规律和科学的报复。一个地方的平衡被打破，生存的基础发生倾斜，挽救起来将非常困难。

为数众多的一个群体失去了准则，失去了标尺，不懂得尊重什么、鄙视什么，把鄙俗之物捧为灵器，把令人生厌的家伙抬上高位，就必得一起在黑暗龌龊中摸爬挣扎，结局当然可想而知。

1987.12.19

技术性事物强烈地吸引着一般化的艺术家。特殊生命的突破能力。

各种频繁的技术性试验，以及类似的一些追求，现在是一个个热点，但只限定在艺术界。有人甚至头脑昏昏地指出乙地比甲地在艺术形式上、作品的技术上差距有多少年。这些荒唐之至的说法，也堂而皇之地出现在权威杂志上。看来他们把产业技术革命的那一套也搬到了艺术上。艺术不会进步，也没有对错之别，艺术只有优劣之分。古代写月亮的诗，“技术”上比现在落后吗？现在火箭飞船可以登上月球，但这是工业科技的问题，而不是艺术的问题；今天写月亮，就一定能超过古代吗？

艺术永远是生命隐秘的流露，是生命、是特殊生命的迸发，是激情的倾泻，是灵魂的战栗……离开这些去理解艺术，就永远不得要领。

但艺术仍然有技术层面的意义可以探讨。

不过技术性的事物总是强烈地吸引着一般化的艺术家。他们以此来补救不再激越奔放的心灵、不够敏锐觉悟的生命。技术只可以弥补，不可以生长和根本性地挽救。技术在必要的时候使一个艺术家微微喘息，但技术不可能让其复苏。技术是一种麻醉，麻醉得长久和频繁，就会伤及生命。

最完美的、不可思议的艺术只能来自一些特殊的生命。这些生命有巨大的突破能力，而且这能力不仅作用于内容，还作用于形式和技术。艺术的技术，也纯粹是生命力的铸造。

1987.12.20

野蛮的力量；野蛮与通俗。同一种力在文化艺术上的表露。

当野蛮的行为一般化地出现在我们面前，我们既容易识别又容易拒绝。比如乱吐乱倒乱骂，比如抢夺和直接的拳脚相加。这一类好办。但没有这些出现在街头，也不等于没有野蛮。野蛮的力量只要存在，就会以各种方式施于生活。无论是什么方式，只要是野蛮的本质，是这样一种力量，那么就对人的幸福、对美好的事业构成了破坏。

专制之地的好大喜功、虚报产值、欺和瞒、霸地一方、盲目建设、不计后果、伤损自然，都是常见的野蛮和犯罪。但以这样的形式表现出来，就有了一定的隐蔽性，反而容易被认可。其实这样造成的危害，比一般的街头野蛮，面积要大得多，程度要严重得多，后果也要可怕得多。

一个人如果缺少理性，就不会有好的判断，也就不知道什么是稍稍调整和改装了的野蛮。人性中多少都有野蛮的成分，血液中有野蛮的因子，所以也要警惕自身；这种警惕一方面是约束自己，另一方面是绝不迎合野蛮的行径，不要姑息也不要失去批判力。野蛮的行为有时也会与自身的这一类因素潜隐地契合，这时就会发出盲目的赞同。

野蛮的力量可以在社会上畅行，另一个重要原因就是它的通俗性。它往往抓住人们的一些浅表要求，推动自己野蛮的实质。人们的任何短视、盲目、自私、不求甚解，都容易被利用。人们的冲动、无逻辑无理性，正是野蛮行径大肆泛滥的土壤。

无论进行野蛮操作者以多么美好的前景来诱惑我们，无论他们用怎样漂亮的言辞去打扮自己，我们也绝不能与之合作，而要给予揭露。

目前，赤裸裸地使用的，是金钱和性的力量。这是人类文明史上危害最大的“准暴力”。它具有空前的侵犯性，是人类幸福的最大破坏者。它的横行驰骋，留下的会是一片狼藉，是民不聊生、贫困和死亡。历史一再地验证了这一点。

性的泛滥使人心弦松弛，失去了正常的追求能力和批判能力，在昏昏然中被掠夺和践踏。金钱的巨大欲望最后只能满足极少数野心家，大多数人的金钱总是被榨走，他们褴褛的衣衫上藏不下一枚铜板。

野蛮的克星是文明。所以抵制它的最有效的武器就是人类的一切文明成果，是这些成果的倡扬普及和一再渗透。野蛮主义盛行之地，那里文明的使者、文明的承载者，无一例外都要遭受打击、迫害和伤损。

在现代社会，野蛮主义对待文明的戕伐和进攻，也在变幻新的、隐蔽的形式。野蛮主义在文化领域培养和制造自己的代表者、代言人，并且常常以“学者”和“专家”、“艺术家”、“作家”的面目出现。当然他们都是“伪制”，他们以这样的伪装出现只是为了出手方便。他们的对手就是文明的捍卫者和承载者。他们的最终目的是要毁坏和战胜文明。

他们充分地利用和使用了整个野蛮主义在人类历史上施行的一切经验，包括成功的和不成功的经验。他们根据一个时代的思潮和倾向，有时伪装激进，有时又放肆地嘲弄和推倒，一切的原则、理想、道德，都在直接攻击之列。他们有时甚至公开地宣称自己是美和善的敌人，佩戴赤裸裸的野蛮的徽章。

文化领域中的野蛮主义，这种力量，一旦以“艺术”的面目出现，就特别难以判断，因为他们有时也可以跻身于“现代主义”艺术的行列，与曾经出现的“后现代”、“颓废派”相混淆。但只要认真辨析，我们也仍然能够区别，这就是看其品质、目标、根柢和素养，看其思想和艺术的转折历程……

1987.12.22

旧地给人的特殊感觉。童年与少年的土地；葡萄园的变化。

旧地总是给人特别的兴奋。短短的时间，想把所有地方全跑一遍。很多地方自一九七三年到现在一次也没去过。

近二十年了，时间的犁铧把童年和少年的土地给翻了一遍。但有时又有一种特别的感觉：好像一切都尘封原地，一草一木都没有更动过……

记忆中的那个林场没有了；园艺场也大大地往北退缩了。给人最大感触的还是林场的消失。记得场部是一两排青砖瓦房，房子西部打一个拐角，变为南北向的一排青砖瓦房，围成了一个大院落。当时场部大院东部有机井，南部还有当地方圆十几里唯一的一台手压水井。井旁永远是湿漉漉的，拴了一头大牛……

让人怀念的是林场场部东边——南北一排茁壮的枫树。这些枫树长得很直，叶子也大，秋天彤红的枫叶铺了一地……后来再也没有看到那么好的一排枫树。

现在这一切都没有了。无影无踪。代替它们的是矸石山，是煤矿掘出的一座座黑矸石……到处都坑坑洼洼，土地下陷。而过去这里是一望无际的平原，它的西边和北边是黑压压的一片林子。

只有葡萄园比过去大了。但现在因为要搞新法栽培，几乎再也看不到过去那种大棚架了，所以现在的葡萄园也没有过去那种深不见底的翁郁感。现在的葡萄架子矮得很，有的只达到人的腰部，进了园子就像进了麦田。不过一望无边的葡萄树仍然很是壮观。

过去搭这种矮架子的葡萄园也有很多，但记忆中仍好像比今天要高……现在的葡萄园不给人过去的那种感觉了，也可能是园子四周景物的变化造成的。过去的园子是与农田、与树林相依衬的，而现在与矿区和工厂、与车辆隆隆的大马路相邻。

这里的楼房比过去多了十几倍，但一幢幢模样都差不多。比起城区，乡村的变化——特别是建筑方面——就要少得多了。那些存在了几十年上百年的乡下老屋显得又朴实又贫寒。四周的树木被割掉了，只剩下它们裸露在平原上……

猫和狗少了，特别是猫。过去每一户都有猫，有的一家就养了好几只。猫在一个家庭里是很重要的，它常常与家里的老人和小孩在一起……

1987.12.24

破坏的寺庙群。不可复制的历史；不熄的大火。

树林总算还有一大片一大片，但寺庙已经很少了。从书上的记载中、从老年人的口中可以知道，这里原来寺庙成群。很大的庙宇、在方圆几百里数一数二的建筑多极了。看过在原庙址建起的两处中学，从它判断原来的建筑规模，再看看留下来的平面图（有人根据记忆复制），发现大得不可思议。

看看负有盛名的少林寺，还有南方几个有名的寺庙，对比一下，这里的寺庙规模要大得多。

据说是在四十年代初烧掉的，理由是担心敌人用它屯兵。

现在有人想修复，大约已不可能。没有那么大的财力。而且那种规模、建筑，都是在历史中一点一点汇聚积累的，渗透着那个特定时期的人文精神。历史总是难以复制的。

有些较简单的古建筑曾按图纸修复起来，结果拙劣得可怕，还不如没有。

当年做出破坏和摧毁决定的，后来不仅不是罪人，还大多成为了不起的“功臣”。道理很难讲得清。我们现在心疼的是另一种东西，是遗产，文化遗产历史遗产，人文景观……我们实在难以相信当时没有更好的办法阻止敌人，而非要放一把大火不可……

这场“大火”一直未熄，它一直烧到后来很久很久……

1987.12.25

午夜的海；孤单的人与茫茫的海。

到海上去。晚上，星月不亮的时候更好。倾听黑影里呼呼的海浪，或者看看平静的海，感觉特异。记忆中常常一个人到海上，特别是晚上。当时逃避别人还来不及，所以很少结伴。那时奇怪的是不太害怕。

现在找一片安静一些的海岸多难。只有东北方那一段好些。从那儿稍稍往西不远就糟透了。有呛人的碱味儿。那是造纸厂和其他工厂排放在海里的东西。

在海边，一个人可以畅想和沉思，想什么都非常方便。很容易就找回了过去的那种感觉……一个人只要不忘记过去的一些感觉，就可以写作了，也可以干好其他很多事情。

一个人的变质大概就是从忘掉少年感觉开始的，一切都是从那儿开头的……

一个人在世上生活着，差不多就是一个人在茫茫夜海上的情景。一个人太孤单太弱小了，而他面对的却是这么大的、未知的一片……

1987.12.26

不回避那些“大家不喜欢的人”。弱者、体面人、贵人。

不止一次有当地人这样提醒：你们频繁接触的某些人，在当地大多是不受尊重的、威信不高的。他们觉得一个人刚来一个地方，不了解市情——特别是人的情况。他们希望一切“正常”：应该与另一些“体面人”在一起才正常。他们很不理解。开始令人费解，后来才一点点弄懂了。

这都是好意。可是我们觉得接触、与之交流的这部分人也不坏。他们不过是有点个性而已；还有，主要是因为他们在生活中几十年里都是弱者——原来实际生活中并没有多少人真的尊重别人的个性，更无人同情弱者，大家都自觉不自觉地以地位和权力来衡量人的价值，甚至以此来取代通常的道德标准。在任何地方，不歧视弱者是很难的……

想到这些会令人气愤。我们相信自己的判断。一些人有毛病，有的也的确不让人喜欢，但他们终究还是比那些“小官人”可爱十倍。因为他们从来不给人卑劣的感觉。

尊重他们也绝不能出于怜悯，一点也不能。他们天生应该被尊重，他们的优长远不是另一些所谓的“体面人”所能具备的。

在这个以金钱为中心的现代社会里，我们强烈地感到了自己属于这一部分人，而不属于另一部分人。我们应警告和叮咛自己绝不要背叛，不要走出这个行列。

那些所谓的“不让人喜欢的人”，在我们看来比“体面人”更丰富更有趣，也更朴素和真实。同时我们也看到了，他们在人群中差不多更能受到理解，他们的“不让人喜欢”只是在某些特定的场合，比如在一些“体面人”面前。有人害怕这些人的出现会把喜庆场面“搞砸”了。

我们恰恰认为这些人比那些“体面人”尊贵十倍。

1987.12.28

一九四七年的过失。走访和怀念；至高的原则。

《古船》中曾写过一九四七年的一些情况。这些史实不一定都发生在此地。而且作为一部作品，不能与现实的具体生活一一对照。但它反映的事件确是逼真的。

这个地方一九四七年的恐怖何等严重，这从一些老人的记述中，从档案资料中都可以了解。教训是惨重的，遗留下的问题也影响了后来的生活。这在今天仍然可以找到那场灾难带来的负面影响。

曾经实地考察过一些地方，走访过一些老人。这只是为了求证一个真实。这对于作者非常重要。

在一个历史关头，人的冷静总是极难的。人哪，有时真要警惕自己的热情。

雨果曾经说过：在一切的原则之上，还有一个绝对正确的人道主义原则——我们不能说雨果的人道主义就是虚假的，是“资产阶级”的。

与当年一个最勇敢的乡村负责人谈起那一切。他如今很老了，经历非常之多。他回忆沉重，讲起当年，几次难过得说不下去。这包括了对敌人的痛恨，也包括了他自己的忏悔。失去了人道，人将变得非常可怕，人就是非人。

我们再也不能忍受“非人的折磨”。在这样的互相折磨之下，多少美丽的人生给毁灭了。

在尖锐的搏斗之中，更需要有坚定的“人道主义”——即真正的人道主义，这是至高的原则。

从这里往西三十华里不到就是那个有名的大镇。那里当年发生的事情触目惊心。将来应该有一部真实的镇史。这个工作比较重要。现在的修史还不行。

《古船》中的记录还太简略。那个气氛是写出来了，但因为篇幅和其他原因，写得太粗略太匆忙了……

1988.2.14

第二章
特殊生命的特殊表达

一个作者的工作计划。深入民间。

一个写作者的确应该有一个较长的计划：他过去的创作中有很大一部分是小说，还有散文、随笔、文论、诗等，甚至写过报告文学和戏剧。他准备用几年时间离开中心城市，到边远地方生活。这是深入民间的机会，也是非常重要的选择。计划中收集一些资料，准备将来使用；如果再有时间和精力，可能会写一些随笔散文，并在业余修一两门专业……

作为一个写作者，他的计划看上去总是比较庞大，可惜难以落实。很容易过高地估计自己的能力和精力。生活中的繁琐太多了，对人的干扰特别大。几年的时间一晃就会过去……

1988.3.22

熟悉的面孔。不快的回忆。

这儿有时常常会引起不快的回忆——不仅是被破坏的自然景观，还有人。常常能遇到一个熟悉的面孔，尽管这张面孔在微笑，但还是令人想到冰凉的往昔。

那个冷肃时代的全部感觉都一下回来了。没有办法。

他记得那一天正下大雪，学校放假，本来照例要开放假大会，但由于要参加一个批斗会，也就省略了学校的会。已经在学校住了很久，不太知道外边一些事情，一路匆匆到了会场，台上站的人吓了他一跳……脑海里一片空白。

当年的那些面孔凶神恶煞一般，让人永远难忘……微笑，握手寒暄。但是生活中全部的不幸、苦难和不义，这一切感触又从头涌来。

不能将昨天的一切都推到时代本身。不同的人、不同的灵魂在同一个时代会写出不同的历史。直到今天，有些人还是难以好好活下去，他们正被历史的重负压得无法呼吸；而有些人则不配活下去，他们给这个世界播下了罪恶。

永远不想见到那些面孔，有时却又相反——直视着，沉浸到往昔……

1988.4.14

大片砍伐的果园。矿区的“土法上马”。

整个西北部小平原快要完了。除了没有远见的规划、各种建筑造成的损坏之外，最让人不能原谅的就是一些工业项目造成的可怕后果。这些影响是难以消除的、长期的。污染严重，当地的生活完全被破坏了。这一切让人痛心疾首。

有人说起这些，痛楚即从心底泛起……如果一个人在一个如诗如画的环境中长起来，那时的情景就如在眼前。到处是渠水，是树林，是大片大片的果园。连接这些的，南部是一望无际的平原，北部是蔚蓝的渤海湾。

现在大片的果园都被砍掉了，大部分被煤田矿区占领。这些煤矿基本上是“土法上马”，没有什么总体规划，难以控制污染，谈不上综合治理，使整个平原变得千疮百孔。

煤矿开采需要毁掉大片土地，到处造成沼泽化，一片肥沃的农耕区将不复存在，一代又一代人面临失去土地的痛苦。没有了田园，人生也就没有了着落。而且这里以前环境如画，是无法复制的。

失去的将永远失去。居住和劳动的环境一变，人心、民风也就很快会变。在这样一个破破烂烂的地方，今后发生什么也不会令人吃惊。

人们将永远怀念过去，怀念往昔……

1988.4.15

会议发言。滤掉鲜活的内容。自己的心声。

倾听会议发言是一种痛苦。发言者的稿子是按照某些要求统一准备的，他们要一字不改地读下来。

他只把它读一遍，从不离开稿子发挥什么；如果遇到比较同意的字句，他或许可能加重一点语气。在这种会议上，发言者本身只化为了一个符号。

而真正的发言完全应该是他自己的。真正的演讲需要抛开讲稿。有人说宣读稿子为了庄重和周到，但也极可能滤掉鲜活的内容。有时稿子会把人的兴奋心情、真实的心情和当时的激动，一并给遮掩过去。这毕竟是一种损失。

一个民族都在照本宣科中消耗着，无头无尾，无始无终。这种刻板呆滞中埋藏着所有的残酷和黑暗，一切无法言说。

每个人都发出自己的心声，这是困难的。我们不得不生活在一个言不由衷的世界。

1988.4.18

忍受日常的磨损。对生活不存一丝奢望。

很多到这里访问的朋友常常产生一些费解，因为他们惊讶地发现：一个写作者在这儿竟然能够“忍受”下来。他们将这种忍受、这些磨损视为“奇迹”。其实这有什么，一个人能够忍受的东西还多着呢。我们对一些非常非常难以忍受的东西，不是也都忍受下来了吗?

忍受有助于理解，只要你想理解——这儿不是指理解当地一些具体的事物，而是理解人的命运——那么就得忍受。

什么能比“忍受”更勇敢和更平凡?

也许这里的一切与有些人的性情相去太远了。但也唯有这些才能让人时不时地想到过去，想到各种各样的苦痛，如果一个人的少年时期在这里度过的话。有人听了这个想法会觉得奇怪——他们认为，既然昨天与今天正好相反，那将多么难以衔接！他们错了，他们不知道一个人会在这种种忍受中想到什么，也难以明白这种忍受的性质……这是局外人难以体察的。

在不同的时代，有些东西已经改变，但仍有相当多的东西骨子里并未改变。如果只看表面现象，以为真的“一切皆非”，那么后来发生的事情一定会让其分外震惊……

对生活当然要心怀希望，但不能存有一丝奢望……

1988.4.24

可怕的陋习。游街示众。喧嚣的小城。

无论时代怎样变动，有些可怕的陋习是很难改变的。仿佛有一些很长的根须扎在土里，每到了季节就要发芽，长出叶子。要阻止它的滋生是徒劳的，有时甚至是适得其反的。

无望地注视。野蛮的力量没有什么能够遏制。我们对付野蛮有时也仅仅是使用另一种野蛮——结果如何也就可想而知了。

人们看到的、相信的，只是“野蛮”本身的力量，而不是文明和法度的力量。得出这样一个结论的民众，会是非常可怕的。

只为一种短期效果，有人总乐于借助恶的力量。这样无论取得了怎样“好”的结局，最终也还是一种“恶”。不同的是，“恶”经过了这样一番曲折的使用，反而会变得比过去更加“成熟”和不可战胜。

由此让人想到了托尔斯泰的“不以暴力抗恶”。联系实际，对他这个主张可有深一层的理解。“暴力”也是一种“恶”，而使用了“恶”，最终还是不能消除“恶”。“暴力”即是强暴之力，它不能等同于善，它对恶的反击和惩罚是虚妄的。

游街示众在这里的小城街道上每年都要上演几次：犯人胸前挂着大纸牌走过观望的人群。这与清朝的做法没有什么不同——有的东西要改变是如此艰难缓慢。像耕作方式，如今大西北仍然是几头牛拉一个横杆，后面跟上人和犁。这与我们出土的秦汉文物上刻的耕作图一模一样。可见几千年了，没什么改变。不要说大西北，就是以农业现代化著称的这个小平原，前些年牛拉犁耕的情况与古代也大同小异……现代化的主要指标还是人的思想，没有现代思想，只会流于简单的模仿，而模仿有时并无方向，有时仅仅是一种因袭。

“尊重他人权益”成了新鲜事物。只要睁开眼睛，就会发现对他人的侵犯比比皆是。大街上到处是高音喇叭，吵得人无法工作无法休息，而且极少有人认为这有什么不当；还有人荒唐到午夜燃放鞭炮，而且不在节令中。有一次许多人突然被一阵猛烈的鞭炮声惊醒，起来看了看，是凌晨三点。荒唐，毫无法度。再比如打电话，接电话的人会把对方盘问得清清楚楚，像查户口——这之后才给叫人，有时干脆告诉要找的人“不在”——“不在”也要照旧盘问一番。

这一切繁琐已经让人习焉不察，但它们的确组成了我们生活中丑陋的一面。

1988.5.21

如何开始想到写一篇小说。色彩的组合。

讨论一篇作品怎样开始，怎样有了创作冲动，怎样构思作品——这些充斥在所谓的创作谈里。不过实际上每篇作品开始的时候并不一样，作者也许想得并不多。有时他们故意不去想得太多。一个人如果注意一下自己就会发现，他平时闪过的各种念头可真不少。这些念头天天在眼前飞动，要阻止它都做不到。有人会抓住一些有用的念头，用来写作。写作之前，更多的会感受到一种情境、一种氛围、一种韵致，这些与故事、与某种想法不同，它们常常让人觉得无法转述无法表达，于是他想竭尽全力将其写出来，用各种各样的办法。他只想完成这些艰难的转述，而不想过多地去琢磨人物和思想，更顾不得去费心地编织故事。最初令其动心的这些东西有些飘忽，但只要将其抓住并好好写下去，其他的东西，如故事和思想等等，一点一点都会到来。它们刚开始就存在着，不过都躲在一些角落里，一时不想走出来。动笔了，就等于一点一点拉开了帷幕。

我们在创作中对色彩总是十分入迷——有时甚至想，这简直是在用色彩组合什么。没有缤纷绚丽的闪烁和跳跃，总是想不起写作。许多人差不多总是最先想到色彩。

也可以叫作色调……那是一种时时袭来的、有颜色的、有气味的某种元素——只有他们才是通向无法言说的那一切的。这样讲也许格外让人糊涂，不过不这样讲就更不清楚了。

1988.5.22

小说长短非材料所决定。结构的自由和心的把握。

有人在谈作品时，常常说这个短篇是个中篇的材料，这样写有些浪费等。这种说法倒是令人生疑。也更有可能的是，那篇小说本来就是一个短篇的材料，如果拉成一个中篇可能就完了。一个小说的长短大概不仅是由材料决定的，它更多的是由激情之类，比如大家常说的“气”所决定的。他当时写了那么长，说明他当时的“气”就那么长。再写长了还要孕育积累新的“气”，还要等待。不过到时候再写出来，可能就不是原来的作品了。

有人愿意说这篇该是长篇，那篇该是短篇、中篇。如果真的是，怎么作者当时没有写那么长？还有人说“短篇结构”“长篇结构”“中篇结构”——这些说法极可能都是纸上谈兵。小说的结构不一样，或者可以说一篇小说一种结构。把结构根据体裁固定了，进而又寻出一种规律，那多少有点不妙，有点让人费解。如果某部长篇是个“短篇结构”——那作者怎么当时写成了长篇？反过来也很可能又有人指出哪个短篇本该是个“长篇结构”——那他还要把它再拉出几十万字来吗？

其实结构是自由的。一部作品该写多长，只有作者自己的心能够把握。

1988.5.23

停止不前的感觉。向上的攀登。

在连续的写作中，谁都有过停止不前的感觉。有时觉得越写越难，真想完全停止下来。有人将此比为“爬高”：向上的时候总觉得吃力，但却明显地感到是在向上；可是当登上一个山顶的时候，也就暂时滞留在一个平台上了。徘徊在平台上，就会感到停止不前。实际上这是一个必经阶段，只有站在这个毫无前进感的平台上喘息、总结和积蓄，才能继续爬上新的高度——那时又有了明显向上的感觉了。

写得多了，还会把一些新旧想法搅到一起，使思维凌乱和迟钝起来，对文字减少了新鲜感。但这凌乱无序毕竟是思索和寻找的后果，所以最终仍然有益。害怕凌乱，总想固守在一点点清晰之上，小心翼翼，就很难向上攀登。

1988.5.24

雅俗共赏。永久的矛盾。

有人极希望一部作品能够雅俗共赏。可真正的艺术品往往又很难与俗连在一起。好作品常常不知不觉地回到了少数人手中，这也没有办法。也许它有一天会获得众多读者，但那要历经一段漫长的路程。雅俗共赏只是一个美好的愿望，是期待。实际上雅俗是一对矛盾，永久的矛盾。让一个诗人去竭尽全力追求所谓的“共赏”，那可能要毁了他。

一部大雅之作，可能其中会有一部分内容让许多人喜欢和理解。但这毕竟不是理解和喜欢整部作品。这是两回事。

1988.5.25

作家的神奇发挥。神秘的调节器。

作家的神奇发挥，是一生中的奇遇。长久的探求和努力，才有可能抓住那个美妙的时刻。一些如有神助的、超常的表现和表达，有时连他自己都难以置信。时过境迁，人已经从梦中走出。

那个特别的领悟和感知能力是几十年如一日的磨炼换来的。才华和力量原来一直在堆积，累叠一处，其体量达到某种程度时，会有一些爆发的机会。而平时，它只是潜隐不露——尽管作家本人总想让其呈现出来，可惜蕴藏之物却十分吝啬。好像每个生命深处都有一个神秘的调节器，本人不能具体地、及时地控制它。

1988.6.26

一本港台小说集。南方与北方艺术的区别。

手中的港台小说集里没有太好的作品。其中好像没有包括那个地区最重要的一些作家。人们说艺术品的气质、优劣，有时候起决定作用的会是地理地域的关系。那一块土地相对大陆来说没有发生过更大的历史事件，没有十几亿人共同投入的历史场景，一些不幸和灾变，那里的作家没有亲历，而且这一切经验又不可仅仅凭借转述。

从地理角度上看，它属于南方气质。那是一种纤巧、优美，较精致也较柔软。从戏剧上看也很能说明问题，北方的剧种粗犷有力，音调高亢。总的说北方的艺术是大的，而南方的艺术是好的，但“虽好却小”。

有人总是依据如上道理，提出自己的否定。但这只是一个方面，只是一种看问题的方法。

艺术的品格是多方面的。每一片土壤都会产生自己杰出的作家。

1988.6.28

一篇短篇小说。个人化；特殊生命的特殊表达。

这是一部一九六二年写出的小说，获得了盛赞。但这不像是一个职业作家的创作。一般讲社会写作力量会产生这一类作品。作者行文准确，规范而雅致，但仔细看，其中没有多少真正称得上是作者自己的独特之物。一个艺术家成熟的过程，就是逐渐脱离集体的情感表达方式走向个人化的过程。而这部书仍在写一种集体情感，而没有表现出多少真正的个人。

小说中描述的那些场面、情景，都是对于现实的集中和概括，显现了一些惯常的对事物的反应，使用了惯常的表述方式。而诗人并非如此。

真正的艺术品，总是一个特殊的生命，对生活的特殊感悟和特殊表达。那可能是陌生的、使人畏惧的、在惊悸中渐渐被接受的某种东西。

1988.7.1

应力戒不洁。回避声嘶力竭。形容与修饰。

我们看到的一篇不错的作品，里面往往也有很多问题，有时甚至是不能原谅的。比如最大的毛病是“不洁”。这个不洁不光是描写和叙述上的用语等小问题，而让人想到更致命的方面。它最终会影响一个人能不能走远。我们心目中的艺术家是有洁癖的。

洁净不等于拒绝那些细节和那些特殊字眼。关键是怎么写，在什么样的氛围和语境中使用什么样的笔触。要看作品是否提供了容纳它的场景和空间，是否为更高的目的服务。要看能否从有教养的读者眼前通过。有些不错的、好的作品中也有那一类东西，但读后不会使人太为难，不会使人不舒服。记忆中的一些好作品，有的甚至写到了社会最下层最肮脏的地方，从小偷到妓女，从监狱到嫖客，可读者总能时时感到一种洁净。他是让人去感受的。让人感到的东西比直接裸露出来的要有力得多。

心理上不洁净，一股污迹可以牵引他走入歧途，使他流入庸常。

还有声嘶力竭——小说中一些强烈场面的描写，本来应该是相当有力的，结果全被表面化了。它应该沉下去、有某种程度的收敛和张力。这时候去掉一些不应有的形容和修饰，尽量不用或少用形容词更好。

当然，这样要求也太苛刻了些。

1988.7.3

艺术家与“世俗”的人。留住勇敢。

艺术家也首先要解决生存问题。艺术是生存着的人创造出来的。但不能为了生存而出卖原则。

艺术家既不能自戕，又不能过于自爱。艺术家都是很聪明的。不过现在的艺术家又太聪明了。人在生活中活得不自在，不轻松，时常遭遇尴尬，有时倒说明他心智很高，志向特异。

艺术要求真诚和纯洁，不能虚伪和浑浊。

这儿在说两个“世界”。这两个“世界”其实是共通的。

总要强调做人的操守和禁忌。人不能没有操守，不能突破禁忌。这就是艺术家与俗流的最大区别。

所以说艺术家活得很累，比常人要付出双倍甚至更多的心力。

有人在生活中谨慎小心，如履薄冰，但这并不说明人胆小到什么都不敢作为，他还有惊人的勇敢。

有人仔细到了十分注意服饰的地步，这也可以理解。一个人应该和蔼、有风度。还要保证有一个好身体。因为生理上的气不足，精神上就难保不会无病呻吟。

1988.7.4

写作如同搏斗。保持充足的“气”。脑子像镰刀。

行文中戒备声嘶力竭，大致不动声色，写向深层。不能用形容词去乱戳。面对痛苦的场景，一个人可以是号啕大哭，另一个可能是站在那儿沉默。不能说后一个一定不如前一个痛苦。人的心灵刻度深浅不一。重要的是作者自己的人性深度如何？

一个朋友开玩笑，说他看见一个作者每天进入工作室时，一到门口就不由自主地把腰弓了，两手垂在身侧，一步一步走进去。那种虔诚与沉重绝不是装出来的。那个朋友注意了，说看模样他就像去搏斗一样。

我们可以理解这种搏斗是存在的。有的作者会严格掌握写作时间，一天只写一两千字，再顺利也不多写。他想保持很足的气，决不能兴之所至。那样就把笔写滑了，文字浮了起来。虽然每天写得少，但只要不间断，这个字数就不得了。

这就像农民用镰刀割麦子一样，一天只割那么一点，磨好了镰，一天只用那么一点时间，割出的麦茬肯定漂亮。决不多割。第二天要割，得再磨。用粗石磨完，再用细石，最后到田里只用那么一点时间。写作和割麦子相同。有人把脑子用钝了，还要硬写，于是就不会出现清晰有力的文字。我们的脑子像镰刀，钢火不行，就只得小心着用。

1988.7.5

强调“古典风范”。回忆青铜与生铁时代。

有人总是强调艺术的“古典风范”，起码是偏爱。如先秦文学，古希腊古罗马文学……那是另一种品格，让人入迷。那时候讲究描写重大历史场景和重大历史事件，写英雄，注重人的行动。

亚里士多德说悲剧是行动而不是品质——这概括了古典主义的一条重要美学准则。现代主义作家呢？他们恰恰相反，是从品质到品质……

从建筑上可以领略古典风范。比如长城的雄伟气势，还有古罗马斗兽场。那时的建筑格外高大。古罗马皇帝澡堂内的一间浴室，今天就可以改为一座大教堂（西斯汀教堂）。古代的人更讲究威仪，讲究场面的阔大。走廊长得吓人，有人指出长得像“阿尔卑斯山的隧道”。现在全翻过来了，讲究小巧、舒服，越来越精致。文学作品也是这样，巧了，也小了。过去是青铜和生铁的时代，现在是集成电路、计算机时代。如此悬殊的时代，两种艺术怎么会一样？科技发展了，艺术却从某个边角上衰落下来了。一个作者如果不想让作品一味地向内开拓，那么就请回忆更早一些时候，那时候的心灵与艺术。

芦青河与永汶河；幻化为一条北方河流。

芦青河与永汶河是同一条河流。永汶河发源于南山，它的上游叫永汶河，到北边就不是了，而随流经的村庄取名。

现在那条河干了。过去印象中河苇青青，遮满了河道。所以为它取名“芦青河”。

河变了，关于河的经验也大大改变。老一辈人过河得先看看上游有没有白色的水头，没有才敢过。上游的大水说下来就下来。到了我们那时候，就不用那么看水头了。到河边只需看看淹没淹河桥，淹了河桥就绕着走。现在一切都用不着了，人们可以躺在河套里睡大觉。世界变化如此。

最早作品中的芦青河就是永汶河，后来就幻化成了北方的一条河流。随便哪一条河都可以。可以把它看成黄河，也可以看成夹河（烟台）。芦青河在这儿是北方河流的总称。

记不住自己的作品。即兴与创造。

作者凭着那一刻的兴致写来，不深虑，也没有提纲。体育竞技讲究爆发力——写作者也寄希望于此。一瞬间的劲力，上就上去了，下就下来了。那一瞬间脑子里出现的新鲜之物会极大地刺激他，让其再爆发出另一个“一瞬间”。文学的神奇创造有时依赖即兴。很多东西提前没有想到，以后也不会想到。所以事过之后也就忘记了。有人能把自己的作品通篇背诵下来，真是奇迹。他在心里翻煮那么熟透，得失参半。预先故意想得少一点，不全是一种懒惰。实际上也更增加了“创造”的意味。

1988.7.6

大事与“诗人”。一部分人的奇特胸怀。

诗人的浪漫是否利于实践，这往往无人讨论。大的事业又总与诗人连在一起，这又是一个事实。诗人才能干大事，不是诗人也能干大事，不过诗人干的大事和一般人仍然不一样。诗人干的大事更大，因为诗人的胸怀更奇特。

诗人所做的大事业不一定合乎世俗情理，不过那完全是自心中而出的，是一种旺盛的生命力的结果。一般人的举动往往来自经验，来自现实的参照判断，这些事情相对拘谨而稳妥，但不会是太大的事。

诗人的想法足以激励人，但实践这些想法又是另一回事。没有诗人，世界就会麻木平庸，目光短浅，缺少了很多飞扬的想象。

有人以为诗人只在吟唱的队伍中，这是一个错误。相反，有时那些大声吟唱者当中并发现不了几个真正的诗人。悲哀就在这里。写文章、著书立说，不用说是在干大事。可惜有些大事被做小了。

1988.7.7

不可以学习的幽默。油滑从来多于幽默。

幽默才是一种天生的素质，这尤其不可以学习。大艺术家都很幽默，有点古怪。艺术家走到了一个境界里怎么能不古怪？有人一直在努力地幽默，结果使作品充满了俏皮和机智——可见幽默还是不属于他。有的作家世人都夸幽默，实际上油滑多于幽默。油滑从来多于幽默。懂得并深深体味幽默也不容易。都说鲁迅是战斗的，但这并不妨碍他又是个幽默家。鲁迅实际上是那一茬作家中最幽默的人。

文字能否完全表达作者。输送的损失。

文字要完全表达出作者的内心大概不可能。一方面是一个作者掌握的文字技巧总也有限，另一方面是由文字本身的性质所决定的。文字可以用来传递极复杂的意蕴，它有这个功能。那些语言大师可以很好地使用文字，但他们深知文字的毛病。写作者心中的一切好比是电能，而由文字组成的语言是输送电能的导线。再好的文字在输送过程中也要造成能量的损失。至于语言大师，他运用文字不过是尽量把导线搞得好一些。比如金、银、铜、铁，从这其中选择最好的导体。作为艺术的导体，文字在不同的作者那儿“电阻”自然不同。

难忘的葡萄园。夜间的大海。

一个人在葡萄园中长大，就难忘这个出生地。因为迷恋，他会一再回返。童年的绿荫遮护一生，它们恩惠了他。

这里的人从小都要去海上。渔民让他们去偷葡萄，孩子们就去了。不过他们很少让葡萄园的人抓住。

不记得多少次与葡萄园的人一起守夜，煮东西吃。在记忆中，护园人都是些能吃能喝的人。当然了，孩子们也常常把海上的鱼带给他们。一部分护园人好像没有家，冬天也住在园子里——护园人都有一杆枪。

老得（《秋天的思索》主人公）这个人算有“原型”。他跟作品中写的那个人长相差不多。前些年我们与外地人一起来海边葡萄园，与园中人说起了老得的长短——有人怎么也不信老得实有其人，正说着，一个奇瘦奇高、头发脏乱的人，骑一辆早就淘汰了的“大国防”牌自行车，吱吱嘎嘎从园中小路上过去。我们赶紧大喊一声：“老得！”他猛一回头，下了车向我们走来，眼白很大……那个人于是信服了。

1988.7.8

当代艺术渐渐变“小”。外部世界的宏大开阔。

当代艺术在渐渐变“小”，这是有人从阅读中得出的结论。

科技发达了，高楼大厦林立，人越来越多，人与人都挤在一起，抬眼一望看不到更远处。作为一个人，直接面对大自然的机会少了，间接面对大自然的机会多了。可以想象，当年秦始皇修筑长城，他或手下人总要站在山顶上，要直接面对群山规划。而现在的人要干点什么，总是看不完的图纸，搞不完的计算，听几百次汇报，还要借助沙盘。有了电视，人不出门就可以看遍几大洲……社会和自然对人类的暗示就是这样发生的，它用一种虚拟物不知不觉中改变了你，使你的心灵变小。

高楼大厦挡人眼，再加上领导和朋友在背后胡乱喊叫，让人匆匆忙忙。人的世俗欲望越来越强，扭曲了人性。

一个人的内部世界拓展了，外部的宏大开阔却没有了。现在的艺术写尽性与异化，后现代，越来越深入人性内层。现在的人连小猫眨眨眼也能写一部厚厚的书稿。可是谁也不能和托尔斯泰、歌德、但丁那一伙人比，更不能和那些英雄史诗比，一比就会逊色。那个时代的大师们差不多都具有严整纯洁的理想主义，有痛苦的追究。而现在的人只满足于顽皮捣蛋的艺术，只想跟这个荒唐的世界开个玩笑，顶多洒几滴悲凄的眼泪。可是历史上哪有依靠顽皮的艺术成为巨人的呢？

时间不会倒流，想什么办法既能保留古典主义的磅礴，又有洞幽入微的现代探索？

1988.7.9

鲁迅。作品与人的奇特。

鲁迅是个大师，也是个古怪的人。他的作品差不多都古怪。看他的照片，总是感受着他的深邃与奇特。那么多作家，谁也不能取代鲁迅。他从人到作品整个充满了平凡而神奇的质地。他说：从血管里流出来的都是血。正是如此，从他手里出来的东西，哪怕是一封短简，都渗透了属于他的强烈个性。

福克纳也是个古怪的人。阅读他的文字，一再感受着常人不可能具有的安然和沉着。他几乎是不慌不忙地、自信而平静地过完了为艺术的一生。但他极其执着，又很有趣，绝不枯燥。他还画过一些素描，一些极有趣的画。哈代也是个古怪的人。有人去拜访他，发现他是一个矮小的、背弯弯腿屈屈的小老头。托尔斯泰也古怪，他一辈子都在鉴定自己，完善自己的道德，并以此匡正世事，成就了一种不朽的哲学。

这些人一般都能安于一种平静而激越的劳动，一生如此。

现在一些作品的平庸，首先是人的无趣。他们的哀怨痛苦和忧郁兴奋表现出来也没有多大意思。他们写的东西比较一下都差不多。主要是他们作为一个人看起来还没有意思。

1988.7.10

风流倜傥的人。默默劳作者的成功。

那些看起来太聪明的人不愿意也没有耐心一生“爬格子”。别看有人反应很快，常常口若悬河夸夸其谈，可惜记录下来是经不住推敲的，并没有真正深入的思想。聪明人、有才华的人很多——特别是现在，一个人接受的外部刺激太多了，并急于发言转述，所以现在走到哪里都会看到一些风流倜傥的人。于是我们常常会感到惊讶，觉得智者到处都在堵塞道路。但实际上恰恰相反，真正拥有让人重视的、使人惊奇的见解，据有独特心灵的人，不是太多而是太少。

仅有聪明甚至才华还远远不够，因为更可贵的是品质和灵魂，是某种强盛的生命力，是一种忍韧——百折不挠的精神。

最有意义的还是劳动。真正的艺术家、学者，总是朴实无华，默默劳作，把一切希望都寄托在平凡的不间断的工作上。他们从来不想在一天早上意外地获取什么，也不空待灵感。他们那种严谨的治学精神始终如一。

艺术形象的实感。现成艺术品的不良影响

有人认为自己创造的“人物”在作品中活动起来，往往也就失去了控制，并认为控制是徒劳的、适得其反的，会损伤艺术的肌体。这是许多创作谈中的拿手好戏。可是反过来，一个没有得到掌握的“人物”，又会在一种惯性中滑向荒唐和轻浮。在“艺术思维”炽热的状态下，会忽略笔下“人物”的生活观，不再注意其人生态度的现实感和世俗性。

被诗化的“人物”和作者一样，照例不会过多地考虑社会生活的可能性，什么复杂的政治关系、经济关系、人际关系，以及他们在世俗生活中有可能采取的现实态度，可以全然不顾。作家对待笔下“人物”的态度，不知不觉间受着其他一些现成艺术品的影响和制约，让他们的行为屈从于模仿来的艺术。这种损失、失误比比皆是。作为一个艺术品，虽然在韵味上似乎是完整的，但由于对生活的作伪，所以那种“韵味”总是弄到

令人生疑的地步。

当笔下“人物”充分艺术化了的时候，就会随着作者规定好了的轨迹滑行，一再迁就自己的艺术脾气。这就走到了艺术的反面。

“人物”总是处在一个复杂的彼此制约的网中。在生活中，在一些重大的原则问题上，有他自己固定的行为方式。无论多么花哨的艺术，这些固定性还是超越不了。

这似乎在谈艺术与现实之间的关系，一个陈旧的话题，但认真想一下，又是在研究一个艺术形象完成过程中的一些毛病，即诗化的危机。

1988.7.12

第三章

朴素是至高的艺术品格

“理想主义”和自由心态；透明和简单、朴素与曲折。

我们希望自己是一个理想主义者。但我们有时谈论的“理想主义”与这里所谈的理想似乎并无太大关系。其实理想和自由心态结合得最为紧密，理想是最纯洁最自由的。

心怀理想者常常对一些集体行为无法苟同，但也不能轻易反对。因为集体行为与他纯洁的理想有一致的一面，也有不一致的一面。集体行为常常包含着巨大的真理性和巨大的谬误。理想主义者这样理解问题——再也没有比一些庸俗社会学的东西更容易鼓舞人、集中人和号召人的了。真理总是深邃曲折的，它的这个特质就决定了自身的孤独。真理有时又是出奇地透明和简单，但也正因为如此，它就朴素到让人不能理解的地步——至此它又回到了曲折。

一个真正的心怀理想者或许不仅在一般的社会生活中找不到同路人，而且在可以称之为“朋友”的人中也找不到同路人；尤其在社会的所谓“上层生活”中找不到同路人。

作家的特别复杂与特别简单；同一个思想。

我们看到，一个杰出的作家不仅特别复杂，而且还特别简单。一个作家无论写了多少作品，形式上无论怎样变换，数量上无论怎样增殖，似乎都在阐发、寻找、展示同一个思想。福克纳，托尔斯泰，总离不开他们自己的“那一套”。“那一套”大概就是“同一个思想”。他每时每刻都在重复。与一般庸人的不同之处，在于他的重复不仅不给人单调的感觉，相反还给人极其复杂的、无穷无尽的感觉。大师和一般人的相异之处还在于，他能够更早更敏锐地发现这样一个奥秘——任何一个单纯的事物总是与这个世界上最复杂的万千事物广为联结，他抓住了那个单纯的东西，也就抓住了这个世界上的全部复杂。

1988.7.17

小说应有自己的韵律。对一部作品的怀疑。

一篇好的作品应该有它自己的韵律。创作中常常有这样的感觉——写着写着，渐渐的，似乎找到了一种韵律……回想一下，很多时候都有这种情况。一个作家要让一篇作品回旋在独有的韵律之中是很难的，它需要寻找和把握。

一个人的全部创作会有独自的风采和韵律，但具体到每一部每一篇作品，又会有属于这个作品的风格和色彩。有时作者会陷于一种假象，误解自己的作品，以为正在创作的这部作品真的捕捉到了那种至为宝贵的东西：声音、节奏、韵致。事实上如果不是这样，他就会觉得枯燥，没有激情，写不下去。

实际上，那种“捕捉到”的感觉往往是一种虚幻。也许只有过了很久之后，他回头再看这个作品，才会发现当时走入的所谓“韵律”并非自己的创造和发现，不是自己的孕育，而只是从以前读过的其他作品中转借过来的。“生活”是自己的，人物、细节，什么都是自己的，可唯有神采是别人的——他在组织这些材料的时候要借助别人的韵律。也正因为如此，所以回头再看这些作品时，常常有一种嫁接感——好比是挺立在那儿的一棵树，它不是一开始就由作者自己浇水培植起来的，而是借用了其他的根柢。

可惜在创作中发现这一点很让人痛苦，也很让人为难。当他发觉这些的同时，已经有些迟了，他的创造力也快衰退了。事实就是这样，一个人在最有能力创作的时候，却忙于嫁接；而他在失去创造能力的时候，才逐渐懂得了使用自己的心汁去培植出一点什么。

当然，借鉴和模仿对谁都不可避免，一种既成的强大的韵律对人的影响和制约也是巨大的。但一个更有出息的写作者总要设法早日摆脱它。这就像一个音乐家在创造一个新的旋律的时候，要极力摆脱其他旋律的干扰和左右一样。

人们以前谈得更多的是主题、思想、人物之类，这容易讲得清。而什么是韵律，却比较复杂。它大概由风格、境界、趣味、节奏、意象等等组成——这些难以讲清，而只可留给意会悟想。

写作中容易从他人那儿转借韵律，却无法转借别人的情节和人物，一转借就能对照出来，容易识别，被人指认为抄袭。可是转借韵律，他人即有口难言，难以指责。但只有写作者自己知道，到了一定阶段，索求一种韵律比索求一个主题、一个人物和一个情节更难更难——唯其如此，才更需要自我警醒。

1988.7.18

强调“周到”；认真是一种修养的深度。

之所以在创作中要常常强调“周到”，因为我们有时觉得“周到”简直就是才华。

看大师们的作品，里面无论怎样千回百转，也无论怎样漫不经心，总是照应得很好，天衣无缝，滴水不漏——怎样分析怎样有道理，字里行间充满了学问，到处都在隐匿匠心。当然，他只有看上去是漫不经心的，即他的匠心是极其含蓄极其隐蔽的。这种隐蔽同样也是一种周到。他的“周到”多到一般的读者都不易察觉的地步，即处处都在处处都不在，一切只在文章里中和。他们考虑得如此细致。

谁也不相信大艺术家会是粗心人，虽然他们平常生活中显得“粗心”，常常遗忘，丢失东西；可当他们面对艺术的时候，比任何人都更为精细，两眼雪亮。作品中的任何一个细部，每一个标点符号，他都要求精准严密。

一部作品是要长存于世的，或许它只是在某一个角落里存活——有的活得好，有的活得不那么好——有一天阳光一照它又伸直了腰，露出脸来，让世人再次看到它的模样——或美丽或丑陋，难以遮掩。这就是创造的规律和时间的魅力。所以一个作家在创作中难以忽略时间。

优秀的作家从来不存幻想，只是扎扎实实地工作。他们首先从写字做起，字写得工整，笔画清晰准确。他们不写别字、代字，不写大街上的简化字，并保持书面整洁。我看到一个老作家，他写错了字，就另外剪一个小方格贴上，贴得很规矩，如果不拿起来迎着光亮看，根本看不出有贴过的痕迹。

这些仔细的、认真的做法，不仅是一个态度问题，而且是一种训练，一种习惯，也是一种修养的深度。一个人弄明白一种道理很容易，可要按这道理做就不容易了。

文章写不好，不是也可以看作不周到吗？有人说，太周到了，或许就不自然潇洒——那为什么只想到一种“周到”，而忘记了自然潇洒呢？忘记了，也还是不周到。

1988.7.19

编辑删除作者的得意之处；割伤纤细的神经。

稿子中最得意之处反而被删除了：很多作者都有过这种经历。一篇稿子寄出去，发表之前，他最担心被改动的地方，也就是他最看重最得意的地方，后来恰恰被改动或者被删除了。这是为什么？既可能是作者自己的误解，仅仅是一种偏爱，也更有可能是他人的平庸。

文章中的闪光部位，恰是一个人创造思维最活跃最灵动的那一刻的产物，它具有大大超出庸常的特性，具有非同一般的绚丽色彩，对惯常的思维方式有着巨大的冲击力——当一个人用平凡的思路去接受它时，第一个反应往往就是感到突兀，是不能容忍，所以就要自觉不自觉地将它删削改动——它终于适应了固定的思维框架，让人心安理得了。

这一切都发生在不知不觉之中。因为对方是一个在通常的思维轨道上运行惯了的人，阅读的一刻也远没有进入创作的激动，没有飞扬的才情。他更平静一些，这很正常。

艺术创作有些非常奇妙的照应和关联，只有在一篇作品中耗费了心血的人才会更多地了解这些隐秘。他知道各个不同细部所折射出的色彩怎样互相辉映，照耀篇章，怎样完成一种综合的效应。有时候，那种微妙的连接都是依赖在一些纤细的神经上，稍一孟浪，就会碰断——那些感觉也就不通了。

诗人的劳作，内里的苦衷，许多时候无人述说。

于是我们对待他人的作品，万万不可失之武断：在总体把握上可以自信，进入细部的时候，就要格外小心谨慎了。因为我们完全可能碰到一副比自己缜密得多的头脑，对方已经预先把所有关节、一些细枝末节全都考虑好了，就连小小的疏漏都不会存在。事实上，创造的热情可以把一切都冶炼得这样熨帖，以至于你冷静下来的时候，会感到深深的惊讶。

1988.8.19

过晚见识大海的遗憾；人与江河海洋。

一个人到了中年才第一次见到大海，不能不说是一种遗憾。我五岁就看见了大海——因为出生在海边上，准确点说离大海五里半。

那时满耳朵都装满了别人议论大海的声音，听他们说大海如何如何。只想亲眼看一看大海。有许多次一个人悄悄向大海走去，都没能如愿。小路弯曲，杂树丛生，等于是童年的雪山草地。过早地接触大海是要被阻止的。

想象的大海是另一个天空：好像把天空展平了又放在地上一样。水天一色不可分辨，浑然一体。

后来他们终于领我去看大海了。那种感觉没法言说。记得一路上不知穿过了多少树林，走过了多少草丛，小路弯弯看不到尽头。登上一个沙岗又一个沙岗，还是不见大海。大海对人有一种神秘的吸引力，而且这种吸引力一直存在着，有时甚至能明显地感觉到它的存在。

后来我生活的地方离大海越来越远了，但描叙大海的文字却从未间断。好像写作就是不断地从大海中汲取什么。即便不是写海的作品，也有海的气味在里边。那是一种遥远而又切近的回响，它一直在震荡，一直留在心灵之中。

大江大河、海洋，对一个人的影响是太大了。这不仅仅指那些文学中人。所谓“见世面”，许多时候是指见过大水。

一生中经历的事情，深深浅浅，或牢记或淡忘，但第一次看海的情景却一直清晰。

1988.8.20

成片的玉米；对大自然保持新鲜强烈的感觉。

我相信一个人来到平原，整天闻着玉米的气息，花生的气息，会获得一种健康。这是真正让人健康的气味，这是田野的气味。谁知道空气中这种味道——甜丝丝的气味从哪里来？他们可能不知道，这是从玉米缨上来的，这和西瓜刚刚切开时散发的气味一模一样。田野里的草、土、树叶，还有泥土里的秸秆埋在那里，都散发出一种综合的气息。它们都是质朴的气味，因而也最能让人健康。

看这长长的玉米叶片，乌油油的，中间一条白线这么有力；玉米多么茁壮，像一棵树。它显示了多么强盛的生命力。一个沉浸于艺术之中的人常常热衷于表现自己的生命力，可是容易忘记了一草一木、一砖一石的生命力。其实他对自己生命力的表现，莫过于通过自然界的这一切去表现更好的了。它们在生长，向上，一直都有力量，有韧劲，根部结结实实地抓住了泥土。这让人想到书写的感觉。

一个人待在这茁壮的玉米林里，嗅着它们的气息，听着它们发出的细小声音，会隐隐地激动。看一会儿，看看它漫成一片的气派；一种潜对话。

一个人最可怕的就是生命力的衰竭，是那种敏锐而强烈的感觉的衰退。本来这是一个正常的生命所应该具有的，它会感到外部世界的运动、生长，感到静物的脉动……一个人童年时代对什么都感到惊奇，那是一个崭新的生命对整个自然界本能存有的那种强烈的新鲜感。可是人长大了以后，这些感觉就迟钝了。这是生命的蜕化和变异。作为一个从事艺术的人，这恰是最可怕的。那些伟大的艺术家，他们整整一生都对大自然保留了一种新鲜强烈的感觉。

谈到生命力，使人想到一个人在日常生活中不能不有所节制。那些无谓的耗损、名利之欲，这一切其实都在加速磨钝他生命的感知。

1988.8.24

第一篇小说；对神秘的反抗。

何时写出第一篇小说？大约是一九七三年。这之前已经写了许多散文和诗歌，但一直没有尝试写小说——小说不是轻易就可以写成的，当时看到印刷出来的书籍，惊叹不已，甚至对它分成的整齐的自然段落都觉得神秘。我们不知道自己到时候能不能分理出来。

记得一些试图学习写作的初中高中同学在一起，围绕一本书议论横生：这个段落为什么要这样分？为什么要那样分？为什么要分？没有一个令人满意的回答。特别是小说中的对话，有的要连接写出，有的一句写成一行；有的在句子前后有“他说”的字样，有的只加上引号。这些在当时看来都很奇怪。而散文和诗歌就简单得多——散文和我们学习的作文很接近；而诗仿佛就是押韵的长短句。

对小说的这种神秘感产生的同时，内心里也滋生出一股反抗的情绪，好像一定要写一篇小说才行。

写什么呢？想编一个故事，又一时编不出来。记得过去在林场的一个饲养场上，看到场门口放了一个废弃不用的木头车轮。车轮上还留有一些黑钉帽，看上去像贴满了膏药。车轮和辐条全是木制的，连转轴也是木制的，这在当时让我们觉得好不新奇，阵阵神往。

想围绕它编出一个故事出来。可以想象：如果在普及了胶轮大车的当时，林场大路上还咯噔噔奔驰着这样的一架木轮大车，那一定极其有趣。那时我们一定会争坐这辆木头车而不坐胶轮大车。

这辆大车由谁来驾驶？他又怎样拥有了它？坐在车上的，除了我们之外还会有谁？他们坐在车上要干什么？这辆奇特的、不甘消失的老式大车会派做什么用场？想来想去，就写出了第一篇小说，它的名字就叫《木头车》（收入一九九〇年明天出版社短篇小说集《他的琴》）。

1988.8.27

初学写作者与熟悉的题材；盲目的激动。

一个初学写作者总是写自己熟悉的题材。不过有时这种“熟悉”也是相互的——他会发现许多人都在写同样的东西。也许凡是比较熟悉的、常写的内容，大多都被他人反复表达过了，这种熟悉感其实更多的来自阅读，而不是来自生活。

这如何独创新意？你能把它提高到一个崭新的境界吗？你能找到一个全新的角度吗？反过来说，如果选择一个在大多数人看来比较生疏的事物去写，那么也就不存在这些麻烦了。还有，它真的生疏吗？

平时的文字艺术在熏陶你，那些经常被描写的事物对人的影响也会最大。那些艺术品的格调，作者的情怀，都曾经打动过你，你难以摆脱它们业已形成的气氛、主题和格局。所以在一开始，你不能放弃“陌生”的事物，它们或许会唤醒你崭新的感触，诱发出一段新颖的笔致。

人往往对真正的“自己”、对周围的真实世界感到陌生。

事实上翻一下报刊就知道，大多数人都在重复着一些老旧的话题，连常用的词汇都很相似。即便在题材领域也没有多少开拓，何况其他——在艺术创新方面，题材本身的开拓往往是最容易不过的。由此可见，惯性思维对创新的损害会有多大。

与此相反的是，那些艺高人胆大的写作者面对书写对象，身心放松得很。写什么是一个问题，但任何事物在他们眼里都瞬息万变，新意迭出，于是怎么写都是好文章。

初学写作者在接触材料时，总是反复思量，极尽犹豫。往往那些写滥了的东西最容易引诱其下手，使人处于盲目的激动之中。那时候就不会察觉自己要说的话已经被别人说过千万遍了，要展示和追寻的东西也被重复过无数次了。这儿，留给你自己的东西实际上已经没有多少了。

一个真正的艺术家，他创造出的艺术品不仅要具有一种形式美、一种完整性，而且更重要的是与此同时体现出的一种“原生性”。他在自己的艺术土壤上培植，让其强盛地生长。这就是有根的艺术。

1988.8.28

拉美文学的影响；两片大陆在文学上的本质区别。

好像拉美文学对中国当代文学的影响首次超过了苏俄文学。而过去苏俄文学对我们的影响最大。但拉美文学至今在社会读书阶层中的影响还远不如苏俄文学。当然这种情况正在一点点改变。

拉美文学对中国当代文学的影响主要表现在新时期，在更年轻一代的作家身上。过去的一代作家，比如左联时期和新中国成立以来的一些作家，他们主要受欧洲文学特别是苏俄文学的深刻影响，再加上国际共产主义运动当中逐步形成的一些文学传统，形成了中国式的现实主义文学。

新时期以来的新一代作家是试图重新开拓的一代，不过他们的辛苦，在于找不到形式上的突破。拉美文学恰是在这个时候传入的，于是带来了崭新的气息。学术领域和经济领域也受到了开放的冲击，正是这一切形成了一股综合力量，催化了当代文学的变异，出现了中国式的“意识流”和“结构主义”，中国式的“超现实”和“荒诞”。

拉美文学的冲击比欧美文学的冲击来得更为猛烈，因为中国的现实生活——文学赖以生存的这块土壤与拉美极其相似。有人说我们都有过殖民地半殖民地的经历，都有过贫穷和蒙昧，都有过军阀割据、内乱、强权等等；而且两地文学上的演变也都经历了从欧洲文学借鉴的历史。所不同的只是，拉美文学在经过长时间的沉寂之后，终于喊出了自己的声音——这个民族找到了自己的艺术家和自己的文学。

中国文学直到今天还停留在拉美文学的前期。

这种对比和参照具有极大的鼓舞性和启迪性。所以拉美精神很容易在我们这个大陆上得到复制，以稍稍改变了的形式继续延续。当然，即便对拉美文学也应该有一个消化的过程，可惜这个过程被急于求成的开放的时代给硬性地省略掉了。一个显而易见的事实是，它给中国当代文学注入了空前未有的活力，诱发了作家们崭新的灵性和从未有过的激情。他们敢于揭示生命的力量、生命的性质，敢于表现无与伦比的生命力本身。

但是，如果冷静地比较一下，就可以发现一个巨大的差异，那就是拉美文学的确是从拉美的土地上生长出来的，带着一股刺鼻的拉美气味；而我们的当代文学中有很大一部分还只是某种复制，还没有散发出我们自己这块土地上的强烈气息。这就是两个大陆在文学上的联系以及它们的本质区别。这两点是我们面对辉煌灿烂的拉美文学所应该想到的。

越是优秀的作家越容易被误读；天生伴随的寂寞。

越是优秀的作家，越是具有思想和艺术上的深邃性，具有坚韧的不妥协性。这一切有时又恰恰是一个平庸的读者所不能理解的。不过，真正的艺术家从来不急于寻找那种被尽快认可的快感。他们只沉醉在自己的世界里，两眼始终盯住一个目标，决不游移。平庸的读者往往是不求甚解的，他们面对一部著作，常以一颗狭窄之心面对一颗博大之心，他们在最认真的时候也不免陷于一种褊狭和无知。他们不可能具有那种宽容性，也没有那种包容的力量。一个真正的艺术家的邈远神游、精致的思维，在他们看来无异于痴人呓语。面对这样一种读者，有什么办法？难道还有比一个浅薄糟糕的伪艺术家更适合他们胃口的吗？

伪艺术家通常研究的都是一些庸常的题目，他们的折中主义，他们的世俗经验，他们哗众取宠的本能，以及能够迅速博得好感的那些油滑和笑料，都能像冬天的病毒一样迅速流行起来。他们往往是自己所处的这个时代的幸运者。他们不需要期待，不需要时间的淘洗。他们把时间老人撇在一边，懂得及时行乐。

而那些杰出的艺术家天生就伴随着寂寞，只有一切开始凋谢的时候，他们才显现自己顽强的生命力。那简直是独一无二的。在这之前，他们一直被误读。他们的书，除了在历史上遭受冷落、贬损、滞销之外，有时甚至受到烧毁和查禁。这就是一个大艺术家的命运。

主要原因是他们活得英勇，不甘平庸。

1988.8.29

作者的不盲从；反复重演的场景。

一个人要超脱于一个时期的文学潮流，置身其外是最难的了。因为他是这个时代的参与者和创造者。一股文学潮流的出现是非常复杂的，它必有长时间的积蓄期和形成期，每个写作者都在不知不觉中参与了一场文学运动。也许他离这场运动的中心地带十分遥远，也许在这场运动中他只是个微不足道的小人物，但他毕竟还是参与了。

一股潮流掠地而过，犹如山洪，所经之处的一切都随之顺流而下了。如果一个人能够安然挺立，不被裹挟，那么他必须有足够的重量，或者是深远的根基。潮流的不可抵挡性还表现在它的无测：一个人对它的没有防备，它等于是突如其来的，是在不知不觉间默默演化而成的。

当然，一个好的作家总是很好地借助了一股文学思潮：在这个思潮中，他或者是诱导的先锋，或者是冷静的观者。他可以从整个的过程中汲取极大的营养，总结出很多经验和教训，省去了他必须亲历的失败的试验。

在每一次涤荡文坛的文学潮流中，总是有极少的人获得成功，而绝大多数的参与者都无声无响地被淹没了、消失了。好比一伙人搬动了无数砖石，却盖起了一座完全不属于自己的宫殿。这是令人悲哀的事情，不过这是一个规律，是文学史上反复重演的一个场景。

如果每个人都更多地注视自己的内心，更坚定和更冷静，那么也许会有完全不同的文学格局。那样，文学的天空就会变得更加群星灿烂。

1988.8.31

艺术家的“工作节奏”；宁静与从容不迫。

每个人都有自己的工作节奏，并从其中获得收益。一个人的工作和生活习惯，取决于他的素养，并因此形成了不同的工作质量。有些艺术家往往能够像控制一台奇妙复杂的机械一样，从容不迫。他们对自己和自己投入的生活、在四面围拢的种种欲望中，都能够处之坦然。仿佛一切都了若指掌，安然有序。生活的节奏感，这简直是一种迷人的东西，这在他们那里既是形式又是内容，既是手段又是目的。他们好像从来没有惶惑和匆忙，既高效率又按部就班。

我曾看到一个在事业上左右逢源的人，初看好像处于特殊的紊乱时期，最后才知道他把一切都分得很细，因为众多的头绪需要一个强有力的手去梳理。他好像在同时完成至少是一打的事物，奇怪的是他能把每一个事物都落到实处——而一般的人倾尽全力，也只能做好这诸多事情中的一件。

是他的精力过人吗？是他在运用一种特别的技能吗？不，是他自身长期的研修通向了一种笃定和畅达境界，他轻而易举就可以抓到诸种事物之间的本质联系，并且习惯性地找出它们的差异和共同点。他能以最节省的“力”做成最大的“功”。

一切良好的工作习惯，都于宁静和从容不迫中滋生。如果在前进道路上缺乏自信、行色匆促，大概就很难进入那种状态。

1988.9.1

“质朴”与升华；朴素是至高的艺术品格。

也许在艺术之路上，最重要的就是能够首先确立一种朴素的精神，这才是得以升华的一个基础。飞扬的才情，浪漫的想象，都是从这个根柢上生发出来的。事实上，所有具备强烈的先锋意味的作品，质地上也都是非常淳朴的。而有些人，为了凸出自己的某种现代技法，就容易附加给作品好多形式主义的东西，宁可故弄玄虚，也不愿追求真实。那些花哨的、炫人眼目的东西，总是对比较缺乏精神内容和生活经历的读者更有吸引力。

现代主义作品在形式上的意味，会在传递过程中变得隐含不露。于是就仅仅剩下形式本身，另一个民族的读者即没有机会观察和体味它在自己的土壤上生长的全过程。你站在遥远的这一端就没法理解形式的意味，没法理解它朴素的本质。民族与民族的隔阂，说到底是一种文化上的隔阂。你如果脱离了浸泡了祖祖辈辈的一种民族文化，离开了它的滋养，转而生硬地效仿或复制其他民族的艺术，无论如何也是困难甚至尴尬的。

朴素精神的确立，说到底还是一种人格的确立。不再追求一种坦然放松、视野开阔的人生，就不可能具有朴素的精神。作者的克制和阶段性的认识是不重要的，关键是质地的改变，不然遇到合适的气候、机会和场景，总要流露出轻率的卖弄，这不是意志可以左右的。

一个人如果不在他的整个生活过程中贯彻一种自我批判精神，保持一种清醒的自省力，那么他就难以做好一项事业——即便是他自己努力追求的一种事业。自我批判说到底是一种坦率。一个人离开了这个途径，就没法走向完善自己的道路，就等于放弃了某种道德要求。这对于一个一般的人来讲是一回事儿，而对于一个从事诗与真的工作的人来讲，那就是一种致命的缺失。

在艺术品的所有品格当中，朴素是最基本的、是至高无上的。朴素的对立面必然包含了矫情和虚伪，如果一部作品不那么自然真切，那么它的所有绚丽和深刻都失去了根基，都变得难以接受。一句话，那个艺术品也就不成立了。一个艺术家也许最值得安慰自己的，就是他的淳朴的思想和行为，是他求真求实的那么一种精神。他的这种品格的力量，必然会渗透着、贯穿着他的所有创作。

小说的区别：可以讲叙与不可以讲叙。

小说作品确实有这样的区别：可讲叙与不可讲叙。大概那些叙述得十分生动的小说，总有比较完整的故事，有公众容易接受的那种外向性。比如高潮、结局、鲜明的人物个性，等等。只要不是主要表现一种境界和意绪的，总可以复述，也总可以使听者兴味盎然。当然，有的小说并没有什么曲折的情节，可是它会有特别迷人的人物。有的虽然这二者都没有，可是它在阐发一个明朗的问题——这个问题是那样地通俗易懂而又那样地引人入胜。

与此相反的是，一个作者如果在他的作品里只是表现了一种漫漫思绪，一种深奥的玄思，或者微妙而独特的情感方式，那么就只能阅读而不能倾听了。当你需要了解这个作品的时候，也只有面对它去细细品味，而不能仅仅求助于别人的一种复述。那是缠绕在笔端的一团虚无缥缈的云雾，离开了纸页，云雾也就消失了，你无法追踪。

现代主义文学潮流中，不可讲的作品越来越多了。作家的笔触越来越深入到人的内心角落，深入到人的潜意识里。我们不仅面对着一个本文，而且还同时面对着一个潜本文。这一切意会尚且困难，言传又岂能做到？现代艺术就是这样使读者进入了一个复杂的、又繁琐又奇特的领略和欣赏的状态。有时候读者也是作者的直接合作者，是故事的直接参与者。作品面对二十个读者，也就有了二十个文本。

现代艺术进入了非英雄的时代，它越来越多地告别了那些外向的、戏剧性的场面，告别了那些可以一代一代传颂的史诗，抛弃了我们长期以来所迷恋的明快的节奏，而进入了不得已的晦涩、隐幽，进入了一种象征和魔幻。它是急剧变化和演进的现代生活的折射，是我们正在生活着的这个客观世界的再现和表现。

当然，作品的不可复述性，以及与之相反的倾向，仍然会长期并存。但它们却是截然不同的两种品质，一种是对古典主义的怀念，一种是对未来世界的图解。它始终吸引着两种不同的读者，或者是公众，或者是长久地沉浸在读书生活中的人；或者是老人，或者是大学生。

1988.9.7

被损伤的创作心境；面对一种绝对强大的世俗潮流。

谁要想真正沉迷于一种工作，就得强迫自己把精神收拢起来，收入自己的内心。闭上眼睛，注视自己的心灵，堵上耳朵，倾听自己的心率。一个人过多地接受了外界的干扰，就会心神不定，就会张望，就会变得拘谨惶促。因为我们还没有一种超乎常人的抑制力量。任何创造完美的工作，要想达到一种至境，都必须寂寞自己。而平常听到看到的那一些都不过是极其具体的、临时性的东西，在历史的长河中不过是一瞬中的一瞬。你所追求的事业，是比石头还要坚硬的永恒。

今天的忧伤，明天的狂喜，没有尽头的慌张、议论、言传，只能汇入市声，加入一片喧嚣，没有什么意义。我们的参与往往是不自觉的，自然而然地去议论一些使人不得安宁的消息。我们平常所说的一个人要稳重，绝不仅仅是指一个人的言谈举止，而是要从笃定心、从忍受寂寞的能力上去理解。一个人不能真正地超脱于庸常，不豁达，不能如此深刻地热爱一种事业，哪有什么稳重可言。

面对任何一种绝对强大的世俗的潮流，都不能背离和动摇一种创造工作所需要的正常心态。淡泊和节制，自信和清洁，这才是最难追求的一种品格。一个人在心绪上要做到一种清洁很不容易，尤其是陷入混乱和纷争的时候。那时，他的思维也会纷争和混乱起来。清洁的思维表现了高度的修养和智慧，是一个人入世至深而又能超拔的那样一种境界。他们会本能地去除那些一般意义上的紧张和慌乱，远离世俗浊风。这同时也是一种自卫的能力，是回避的智慧——一旦由于缺少这些而陷于痛苦，即造成了某些难以挽回的损失。

较多的景物描写；作家是自然之子。

比较起来，有的作品确实更热衷于景物描写，而另一些作品几乎很少有大段的景物描写。这大概因为他们是两种完全不同的作家：情怀不同，素养不同。一种可以为大自然深深地激动，而另一种相对来说就淡漠一些。那些能够倾心于自然的诗人，比如俄国的屠格涅夫和普里什文，就是长期陶醉在大自然中的人。苏俄一直有这样的诗性传统和文学血脉，像后来的帕乌斯托夫斯基、阿斯塔菲耶夫等等，都继承了那种传统。他们笔下流泻的绚丽迷人的自然风光，彩色的瞬息万变的河流，让你沉醉，让你迷恋。

置身其中，也就接受了美的洗礼。

如果是一颗干枯的心灵，就不会滋生出柔软湿润的绿色。他们不会有那样的摄入角度，不会对自然界倾吐他们的眷眷柔情。这样说，并不是过于偏爱那些长于描述自然风光的作家，而是说，他的这种情怀的性质，足可以包容一切，可以使任何题材都变得光润，其纤细的诗心可以把事物间最曲折微妙的部分也镂刻出来。

一个真正的诗人可以不写大自然，但仍然会让人感到他是一个大自然的歌者。他的那种柔情，来自于一种艺术基因。一个诗人如果连篇累牍地描写自然风光，如果他在这期间真的感到了什么，真的在激动，那么读者在阅读时就不会烦腻，也会像他一样始终兴致勃勃。对自然风光的描述不是一种点缀，不能矫情，不能图解，不能掺假。它绝对需要一颗诗心，需要源于生命深处。

作家是一个自然之子，他一生都会满怀深情地忆想和描绘母亲。

1988.9.8

小说的注重细节与整体厚重；两种不同的作家。

一般而言，只有那些很优秀的作家才能写出一个连一个的漂亮细节，才能把局部打磨得闪闪发光。好的文学作品就应该是这样，不然的话，阅读就成了一次次折磨。没有那些随处可见的神采飞扬的细部去撩拨你，打动你，你就会觉得枯燥难耐。

不过也确实有不少名声很大的作品，局部上似乎表现得十分平庸，使你一时看不出它到底好在哪里。然而，你只要耐心地读完全书，也许就不得不承认它还是有内容的——言之有物，十分厚重。作者或许把深邃的思想藏在一种平淡无奇之中，他更多地从宏观上把握自己的作品。

当然，这是两种不同的作家，他们往往具有不同的艺术观念，不同的审美理想。但无论如何我们不得不承认，前一种作家比另一种作家更灵捷更有才华，前一种作家比另一种作家的思维要活跃得多，联想能力也要强得多。但是，如果一个人经受了难以言说的诸多变故，有着复杂的坎坷经历，这一切强有力地改变了他，使他的一颗心变得苍老沉重，那么他也可能成为一个对局部色彩无动于衷的人。他这样的人也许会缺乏一些奇妙的具体的神采飞扬的章节。他当然有一些重要的思索，但只能混混沌沌地展开，苍茫厚重，像他整个人生一样。这样的作品从来就不取小巧，只求一个大的效果。但他为此付出的代价也不算少，那就是整个作品都变得有点质木无文了。这样的作家很少有那些才子型的作家所惯有的特征：妙语连珠和汪洋恣肆。

作为一个读者而言，他很容易陶醉在意味无穷的局部，愿意玩味和欣赏。而就一个文评者而言，他倒是不得不平心静气地去权衡和度量了。他会极其认真地考察这两种作品的总体价值，它们的分量和级别。他不会过多地给那些好的细节和精彩的局部打上高分。这就是一个文评者与一般读者的区别了。

当然，也有在这两方面结合得非常好的作家——那只能是通常说的“大手笔”。但那总是少数。好像绝大多数作家都不能二者兼得。一般讲南方型的作家和北方型的作家就有这些不同。

1988.9.10

人物在小说中的重要性；现代小说的倾向。

人物在小说中的重要性本来用不着讨论。这个问题之所以也成立，完全是当代小说观念变化的结果。按照传统的小说概念来讲，没有人物还会有什么？写不好人物还会有什么？人物在小说中是毫无争执的最重要的一个艺术组成部分，写好了人物也就写好了整部作品，甚至可以说有了一切。但现在的文学进入了二十世纪的现代主义时期，问题变得再也不会这么简单了。我们不用列举，大量的现代作品中，有时人物真的已经退居到一个次要的地位上了。有的作品虽然也写出了很好的人物形象，但这些形象比起这部作品的其他因素来，还不能说占据了最重要的地位。很多小说根本就不是写人物的，即便在传统小说当中，其中的一类着重写境界的作品，人物的地位也在悄悄地降低。

在这种情况下，研究塑造人物的重要性就有意思了，你可以看到一部作品怎样因为写出了几个独具特色的、活灵活现的人物而使它身价百倍，成为某个时期的重要作品；你还可以看到有的作品恰恰也正是因为过分地把注意力放在了他的人物身上，而导致一部本来有可能成为最庄严沉重的作品变为了一部特色作品。仅仅热衷于写人物，完成一两个绝妙的形象，往往很难是一个更高明的选择者——他们完全有能力写好一个人物，但他们却很少把主要的力量放在这上面。托尔斯泰不是那样，歌德当然也不是那样。他们胸中始终装着比人物更重要的东西。人物在他们那里，既不完全是手段，也不完全是目的。

以写好一两个人物为目的者，在我们这个时代里还不是最背运的。因为以历史的眼光看，我们甚至不敢奢望在几年内、在一个广大的地区里看到几个真正有内容的特色作家。“写好人物，一定要写好人物，给文学画廊增添几个崭新的形象吧”——我们总是牢牢记住了这样的劝诫，并把它作为最高鼓励。长此下去，我们也就无形中接受了一种心理训练，让一丝平庸气悄悄地从心底滋生出来。

反过来，我们又看到了一大批这样的作品：苍白、空泛、故作声势又言不及义。他们倒确实没有专注地写人物，可他们同样也没有写好别的。对于这样的作者，我们倒希望看到他能写好几个人物，因为一个不能使自己笔下的形象在稿纸上站立的人，无论如何也不会是一个优秀写作者。

晚上不写作；对世界的更真实的感觉。

夜间是否写作，主要看每个人的习惯如何。有人认为晚上正是好好休息的时候，晚上就是晚上。写作需要光亮，而自然光是最自然的。你在白炽灯下或者荧光灯下去看稿纸、墨迹，以及你写下的话语，总有些异样感，仿佛它们脱离了常规常态而稍稍变得不好判断了似的。这就有一种恍惚的感觉在周围蔓延开来，使人不坚定、不执着，这是一个原因。可能还有一个原因就是，你在人造光亮下工作，在一个比较安静的时刻里，被四周的一片夜色包围着，对这个世界总有一点不真实的感觉。好像这只是你刻意选择的一个时刻，而不是一种惯常的、让你身不由己的时刻。眼前的世界突然失去了常态，在这个时刻里，你总觉得或多或少改变了什么——惯常的生活所给予你的那种参照性和制约力在减弱。不错，夜晚可以滋生出一些奇奇怪怪的想法，更可以任人想象，一些想法可以飞驰很远——但又会因此而最终弄得无法收拢。

前面说过，人在夜晚判断力会受到限制，受到干扰，那么在最适合想象的时刻里失去了最好的判断，又意味着什么？

有个伟大的作家，可能是托尔斯泰，他甚至认为这个世界上之所以有那么多文学垃圾，主要是因为有一些作家不愿放弃夜间工作的习惯。难道他说的没有道理吗？难道没有一点道理、不值得令人深思吗？

老天爷把时间一分为二，很明确地告知你一半时间工作，一半时间休息。我们按照这种自然的、也是最终的规定去行事，就必然有益。也许对于一个从事精神生活的人来讲，这一点就尤其重要。因为世上使你的思维走入歧途的因素太多太多了，你必须小心翼翼，必须在阳光的注视下从事你的活动。黑夜里什么不能发生？我们还是避开黑夜为好。一个人如果一天里总要休息，那么他为什么不选择黑夜呢？

不言而喻的是，这里实在有些个体差异，还有难以改变的工作习惯。有的甚至白天根本就没有时间用来写作。我们有什么理由苛求一律呢？

不过尽管如此，我们仍然认为最好的创作应该属于白天。

1988.9.11

强调情节的重要性；文学与小说的区别。

有人始终认为情节是小说中最主要的一个因素，特别是国内的一大批读者，更有这样的想法。实际上现在，在现代主义潮流中，情节就像以前谈过的人物——甚至比人物的地位还要往后排列。

实际上，我们现在所说的“小说”已经是一个含混的概念。

我们一直有个想法，就是将“小说”这个概念固定到通俗文学上。我们现在使用这个概念的时候，常常是专指通俗文学。因为“小说”两个字来自我们传统的一个说法，它大抵是指一些街谈巷议的通俗故事，可短可长。短即短篇，长即长篇，像很早的《世说新语》和《搜神记》等等。再到后来的《三国演义》《水浒》，都是继承了真正的小说传统。但是后来产生了《红楼梦》，那就是一部书卷气相当浓的、具有深刻诗意和现代感的古典文学作品了。中国白话文学运动之后，即五四运动之后，所出现的一大批文学作品（笼统可称之为“小说”类的这一部分），已经借鉴了很多欧洲文学传统，从精神气质上有了很大的改变，总的看它的书卷气越来越浓了。我们于是就有了一批只可以读而不大可以讲的所谓的“小说”了。从此，纯文学和通俗文学之间也就拉开了距离，起码在形式上变得雅俗分明。

在这种情况下我们如果一直使用“小说”这个概念，就容易把事情搞混淆。

传统意义上的“小说”中，情节当然是最主要的因素，而人物还要次之。那是环环相扣、跌宕起伏的一条情节链条，讲究伏笔、悬念、回环，什么“花开两朵，各表一枝”，什么“且听下回分解”，什么“看官你道怎地”，都是那样的“小说”作品中不可或缺的作料。这样的“小说”与其称之为文学作品，还不如称之为曲艺作品。我们这里说的，是它的品质靠近曲艺，而不是说曲艺就低于文学多少。我们只是讲，它们是不同的两个大类。

现在的文学作品，已经是集哲学、美学、历史、小说和诗于一体的散文。我们认为，一个这样意义上的短篇小说，不妨称之为“短篇文学”，而中长篇就可以称之为“中长篇文学”。戏剧、诗、散文、报告文学等等，都可沿袭原来的叫法。而通俗小说则可固定为“小说”的叫法。这样既名副其实，又清晰明了，有利于各类艺术的繁荣和发展。

至于情节的重要与否，这就要看它放在哪个门类当中了。如果属于以上讲的“小说”类，那么它就是根；如果属于“文学”类，那么它就是叶。

李芒的生活原型；描红的衬字与真实的靠山。

只要熟悉《秋天的愤怒》里所描述的那段历史，那么对作者笔下的李芒就绝对不会感到陌生。像李芒一类（出身和教养）的人物遍布大江南北，塞外高原。你要找到一个李芒式的人物，其实是再容易不过的事。当然，你要找到一个完全和李芒相同的人物，那又最难不过。他们之间的差异也就是生活与艺术之间的差异。可见，要在生活中寻找李芒式的人物做原型，加以补缀和想象，并不困难。

有人在阅读中常问“原型”，其实没有什么必要。这是刚刚养成不久的一个“小传统”。很多没有受过严格训练的创作人员，在执笔之初往往就要按葫芦画瓢，把创造活动变成简单的记录工作，把表现搞成了再现。于是，他们就必然遵循一个寻找“原型”的老习惯。

在一个平庸的写作者那里，更多的不是借“原型”而唤起飞扬的想象力，唤起无比丰富的联想力和创造力，而是把“原型”等同于描红的衬字，当成所谓“真实”的靠山。这种传统的认识实际上是窒息文学，使文学变质，并变得呆滞刻板、毫无光彩。

作品中的人物，每一个都是飞到作者笔下的精灵。它们或者不期而遇，或者姗姗来迟。他们占据你的思维空间的形式也是千变万化，千奇百怪，是整个艺术思维的一部分。在整个作品的境界当中，他们只是一个游动的分子。至此可以明白，问一部作品中的“生活原型”、真实的生活占多大比例，简直毫无意义。李芒是谁？李芒就是一个平原青年，他活动在一片无边无际的黄烟地里，他目睹了一棵老柳树的死亡，他美丽而娇小的妻子即将生育，他刚刚愤怒过……仅此而已。

1988.9.14

第四章

诗人与“金字塔尖”

内心里没有纵横驰骋的开阔；现代艺术的得失。

每个时代里，作家们都没有停止过这种努力：向传统挑战。因为他们面对以往矗立下来的巨峰总是不免沮丧。是攀登它还是绕开它？踌躇的结果是，大家都不约而同地选择了后者。可是反传统、反古典、反范本，如果没有足够的功底、足够的准备，弄不好就容易出现相反的情形，显得矫情和尴尬。我们这一代本来就很拘谨，如果心灵的自由度达不到，内心里没有纵横驰骋的开阔，那样做下来只能是更糟。

要完成一次反传统非常复杂，它大概要经历一个漫长的积蓄过程。这也是许多人努力和探索方能达成的事业。

传统总是由前人建立起来的。一种传统、一种规范，从来不是靠一己的力量筑成的。而最先向传统挑战的人，往往也是勇气可嘉，底气不足。他们有时也许缺乏一个认真的总结和分析，难免流于简单的冲动，所谓的意气用事。如果掺杂着过多的私欲，那就更不会成功了。

所谓的规范也是相对的，是相比较而存在的。实际上每一次挑战，都往往是意味着另一种传统和规范的开始。“破字当头，立也就在其中了。”这种破往往是在不自觉的状态下发生的，是一种自然而然，有“量变引起质变”的可能性。参与完成这个事业的人，需要自觉，又不能太自觉。完全的不自觉就会成为艺术之途上的平庸者和莽汉，而太自觉了就会变成牺牲品。

在漫长的文学史上，很容易发现这样的情况：文学态势多变，总是从不和谐到和谐，从和谐再回到不和谐——从单纯到复杂，再从复杂回到单纯。周而复始，永不间断。当然这并不是一次次简单的重复。这种观察和结论尽管有些牵强，但它可以刺激下一代人更快地完成一次新的循环。历史似乎在开玩笑——似乎一代人更比一代人的性子急，现代人的否定意识更强、更重。

有人说这难道不好吗？当然很好。可是它也带来了一个致命的弱点，一个不可弥补的损失，那就是当艺术探索尚处在一个环节、一个阶段，还没有深入到一个周期，当它还没有完成，没有走向极致的时候，就已经匆匆转向。特别是所谓的现代艺术，无论其怎样具有突破意义，也总会让人感到一种缺憾、一种没有完成感。这是现代的痛疼。所以在现代艺术里面，比较过去，以我们心中的刻度而论，好像越来越难以找到真正意义上的大师了。

这里面的利害得失看起来很清楚，但作为一个从事艺术的具体的人，却又无力回避和改变什么。我们只能这样做：既尊重古典，又批判古典；既是苛刻的，又是敦厚宽容的；既是勇敢的，又是保守的——以此走向一种自然而然的循环。

1988.9.15

阅读技巧；读者为一个作家而激动。

因为浮躁和慌促已成世纪之病，所以越来越多的人在谈论阅读方面的技巧。在大多数人看来，这只是不成问题的问题。飞快阅读，在书海里掌握了一种神技，并且相信许多博学者都有这样的神技。我却非常怀疑。在我看来阅读就是沉浸其中，就是认真和迷恋。阅读还有什么捷径？不知道。

沉迷于一个人的世界里，是不会有什么技巧的。当然，随着一个人的成熟，他会越来越采取宏观的方式去看待作家和作品了。一般而言，一个人在他创作和阅读上都是同步的。一个比较成熟的作者，不可能仅仅把注意力放在他喜欢的作品上——当他喜欢上一篇或一部作品时，那么这只等于找到了一个向导。它可以带领他走进一个更加繁复和绚烂的世界——作家的全部作品所构成的那个开阔无比的世界。对于一个作者来说，要想了解你所喜欢的这个作家，那么你最好搜集到他全部精神活动的记录，哪怕是几句谈话、一封短简、一篇小小的随笔，都可能是重要的。一个大作家与一般作家的区别当然很多，不过有一个重要的区别，就是那些伟大作家由于对问题特别专注，他整个思维过程的探索意味和连续性特别强：思维的痕迹重重叠叠，纵横交织，构成了一个紧密相连的整体。这时候，如果你仅仅研究他的某一部分作品，或者是仅仅研究他的“代表作”，就远远不够了。

一个具有良好修养的读者，严格讲来，他阅读的往往不是作品，而是作家本身。他整个的阅读目的，概括起来无非只有一个，那就是尽可能清晰地透过一行行文字，望到那个独一无二的、又陌生又熟悉的、无比亲切的高大身影。

当我们为一篇作品激动的时候，这种激动往往处在较浅近的印象中，而且这种激动不会持续太久。而当我们为整个作家激动的时候，那将是深深的、难以磨灭的一次经历。“人”的丰碑在心中耸立起来，就是这样的一个过程。

可是在社会上泛泛的读书生活里，我们很难看到那些试图去理解和寻找作家的人——即便在创作界，那种读者也是凤毛麟角。每逢想到这些，我们就觉得似乎不配在茂密的书林里行走，不配享受前人留下的绿荫。我们都是些目光短浅的可怜的人。

每次创作前的状态；又一次开始。

创作冲动非常强烈的时候，往往还不是即刻动笔的时候。那种冲动往往只能让你做出某一个决定。而什么时候开始，什么时候进入那个独特的世界，却是另一个问题。一个作者捕捉到一种境界、一种韵律和色彩就可以坐下来了，就可以让想象驰骋了。可是仅仅如此仍然还是不够的。你也许需要有一个更适合的心情……

一个作者总是在觉得与自己所处的周围环境有了某种隔离的时候才开始这一切。因为这是新的世界，这是完全不同于现实的呼吸。尘世的烦恼和欢乐都离他而去了，日常的喧嚣也渐渐消退。于是他成了一个宁静而独立的人。他不需要在世俗世界里向别人乞求什么，也没有向别人施舍的义务和愿望。他仿佛走进了一个安宁的、馨香四溢的、绿色的幻想之园里——四周没有一个人，静谧而不寂寞——或者是深深的寂寞。他仿佛是坦然平静的，可内心又充满了冲动。他的一次次激动不是因为什么具体的人和事，而是为这片幻园而激动。如果说到具体的人，那么在这个时刻里，他的眼前总是升华出一个个永恒的图像，这中间可能包含了他（她）的微笑。

他因为快乐而悲伤，他因为幸福而沮丧。他陶醉了，也清醒了。他浑身灼热，又异常冷漠。他轻轻地呼吸一口，慢慢地展开稿纸。这时候，他觉得稿纸最洁净、最美丽。

到了这时候，对他来说，是又一次开始。

1988.9.16

作家与自己作品的关系。精灵对人的选择。

一个作品完成之后，就成为一个独立的生命体。

一个作者对自己作品的认识，只能产生一种奇怪的印象，就像一束反光，它闪烁不已，投射过来。

一部卓越之书，也许并非他自己一手完成。他所处的时空中有一些神秘的射线击中了他，他被时光渗透和笼罩。他是回声，是出口，是被拣选的人。

朴素而言，他人间接地付出了劳动。许多人的探索，被一个人自觉不自觉地总结了，借鉴了。另外，还有整个时代的机遇和运气、一个时代的综合营养，等等。

你生活在一个时代里，这个时代的所有元素都关乎你的心灵。几乎是每时每刻——即便你睡着了——都会有时代的声音在启示和告诫你。它的卓越，在于它真实地体现了这个时代的精神和气质，它由时代老人“口授”而成。

一个写作者如果不能产生这样的觉悟，就会凝固在自我幻想的狭小空间里，不再举步。他在过高地估计自己的同时，也就过低地估计了自己。因为他只相信自己的力量，相信自己的创造。这并不是自信。反之，他才能更深入地吸入一种时代的力量。

一个人一旦有了无私的高尚的情操，整个时代都会帮助他。一个时代有可能达到的高度，也就在他那里表现出来了。每一个时代的精灵，往往都会自觉地捕捉那些真正无私和宽容的人，让他“神魂附体”。每个时代都有自己的神魂，它们都要附在几个具体的人身上，这当然是一种选择。

1988.9.13 — 11.6

作品与“世仇”；社会话题与艺术话题。

“世仇”，一个坚硬结实的大词，它代表的是深不见底的仇恨的渊薮，是阴冷逼人的颜色。它出现在作品中，经常是由大手笔调理和调度的，因为它往往过于复杂。就像一块顽石，一般人击不碎也搬不动。它一直吸引着艺术家。有人一再地去探索它，比如莎士比亚。当代文学作品中极有分量的那一部分，也不可避免地涉及了它。它好像一出现就表露了独到的魅力，呈现出一种奇怪的精神气质。

“世仇”往往贯穿了一种冷峻的气概，具有真正的正剧和悲剧的精神。再也没有比写“世仇”更能够体现渊源的了。当然，这其中常常也包含了许多宿命的东西。

也有人在笔下将“世仇”给庸俗化了。他们写到的矛盾纠葛都比较浮浅。好像“世仇”就是老一辈人在无休止地打架和流血。他们不考察一个家族的韧性和血脉，不深入分析这个家族与这个变幻着的时代的奇怪对应关系。实际上“世仇”往往是一种失去了人力控制的东西，既包含了许多非理性的东西。没有一种“世仇”不是以双方付出的巨大代价而告终结的。这种代价大多是看得见的，也有的是看不见的。不管怎样，有人类历史、有社会生活就会有“世仇”，有这种极其深切的恩怨纠结。

文学的解剖刀如果锋利，自然就会来面对“世仇”——这是一个谈不完的社会话题，也是一个诗的、艺术的话题。

报上的精致小诗；诗人与“金字塔尖”。

我们的“精致小诗”也许是不可或缺的，报上总也不缺这样一些东西。它们的确很“精致”，有时甚至玲珑剔透，锤炼得让人不得不佩服。不过看久了就会发现，这种小诗原来很多，一代一代人都会写下去，层出不穷。这就渐渐让人怀疑了什么。仔细分析可以发现它们制作上的套路。诗情的抒发如果也要有个套路，这大概就不是什么诗情了。

报章杂志上常常看到的这些不断涌现的小诗——它们一会儿写几句君子兰，一会儿写写瀑布、落日、菊花、海……作者一看见它们就激动，或者就想出了一种哲理——可称之为抒情诗或哲理诗了——不过看得多了，才知道它们是以稍稍改变了的形式轮番出现的。这很接近于另一些东西，比如让人想起了报上根据季节出现的小文章，如“夏天话西瓜”、“秋天话柿”、“冬天话羊肉”，等等。这些小文章也确有道理，正像那些小诗也确有哲理和情怀一样。但人们渐渐不太喜欢那么琐碎的“哲理”和“情怀”。

这种小诗的要害是没有真正的内容。它的关键不是短，而是巧妙地利用所谓的哲理遮掩下的无病呻吟。它不质朴，充满了矫情。

真正的诗人不这样写，要写也只写一点点而已；当然，那一点点也是真正的诗。

在整个人类社会生活中，有人将各种职业各类人士比作一座金字塔，以为诗人高踞塔尖，是最高层次的；而其次才是哲学家历史学家什么的。这和一个人在群众之中的知名度是两回事。这种划分当然有一定的道理。不过攀上了塔尖的人，更不应只写些“夏天话茶”之类的小小诗章。

而不久前读过一首长诗，它让人激动得几天都笼罩在一种情绪里。

1988.9.17

最喜欢的美国作家。有一部现代纪事。

让人喜欢的美国作家很多，从欧文、库柏，一直到今天的梅勒，都让人喜欢，给人留下深刻印象。当代作家从他们身上汲取了很多营养。这儿不说海明威和福克纳了，因为已经说得太多。今天谈一下舍伍德·安德森。中国译出的他的东西不太多，主要是短篇集《小城畸人》，以前翻成《温士堡，俄亥俄》。这本书可以读上很久而不至于烦腻。许多人对它有说不出的喜欢。有很多作家的作品，看了会受到深深的震撼，产生一种崇敬和钦佩的心情，可是并没有觉得他们多么独到、多么完美无缺。而安德森的这本书，却可以真正称得上奇特而完美。这本书薄薄的，矜持庄重，简直像一本经书。没有见过多少作家能够像他那样精粹、神奇和探幽入微。他能够揭示人性角落里最最隐秘的部分。说到这里，必须讲一句，作为一本书的概括，译者将书名翻为“小城畸人”是让人特别不能同意的。因为作者笔下的所谓“畸人”并不是什么畸人，他们其实是再正常不过的人。他们所具有的一切，我们身边的“正常人”都有。不过，我们正常人缺少一双安德森那样锐利的目光将其透视出来罢了。所以说，我们不能在心里跟着译者一块去叫什么“畸人”。

这本书既是古典主义的，又是现代主义的；它具有经典的性质，又是一部只有特别放松心性才能创作出来的现代纪事。作者的敏感和精细达到了不可思议的地步。大概作者在创作它的时候，他的精神一定处于最冷静、身体处于最健康的那么一个时段——完全回避了世俗的纷争而又能够深深地沉浸在艺术之中，是这样的一种产物。

像这样完美而精粹的作品，在翻译过来的美国当代文学包括欧洲文学中，已经很难找到了。包括马克·吐温的一些代表作品，也都没有给予我们这么大的快感和满足感。美国现代文学史上，有另一位著名作家，叫斯坦贝克，他的中篇小说《托蒂亚盆地》（另译《煎饼坪》）和《罐头厂街》，也是使人沉醉的两部绝妙的艺术品。但它们都不具有《小城畸人》的那种经典性和精粹度，更谈不上那种完美性。那本薄薄小书真正是让人百看不厌。作者的作品翻译过来的很少，这就让许多中国读者更多地想象和企盼。

1988.9.19

文学作品中的神秘主义；没有权力告知的话题。

我们所看到的文学作品中的神秘主义起码有两种情况：一种是大师们手中弄出来的神秘，而另一种是随处可见的，即一些故弄玄虚的“神秘”。对前一种，人们心向往之并记忆深刻；对后一种，我们会从怀疑到厌恶，并生出许多不安。再也没有比那些浅薄的模仿来的“神秘主义”更可恶、更能伤害读者自尊的了。它对文学的损害当然是显而易见的。它可以把创作引向另一种公式化和概念化，引向另一种肤浅和滑稽。

当一个人的思维尚且不能穿越眼前的现实生活的时候，当他在对现实生活的逻辑关系的把握上显得特别力不从心的时候，这时候反而要去刻意追求某种“神秘”，真是让人费解。这种神秘主义，实际上仅仅是作为一种外部色彩而存在，是彻头彻尾的形式主义。没有任何内容，他们对这些东西其实毫不理解。他们的层次距离关注和研究这些问题还极其遥远。而这种距离很清楚，它不是靠一时的勇气、冲动就可能消除的。对于大多数写作者来讲，这种距离会一直存在。而只有一些好作家在他的创作生涯接近顶点的时候，在他精致幽思的某一个时刻，那种距离才开始消失。他的目光突然在某一个早上穿越了现实的沃野，看到了朦胧的彼岸。

他们的神秘主义是建立在坚硬的逻辑基础之上的。他们穷尽了生活当中的很多神秘之后，才迎来另一种神秘。他们首先是洞悉现实生活的内幕，其次才是面对神秘的迷茫的目光。他们在任何一个境界里的探索都充满了质朴和诚挚。他们每时每刻都试图和未知世界达成谅解的那种积极态度，最终才保证了他的“神秘主义”的可靠性。他笔下的虚无缥缈，光怪陆离，高深莫测，都是属于他自己所独有的。

而那些平庸的作者，却看不到这个本质。他们看到的永远只是外部特征，只是那一点点色彩。他们误以为这是一种点石成金术，是通向杰作的必由之路。一个真正的实事求是的、具有严谨治学态度的人，不会轻易搬弄“神秘主义”。一个人只要不是切身地经历和感受了那种不可化解的生活之谜，不是靠无数次的经验所能够推演的事物，那么，他就没有权力告诉别人一些关于不可知范畴的话题。

一个作家的警惕；只需抓住一个话题。

如果说刚刚开始的写作，刚刚伸展的道路，依赖的恰恰是一种连续性，一种坚持的韧性，那应该是对的。哪怕是一点点属于自己的东西，都弥足珍贵。也许接下去值得警惕的倒是另一种东西：彷徨在十字路口的游移。一个专注执着者才会走向遥远。而我们自己常常并不具备这一点。我们最容易犯下的就是这方面的错误，是半路放弃而造成的遗憾。如果研究一些范例，会发现很多人的独到和深邃，主要是因为他们极端的专注和执着，他们的始终如一的探寻。

有人面对一个命题，只要进入了这个过程，积累了一定的经验，那么他就很难放弃：或者花费一生的时间，或者花费他一生中极重要的一段时光，直到倾尽了他所蕴藏的所有力量。

而我们自己恰恰不是这样。我们会不知不觉地走入一种轻佻，本能地热衷于表现和表演，好像具有多么敏锐的警觉力、多么宽广的视野，对诸多问题有多么强的关怀能力、多么灵活多变的艺术手段，等等。我们最好的创造时光，就在这种频繁的闪回和动荡之中消耗殆尽了，结果是既丰富又贫乏，既开阔又肤浅。我们没有、也不可能在任何一个方面达到一种比较完美的境地。

实际上，一些著作等身的写作者，一生都没有变换话题。而作为我们，根据自己的力量和才华来判断的话，大概仅有一个话题就足够我们去做一生的探究了。试想如果我们抓住了一个人生问题，不断追寻下去，就会越来越走向开阔，走向深远。

1988.10.28

粗糙的文笔与更强烈的印象；两种情致。

有时粗糙的文笔反而给人更强烈的印象，确实有这种情况。大概是因为那些粗糙的生硬的文笔往往具有很强的辐射力吧？它们比较起来显得更外向；而那些细致的笔触描绘出来的事物，曲折精微，往往也比较内向。粗糙的文笔进入你视野的速度好像更快。它压迫你的第一印象，而且它把你的想象力直接引入一种现实状态，向你提示一种客观性。它有一种先入为主的坚硬逻辑，使你在阅读欣赏的同时，毫不犹豫地把一切都接受下来。

但这种“粗糙”仅仅是一种外部色彩。它有时会用来掩盖作者的良苦用心。它的内里还是精细微妙的，是严谨和精密。那种粗糙的外表严格讲来也是一种独到的技法部分，是严格的有目的的掩饰的结果。

与此相反的就是那些纤细秀丽的文笔写下的文章了。它们可以动人，可以朗读和玩味，但很难获得一种强烈的印象。它们往往没有那种粗烈逼人的气势，整个儿显得文弱阴柔。如果把文笔本身也加以性别区分的话，那么前一种属于“男性”，而后一种就属于“女性”。

两种文笔各有千秋，互有所长，属于两种情致。

小说的“寓言性”与自然朴实。“寓言”的真伪。

有人说，小说的寓言性太强就会不自然不朴实。这真不好理解。真正的寓言性丝毫不会伤害它的真实度，更不会影响它的质朴。在我眼里，那些好的寓言故事才真正是朴实无华的。一部小说具有了寓言的倾向，一定会更加美丽和淳朴。

他们所指责的那种“寓言性”，很可能是指一种功利主义的、比较浮浅和低劣的文字游戏吧。不过那算什么寓言？那不能算。

我们倒觉得当代文学中缺少的恰恰就是那种真正的寓言意味。因此，我们的创作在总体上也就容易偏离具有生命力的、具有真正人性深度的幻想和浪漫；没有了那种迷人和绚丽，无形中放弃了自己的梦想。

前面已经说过，该警惕的只是那种伪寓言式的作品，只有那样的文字才会出现矫情和粉饰，最终也一定会远离质朴的精神。我们只要仔细观察一下，就会发现很多著名的作品都具有浓烈的寓言色彩。

1988.10.29

对人类的思索和对生活的思索；二者不能分割。

有人问，对人类的思索与对生活的思索是不是一回事？多么含混的一个大问题。大概这里所说的“生活”也无非是指人类的生活。实际上对人类的一些追溯和思考也不外乎是探索他们生活的意义：怎样开始、怎样发展，这种生活最终又会通向哪里；人在生活中究竟占据了什么地位，生活又强加给人类什么东西——

可见它们二者并不能分割。“生活”和“人类”当然不是一回事，可是关于它们的思索总该是一回事。

1988.10.30

作家刻意创造出自己的世界；平凡和幻想。

自己的世界大概不是故意编造出来的结果，不是独辟蹊径的结果。作家会从劳动中发觉，有时候愈想创造那样一个世界，反而离那个世界愈远。作家心中总是装着两个世界：一个平凡的世界，一个幻想的世界；但他往往会把幻想的世界当成艺术世界——他重新构筑的一个世界。

实际上，艺术世界就是艺术家头脑中的平凡世界——它的一次次重新构筑。怎样坚持在这个平凡世界中的不倦探索，怎样坚持在现实的土地上的艰难跋涉，是一个艺术家走向自己的艺术世界的最可靠的办法。有人不屑于在这种平凡的探索中消耗热情，而只想象一伸手抓住一个奇异，结果适得其反。人们至少没有看到这样成功的例子。

一个作家忠诚地记录了自己的心路历程，记录了自己攀登的足迹，也就是记录了一个生命，记录了他的独特的世界——这个世界与现实是不同的，是不可以复制不可以重复的个人世界。

这种记录的奇异之处不在于它具有多么鲜艳的外部色彩，不需要加上什么徽章，而是靠它的内在的气质，靠一个生命的基本特质去做出规定。他的世界是与生俱来的，他寻找到了自己的

“原来”，也就寻找到了一切。

我们无数次地看到这样无聊的行为：灼热地、夸张地去赶制一种“奇异之作”，把希望寄托在可能出现的机会上，结果显得莫名其妙。他们离开了自然而然的生活，离开了泥土，依靠别人的历史和经验，幻想一步跳上新奇的土地，开始一场全新的舞蹈——这一切只是一种幻念。我们许多人大概都被这种幻念折磨过。

后来才会明白，一个人一个世界，一个艺术家一个世界。我们的目的和任务，只是寻找它、完整它。如果是有足够的才华和能力的话，如果是一个极富想象能力的、精力旺盛的、记忆力超群的人物，那么他就会完成它，实现它。一个人的清晰的思路、旺盛的生命力才最终保证了他的个人世界的独特性。而这个世界必须是用现实材料构筑的，除此而外不会再有其他的途径了。

当然，这是一个无限繁琐而又复杂的过程。这可以从别人，从那些大师身上得到一点启发。他们是自己的世界的建设者，也是这个世界的主人公。他们就是世界，世界就是他们。

1988.10.31

补充创作激情。旺盛的生命力迫使他关照越来越多的事物。

一个杰出的诗人，他与常人的最大区别就在于他有不可遏止的激情。他冲动的情怀，他常常涨满的心潮，往往都是常人所难以理解的。这一切，都是由他这个生命的性质所决定的。他的旺盛的生命力迫使他去关照越来越多的事物，他对各种各样的事物都比常人敏感许多。

当然了，正像任何一个生命都会枯竭一样，一个诗人也有疲惫的时候。他不可能总是具有饱满的热情。他的激情之潮确实也有起伏动荡。

比如，一个人可以从大自然中寻找和汲取激情。你如果到大海上，在不同情况下接触大海，就会有完全不同的感触。半夜里的一场大风非常可怕——在黑暗中只听得一片轰隆，不断有什么给大风破坏掉了。到处漆黑一片，狂风大作。这个时候你因为恐惧而不能入睡，突然就想到了北面的大海。你会想象大海边上一定有非常可怕的场面：一片漆黑，巨浪一个接一个地腾空而起，有一种雷霆万钧的力量在运动，在撞击，而且像是没有来由。一个人孤零零地站在海岸上，在一片墨一样的夜色里，孤立无援，独自面对着神秘狂暴的大自然，必会感到恐惧——生命的底层也会荡动，会深深地记住这个场面。

同样是一个夜晚，你如果到一片茫无边际的丛林里，倾听着飓风扫打着林木，发出刺耳的千奇百怪的啸叫，听着各种野物被惊动奔逐，看着一幢幢似人非人的黑影，也会感到巨大的不安。

同样是恐惧，同样都来自大自然，但恐惧的深度和方面又都是绝不相同的。再比如，你如果在一个阳光明媚的上午来到碧蓝的海边，看到平静浩瀚的一片大水，水上的渔帆、海鸥以及脚下的白沙，看到沙滩上苍老的渔铺，不远处的渔翁，又会有另一些感触。你的心灵又会在另一种自然中融化，你的灵魂又会沉入另一种激动。

大自然千变万化，你勇于在它不同的时刻里去亲近它，既寻找月亮又寻找太阳，既寻找飓风又寻找漆黑，既寻找荒野又深入丛林，既享受孤寂又参与热烈……大自然的不同时刻不同气氛都让你这个生命经历和感受了，使你的每一根神经都不能够一直昏睡。无比丰富的感觉在心里积淀起来，这些东西最终在你的肉体里活跃不已，诱发你推拥你，让你获得阵阵冲动，于是你又感慨、又幻想、又孩子般地单纯和夸张……这一切就可以称为人的激情。

1988.11.2

成功的“闭门造车”；“生活”是什么。

一个写作者说，他可以成功地“闭门造车”。如果真有这样的人，那么他就肯定是一个极有才华的人。从生活中好像真的可以找到这样的先例：他们所活动的外部世界似乎特别狭小，他们更多地生活在想象的国度里。可是他们有写不完的东西，简直任意驰骋。这不是一个奇迹吗？作品源源不断，新意迭出，推涌起一次又一次的波涛、一个又一个的高潮。他们总是把崭新的意绪、新奇的想象，栽种到一个时代的土壤里。在一般人看来，他们好像做得毫不费力，举止随便而又流畅，并且富有节奏感；有时你甚至觉得他们在凭借自己的才气开一些有趣的玩笑。

这类艺术家真正具有天才的气质，是属于他那个时代的为数极少的“才子”。用我们今天的观点来看，他们都不是一些占有很多生活的人。可是我们要问，占有了生活等于占有了什么？生活本身又是什么？仔细想一下，生活包括事件、过程、印象，也包括经验和感觉，包括感触。也就是说，生活可以直接作为思维材料，也可以作为修身的养料。一个艺术家更重要的是占有一个客观世界所给予他的无数的、一再重复的刺激感，这对于一颗诗心的形成是重要的。占有一般意义上的生活，并不能说明占有了那种刺激感；而我们刚才所讲到的天才们，却总是接纳和收受了大量的来自生活的刺激。这种刺激可以在他的心田里一再地繁衍和生长，以至于无穷无尽、无边无际、无头无绪。整个外部世界对于他来说，是强烈的阳光，是具有极大穿透力的某种射线——只要一打开心灵的天窗，这些东西就会一拥而入，刺激得他泪流满面，激动不已。

他常常在一种狂喜的痉挛中挣扎、蜕变。整个外部世界交叠的印象一次次压迫过来，敲击在他的心弦上，发出震耳欲聋的回声。

这一切对于一个顽强而又敏感的生命来说不是足够了吗？还有什么生活的角落需要印上他们自己的足迹、需要他们去亲自丈量、需要他们去亲手触摸呢？似乎已经完全不需要了。他们会自然而然地展开奇异的联想，会举一反三，会千变万化——经验可以滋生经验，幻想可以诱发幻想，循环往复以至于无穷。

这就是那些“闭门造车”或曰“足不出户”的天才吗？

1988.11.3

不可思议的创作力。质朴的劳动。

对一些人的创作常常有不可思议的感觉。看到他们那些无比完美的作品，看到那些鸿篇巨制，有时总不免在心里泛起这样的念头：这真不是人干的事情啊！我们作为一个现实生活中的人，完全不能够理解他们是怎样开展自己的工作、怎样完成自己的工作的。比如说，一个作家可以写出一千多万字，而且精当结实——他怎么会有耐力、有韧性地一笔一画刻下这些繁复的文字？又比如说，他们怎么会创造出如此激动人心、如此辉煌绚丽、如此完美无缺、简直是永远不会磨灭的艺术品？

我们知道，一个人生命的力量、创造的力量，都是我们在现实生活中所能够理解的范畴之内去把握的。我们理解和衡量事物通常有自己的法则、自己的规律，有我们自己的经验尺度；而且这些法则和尺度，在繁琐的生活中经过了无数次的检验，从而得到了证明。

可是一旦这个尺度和法则运用到一位大师身上，就会难堪起来。我们会发现这对于他们是完全不适用的。因为大师们身上有一种超人的力量，有一种神奇的特异的力量。这种力量就像我们今天所看到的一些具有特异功能的人一样。你如果看到一个人一掌把钉子砸入木头，一拳将石头打碎，一定也会觉得不可思议。实际上这是一个人通过某种方式或条件引发了体内的一种不可理解的能量。它是完全不同的另一种逻辑。寻找这个逻辑恐怕还不是近在眼前的事情。由此来推论一些大艺术家，道理完全一样。他们由于几十年如一日的磨炼和诱导，已经激活和引发了身内的某种东西，于是那种难以言喻的一种创造的能量就从体内爆发出来，他们能够做成的事物也就会使人目瞪口呆。

不过我们觉得所有的道理还是建立在忠诚和专注上。忠诚就是忠诚于一种道理，专注就是专注于一种事业。这就是一种朴素，一种爱。爱得越热烈，越深刻，它也就越强大。如此下去的结果，很可能就会达到一种神奇的阶段，好像有什么神灵在相助和守护一样。

但是只有傻瓜才会坐等神灵。如果神灵是坐船来的，那么你必须先让劳动的汗水淌成一条河流。

那种巨大的非凡的劳动成果让人一时难以理解，可是他们的日复一日的永不间断的劳动本身却是显而易见、通俗易懂的。人世间的万事万物多么令人感叹，可是大师们往往连感叹的时间都没有。他们以最快的速度投入了劳动，把平凡而神奇的一生交给了劳动。

我们每逢站在书架前面，每逢伸手触摸书脊的时候，总有类似的感觉，有些胆怯。无数巨大的身影笼罩了我们，无数支巨笔屹立成林，我们既不能逃出又不能穿越。

但是大师们所进行的工作与我们有一个相同的名称，那就是劳动。

昨天的劳动和今天的劳动都同样质朴，都是同一个颜色——我们就是从这样的角度去试图理解那些永远也不可理解的事物。

这难道仅仅是对自己的一种安慰吗？

1988.11.5

文学与宗教。一生心往神迷的艺术家。

“文学与宗教”，这是多么大的一个题目。这个题目实际上常常被讨论，并且有专门的著述。我们的学识决定了我们不能谈得更好，只是凭印象说，那些杰出的作家往往都是宗教意识很强的。当然了，真正的艺术家总会有自己心灵上的刻度，有自己的禁忌。那些标榜历史唯物主义和辩证唯物主义的艺术家，也并未完全排除自己的宗教意识。宗教与艺术时而融为一体，表现为同一个东西：一些宗教经典本身就是绝妙的文学作品。

一些宗教经典包含了大艺术品才能具有的深邃性、神秘感和至上的尊严。这样的例子不胜枚举。可以看《金刚经》《六祖坛经》，当然也可以看《圣经》。很多文学作品首先从思维材料上就常常索取于宗教经典，这在中外文学史上绝不罕见。《圣经》被人演绎过多次，描叙过多次，其他经典就更不用说了。《圣经》在西方文学作品中，它的故事脉络直接作为作品的结构框架出现过多次。如果从文学作品所涉及的主题来看，那么它与宗教思想、与宗教经典的关系就更密切了，简直一时不可分离。我们即便描叙极通俗极现实的事物，也要自觉不自觉地在一些宗教观念之间徘徊。一些宗教思想，说到底是一些文化结晶，是从人类生活中提炼而成的，实际上构成了人类历史的几大主题。它充满了玄思的智慧、思辨的智慧。我们不可能使自己的思维回避这些根本的、绝大的主题。展望文学史上那些伟大的作品，比如说十九世纪和二十世纪大师们的作品，像陀思妥耶夫斯基的《卡拉玛佐夫兄弟》，像托尔斯泰的一系列作品，等等，都没有什么例外。

说到底，只有一颗博大的心灵，才会与那些绝大的主题，即宗教的主题相衔接。那是古老而又崭新的思想，是一种永恒的庄严。

从宗教与文学两种经典的产生上也可以看出它们至为紧密的联系。它们都是专心感悟的结果，都是出于世俗又反照世俗的那样一种关系。从事宗教活动的人往往要回避尘嚣，潜心于自己的世界，过一种清苦平淡的生活，过一种精思妙悟的生活，而一个艺术家又何尝不是如此。他们沉浸在自己的艺术世界里，一生都心往神迷，迷离不知所之。他们都在走向一种神性。

1988.11.6

一个作家使命感的产生和确立。持续不断的漫长接力。

一谈起使命感，就会涉及艺术领域里最敏感的一些话题，这如同在谈论“责任感”——实质上没有任何一个人能将它们真的回避掉。因为从绝对意义上看，既然我们排除了没有功利的艺术，那么也就同样可以排除没有任何使命和责任的艺术家了。

当然，可以在完全不同的层面上谈论这个问题，关于它的那些肤浅而动人的陈词滥调可以不在讨论之列。我们也可以不谈一个艺术家的使命，而首先去谈作为一个人的使命。

一个人与一个世界构成某种关系的时候，他就自认为不是可有可无的了。实际上也正是如此，他与整个世界那么紧密地连接着，如同一个分子可以测知整个世界的性质一样，整个世界也正是由这些分子组成的。这就是彼此的关系。一个人没有探究世界的愿望，也就等于失去了生命，任何对这个世界表示冷漠、表示一种独立无倚的精神的人，都不过是一种强化出来的边缘色彩，是他作为一个人拥抱客观世界的那种热烈和急切的曲折表达。我们如果看到那些皱着眉头演算生活的人，我们就觉得他富有责任感，怀有某种深刻的使命；可是我们看到那些游戏的“孩子”、那些现代嬉皮士，就说他们失去了责任，说他们背弃了使命——这准确吗？

一个艺术家真正深刻的使命感正是从关心人本身开始的。他不会对生活本身、对人生过于冷漠，虽然这一切并非时时构成他思维的核心。他关注的始终是人类和生存的最大奥秘，是一代又一代人一次持续不断的漫长接力。它只有起点，没有终点……

我们这样谈论“使命感”，为了表示与惯常所谈论的那种“使命感”能有一个区别。我们总是要追问这样一些字眼：“本源”、“始终”、“最后”……这些命题足以使一代又一代人探究下去，伴随一代又一代人的衰老，一代又一代人的新生。这就是我们所说的“使命”。

一个真正的艺术家有可能摆脱这些根本的问题吗？有可能不去牵涉这些问题吗？诗人的不安分的灵魂如果不是来自这里，还能来自哪里？来自琐屑和浮浅庸常吗？我们也可能看到无数人将“使命”两个字挂在嘴边，实际上不过是在遮掩那种急功近利和苟且。他们从来没有抵达一种境界，也不会展开自己阔大长远的艺术生涯——当我们谈论这一切的时候，我们自己也自然而然地感到了深深的不安和恐惧。

我们实际上在进行一次检验和叮嘱，因为一谈到“使命”这两个字，都会变得小心翼翼。

“使命感”在一个人心中的确立和产生，总是因人而异。它在每个人那里都会有不同的理解，不同的色泽。如果承认人和人有先天上的差异，那么就得承认：有人天生就善于触及那些敏感而又重大的命题；有人对这些命题完全迟钝，却对另一些根本不值一提的俗腻表现出浓厚兴趣——他们注定了是一些很现实的人。如果他们是一个从事艺术的人，那也只会是一些职业色彩很浓的匠人。他们不会变成哲人和导师，不会变成在精神的隧道里高举灯火的人。这部分人为了掩饰，有时也可能搞起什么“颓废的”艺术——以为颓废的艺术就一定是嘲讽“使命”的艺术，而嘲讽“使命”的艺术就一定是深刻的艺术。这本身就是一个笑话。因为现实中的情形恰恰相反，在这个世界上，我们看到的，总是一部分怀有强烈使命感的艺术家走向了颓废。

这与其说是一个艺术家的悲哀，还不如说是这个世界的悲哀。

我们能埋怨艺术家吗？能埋怨“使命”这个绝好的字眼吗？

一个人的经历对这一切的影响；心路历程。

一个人的经历，当然会对“使命”的理解产生影响。如果没有影响，那就非常奇怪了。不同人所经历的不同生活，可以使他对世界有完全不同的看法，对生活的目的、生活的意义，以及他在这个世界上所处的位置，等等，各个方面的问题有完全不同的看法。生活也可以毫不费力地腐蚀一个人——这里主要指腐蚀掉他的责任心和使命感，腐蚀掉一个人坚韧不拔的探求精神。这种生活既可以是磨难重重的，又可以是非常优越的。

生活与人之间有着奇妙的对应关系。我们无数次地看到这样的例子：苦难的生活改变了一个人的心灵，使他坚强勇敢，自觉地投身于一种无私的事业。他的献身精神使人惊讶。生活的火焰已经把他充分冶炼、进一步提纯了。这样的人无论从事什么职业，无论在任何一个角落，都是一个有力的破坏者或者建设者。他们也必然依托到某种集体和主义之上，从而使自己的生命变得更富于力量。与此相反的是，同样是那种苦难的生活，却可以使另一种人消沉无望，让其对整个世界都充满了怀疑。人类花费了几个世纪追寻的意义和价值，他可以在一个早晨将其全部否定。

我们谈论一个人的使命感是怎样确立的，当然不可能离开一个人的经历去谈论。作为一个艺术家，他的使命感主要是通过作品去表达和实现的。从完成一件作品的角度来看，一个人的经历往往起了决定作用。我们确实看到了无数幻想的天才，但却不等于说这些人没有什么重要的经历。经历在我们这里也许可以换一个说法，从而变得更加确切：我们可以把它叫成“心路历程”。一个诗人，艺术家，他的心理状态、内心世界的痛苦和欢乐，有时极难于从外部考察一清。生命的质地是千差万别的，同样的事件附加在不同的生命之上，那种感受会是截然不同的。一个人的心的历史，只有这个人自己才可以说得清楚。

一个从事精神活动的人，对外部世界的态度简直是曲折晦涩，一言难尽。这个话题非常复杂，尽管一再谈论，我们还是难以用“世界观”、“阶级性”之类字眼去涵盖。

第五章

难以复制的声音

一组短篇。靠运气摸索的失败。

这一组小说让人昏昏欲睡，可是忍耐着看过之后，回味中又觉得它的立意、事件，还有人物等等，都应该让人激动、让人留下强烈的印象。这其中甚至充满了色彩强烈的东西，比如死亡、报复、仇杀、逃奔、性爱，等等。为什么引不起人的兴趣？肯定是没写好。就像我们经常讲的，这里面存在的问题是“怎么写”，而不是“写什么”。

我们发现它的让人昏昏欲睡，主要是作者自己不得要领，整个作品面对需要表达的事物，就像一对聚光不好的眼睛，看上去浑浊而朦胧。不错，这些小说在表达上，最终都找到了自己的重点部位——很多至关重要的想法，作者也一点点清晰起来——只可惜这一切来得太晚了，来不及了。

大概一个作家在一段时间的创作过程中，可以是缓缓的永不间断的寻找和探索；但具体到一篇或一部作品里，大概就不能这样了，不能“摸着石头过河”。相反，他应该胸有成竹，志在必得。在一篇或一部作品里到底要写什么、要突出怎样的重点部位、要使哪一种色彩闪亮夺目，必须做到心中有数——争取一开始就决定胜负。与此相反的做法，就只能是一种懈怠和恍惚，是不可为而为之的心理。他早已动笔了，可是应该清晰的那一切还远未清晰，心中无底；那就只能凭借熟练的文笔的牵引，靠惯性往前行进，在行进当中，慢慢摸索到一点东西，摸到多少算多少。这时候作者长叹一声，作品也就该结束了。

于是，这些作品在阅读时给人的感觉，首先是言不及义和似是而非。你努力地辨认和琢磨，仍不免昏昏，进入疲惫的状态。

好的作品，当然也会将最有能力控制的部分深藏起来，但这样做是一种表达的需要。这与迷茫和模糊、与缺乏控制能力完全是两回事。

1988.11.9

“神来之笔”；自己的“神”与共同的“神”。

我们常常看到一些“神来之笔”，那大概是一种神奇的思路，是他们在写作中被某种东西突然触发而成的，而不会是原来的设想和构思。如果说一个人的写作过程是一种创作的话，那么真正具有创作意味的还是这些瞬间的产物。你发现一部作品再奇特，它大多也还是由一些习惯性的词汇和思路衔接组合而成的。也就是说一部作品的局部和细部并没有多少创造性——再好的艺术家也难免要借助于机械运动、借助于一种惯性来往前滑行，从而完成自己的工作。而一旦他的语汇、意味、某些细节脱离了那种习惯的轨道，也就必然会出现所谓的“神来之笔”。

一个人总应该有他自己的“神”，没有这个“神”，人与人之间就没法区分，就会是一种色调，即千篇一律。每一个人使自己区别于这个世界上其他事物的最有效也是唯一的一个办法，就是守住自己身上的“神”。这是自然而然的。具体到一部作品的创作上，有时也像具体到了一个人的日常生活一样。

作者已经在不知不觉间让旷远的历史和千百万人的活动所形成的经验和概念束缚住了，自己的“神”潜下去，共同的“神”泛上来。一个人难以放松地活着，自己的“神气”就不会在自身的血脉里流动。所以，他的创作就不知不觉地流于庸常和概念。

不言而喻，生命毕竟是顽强的，它必然要时刻尝试着挣出，显示一种力量，显示自己的本色。它必然要有那么一个时刻里是挣脱了束缚的、完全自由的。我们看一个作家处于这种状态下所写出的东西，也就是那种“神来之笔”。

1988.11.10

写作中的一再停顿；工作的弹性，周到和完美。

有人写作中要一再地停顿，大概说到底这主要还是一个精力问题。没有任何一个人能够长久地、连续地使自己激动和神往。写东西一气呵成，这在我们看来是一件很危险的事情。那是对神气最大的一次摧折。我们试一试，发现一口气写到底的长文（如果足够长），无论当时感觉怎样好，到后来都能看出仓促和急就的意味。所以要一口气写下来，那一定是当时出现了什么足够新鲜的东西，刺激了作者的胃口。那时我们容易过高地估计自己的力气。实际上，这种工作不同于其他的体力活儿的方面，就在于是否胜任不那么明显，往往不是一下就可以试出来的。

激动的思路可以引出奇妙的想象，也可以遮掩深入的思索。而只有思索与想象同时处于良好的状态时，才会产生清新的文字。

要回到最良好的状态，唯一的办法还是停歇。中断了它，也就是遏制了自己的欲望。这种遏制的后果，只能是产生出更加强烈的欲望。这种情形犹如被阻止的水流，一旦撤掉阻止，水流会更加汹涌。你在停止工作的间歇里，会不自觉地逸出一些游思，它们会在暗中修补和加固什么。因为你由于连续的工作，意识已经完全疲惫，不敏捷也不锐利了。不停止地重复，会使你产生内心深处的厌倦，而且长久地压迫了你自己的潜意识。停歇的目的，从一个方面讲，也就是为了唤起自己的潜意识。当你不停地描述着自己的感觉时，也可能恰恰长久地忽略和压抑了自己潜在的感觉。而那种感觉总是在更高的层次上、在更隐秘的世界里，与诗意结缘。

另外，艺术创作说到底即兴的色彩还是很浓。人在一个时刻里有一种思维的方式，在另一种时刻里又会是完全不同的方式。不同的时刻，作为一个作者就会有不同的运气和机会。你仅仅依赖一个单位时间，仅仅从一个角度出发，就不如寻找不同时间里的各种变化。即便是一部十分单纯的作品，也需要各种复杂的关照。有时一部作品不够周到、片面、直白，主要原因就是构成这部作品的思路还不够丰富，因为一条思路的角度变化太少。而一种角度的产生，总是与作者在那个特定的时间和空间中所具有的生理状态、心理状态紧密相关。气氛不同、环境不同，甚至是极其偶然的某一种因素，都会改变一个人的思路。正是这些难以逆料的变化，促成了错综复杂的层次和极大的丰富性。这一切你不可能通过别的途径去获得，而只能通过停歇。当然，这样既可以缓解紧张的神经，又可以使工作富于弹性和张力，进入一种周到和完美，一种厚重和浑然。

一气呵成的做法，一般讲来是不值得提倡的。这样做，一般都是有什么急事，必须赶紧做完。如果来得及的话，就不妨分段多做几次，慢慢地完成它。

一些怪小说。焕发青春的象征。

这期间常常谈论一些“怪”小说，并时有责备。其实这几十年来的中国当代文学，主要是写得太“大路”、太不怪了——就怕别人看不懂，普及了还要普及，“提高”了还要“提高”。比如说，艺术应该属于大众，但艺术手法却不仅仅是属于大众的；它可以属于小众，可以属于教授。如果一个教授为大众而写作，写出了晦涩的文字，我们怎么评价他的工作呢？难道我们就一定要彻底否定他吗？一个著名专家不会是白痴，一个高级知识分子的晦涩必然有他自己的道理。他在自己的世界里愈走愈远，说明他（她）有很好的韧性和耐力，有力量，我们没有必要去把他（她）呼唤回来——有能力走得远的人，亘古至今都是极少数，而大部分人都是浅尝辄止，唯恐做得不适度，怕扭了脚踝。他们不敢手执火炬走进幽暗的深处。

往往不是那些小说太怪，而是有些小说太直白。那些富于个性的创造品，常常因为没有表达一种惯常的思想，以及因为这种表达方式本身的缘故，结果很容易就被指责。但这一类作品极有可能来自活泼的年轻人。有人可能觉得他们缺乏根基，其实也正是因为这样，他们才可以垒起自己的建筑来。有时那种坚硬的根基使他们巩固，也使他们守旧，使他们不可能搞出全新的建筑。他们的开拓精神也在于冒险，在于否定，在于能舍，并以此来求得自己的收获。

当然也有的怪小说是故弄玄虚，这样的东西我们也不会喜欢。健康的人都不会喜欢——它们没有内容，几乎没有告诉出任何值得注意的东西，完全没有传递新的消息。他们的“怪”往往是由于交叉模仿形成的一种怪胎，是一种习惯性呓语。这种行为一再重复，又会形成自己的逻辑根据，于是就有研究者拍手叫好——越拍手叫好，他们就在自己的逻辑上走得越远，于是拍手的声音也就越响。这是一种多么有意思的循环，当然不是什么良性循环。实际上，这种小说也算不得什么怪，倒是更接近于一种癔症。

那些现代主义大师手中出现的怪小说，骨子里仍然是一种诗和真，是一种焕发青春的象征。

1988.11.13

“自己的语言”。语言的气质比它的内容更具鉴别意义。

语言要成为“自己的”，大概这是一个写作者最起码应该具备的了。因为语言如果不是自己的，那么作品就不会是自己的。现在好多作者“失去”了自己的作品，首先就是从失去自己的语言开始。“文学就是语言艺术”——有多少人在深层上理解了这句话的意义？其实很多人写了一辈子，甚至“著作等身”，可就是没有自己的语言。也就是说，他在讲一些大路话。我们至今还没有看到一个作者可以用大路话讲出极不平凡的故事来。

有多少人把一个作家的品质和他的语言结合起来考察？如果不从这个角度考察，就永远只是谈些问题的皮毛。语言的性质实质上是由生命的性质决定的。“什么人说什么话”，这句话大致是对的；不过，这个“什么话”在这儿更多地是指它的构成方式，而不是指它的内容。也就是说，语言本身的气质，有时候比语言的内容更具有鉴别意义。一个有力的强健的生命，往往不用装饰味很浓的语调说话，也不用干枯的语调说话；而一个质朴的实事求是的人，也不会习惯于一种矫揉造作的语气。一个在生活中自然生长的蓬勃向上的人就必然有自己说话的方式。他作为一个人的独立性，首先就是从他语言的独立性上显示出来的。说到这里，我们似乎就可以得出这样一个结论了：一个真正的人怎么可能没有他自己的语言呢？

看来我们有时候要刻意追求一种语言，还不如重新估量一下自身，对自身已经具有的一切重新做一次判断。我们如果放弃了那些繁琐的、莫名其妙的义务，抗拒那些无时不在的世俗的腐蚀，剥掉覆盖在我们身上的一切，那么就必然会显露出一个全新的、鲜亮动人的个体。这个个体所发出的自然的声响，就会是自己的。

我们当然要学习语言。我们进行语言交流的基本能力也是学来的。可是你如果注意一下就会发现，那些始终保持了自己强烈个性的人，他们首先学到的虽然也是一种语言的模式，但他们除了留下一些共同的规范、遵守共同的符号规则之外，他们很快将其注入全新的生命。与此相反的是另一种人所持的另一种语言，那就是习惯于一种鹦鹉学舌。他可以学得惟妙惟肖，但就不是自己的。而有些人评判语言的标准也莫名其妙：只看这种鹦鹉学舌的质量，而不看一种语言究竟渗透了多少生命的颜色。那些非常老练的模仿者，从来都是破坏语言的人。他们相反总是得到赞扬，总是受到鼓励。为了维护人的语言的纯洁，就必须远离这种模仿并且与之进行斗争。当然，一种语言受到另一种语言色彩的浸染是在所难免的，问题是，这种浸染上的颜色是否盖过了生命本身的颜色？

我们不止一次听到这样的高论，他们把语言纯粹视为一种形式和工具，仅仅从技巧角度去谈个不休。好像只有这样，才算承认了语言的艺术；他们忘记了任何称得上艺术的东西，都是与生命与激情紧密相连的。哪有离开了生命的艺术？哪有干枯的艺术？语言的气味是从灵魂深处散发出来的，而不可能是冷漠的机械的组合。如果不从这个意义上去理解语言的性质，就永远也不会有自己的语言。

看看那些翻译作品的语言，给人留下极深印象的地方总是那些来自对原作者的生命律动的深切理解。译者也许不把主要的精力放在语言的技术层面上，而是穷追不舍，紧紧咬住原作者语言中真正牵动魂灵的那么一股神思。

当你逐渐形成了自己的语言格局的时候，还要谨防蜕化。因为你的语言、你的惯有的叙述方式，随着时间的流逝往前慢慢延续和滑动时，已经不知不觉地在渐渐死亡。这是因为作为一种语言的总根，即生命本身，正处于不断的变化演进状态，或者强盛，或者衰弱，它必然引起你的语言性质的起伏波动。你如果不是很敏感地感知和追踪这一点，那么自己的语言里就必然有一种东西会悄悄滑脱，使它流于一种干瘪的技术性的操作。这时候的语言，如果说成熟，也真的成熟了——但由于过分地成熟，接下去也就是一种死亡。

看来，真正的自己的语言，就必然是处于动荡不安的、不断更新的状态；它充满了弹性和活力，它像一个健康的生命本身一样，永远都是生长着的，永远不会停止新陈代谢。

1988.11.15

非情节类小说；艺术对人最深层的吸引。

就我们个人的阅读经验来说，我们会认为，当我们比较成熟、比较懂一些事情的时候，那些情节类的小说并不见得比非情节类的小说好读。实际上，真正编出新鲜的有特色的故事来，难而又难。有很多老套故事，却吸引了一代又一代的读者，这真让人心酸。故事编来编去，无非就是那么一些，生离死别、阴谋暗算，等等。这些东西我们当然不会感到有多少吸引力了。如果它们对大家都失去了吸引力，那倒未必不是一件值得庆幸的事。有教养的读者，他们的读物当然主要会是一些非情节类作品。在我们看来，一部小说要真正做到好读，使你不觉得冗长，仅靠情节的紧张曲折是绝对不行的。在真正有深度的读者那里，他一眼就可以看出你的字里行间是否流动着一种激情，是否有着心灵深处的颤动。如果真有，它就会像火焰一样在纸面上跳荡。这些东西远比一些情节因素更为新鲜和刺激，它要打动你，最终也就依靠这些。一些平直的作品，之所以干枯无味，主要是被滤干了生命的汁液。作为一个读者，他面对着的是僵死的东西，当然无论如何与之交流不起来——这样的作品怎么会好读呢？

有人也会从形式本身去寻找问题的症结，实际上总有点似是而非。形式本身固然可以造成一些效果，比如晦涩或者流畅，比如华丽的文笔引起的阅读好感，等等。但是，事情的本质不在这里。起决定作用的，恐怕还是作者本身那一切难以言说的生命隐秘。即便是形式造成的，那么形式又是由什么造成的？你很快就会回答，它是由内容决定的。那么可见即便是形式问题，也还要回到创造这个形式的人本身上来。

一个生命力特别强盛的人，总会把他“这一个”生命的个性、独有的色彩，顽强地、随时随地泄露到纸面上，没有任何东西可以压抑它、可以遮掩它。作为一个读者，你的双眼会不断地受到刺激，灵魂为之颤抖；它让你看到的完全是另一个世界，是全新的东西。你是被一个生命所吸引，而不是被一些技艺性的堆积所诱惑。所以说这种吸引才是最深层的，也是最有力的；其他的一切吸引比起这个来，只是一种可有可无的游戏，一种浅浅的消遣，一种无聊时打发时光的代用品。

原来我们面对一部部书，它们虽然同样吸引人、同样好读，那之间的区别仍然会很大。

作品的“原生性”；在生活的沃土里久经培植。

我们在阅读一些作品的时候，感到最大苦恼、最不能够容忍的就是大量的印刷品都充满了简单的模仿、复制、借鉴、组合……我们从中看不到一个人对他所站立的那片土地的直接的感触——他发现了什么？他得出了什么结论？他还有什么疑虑和不安？我们看不到。有人把自己的艺术同世俗生活隔得太开，好像艺术就是艺术，是一种专门的、可以互相传授、互相转手的一种匠事。结果就造成了这种混乱，这种表面的繁荣，叠床架屋，新意迭出，实际上都是一些假货色；是从文字到文字的、没有任何生命力的东西，说到底还属于文字游戏的范畴。有些人不是给文学喝彩，而是给一些游戏喝彩。他们只懂得什么游戏更有趣，而不懂得激动和悸动。他们本身是苍白的，同时也在指导一种苍白的文字。

在说这些的时候，我们也会怀疑自己的作品。哪些是来自真实的生命体验？哪些在我们自己的心底留下了刻度？我们真正地激动过吗？我们确实有效地孤独了这颗艺术之心吗？我们在多大程度上遗忘了我们所读过的范本和接受的教条？当我们被一个天才激动之后，我们又怎样疏远了这个天才？我们怎样处理心中的崇拜和手中这支笔的矛盾？我们真的能够做到把湿漉漉的、蓬蓬勃勃的田野准确无误地移植到稿纸上吗？我们所经历的又漫长又短暂的生活，真的让我们记住了什么、学会了什么？我们又怎样将这一切化为我们奇特的声音？我们做到了吗？如果还没有做到，我们将来能做到吗？我们有可能做到吗？难道这仅仅是一个人的才力问题吗？它在多大程度上关系到一个人的道德素质和品格修养呢？……我们就是这样怀疑着自己的文字。我们真怕它们是简单的嫁接，是一种毫无意义的重复性劳动。

我们曾经看到，有的作品尽管很粗糙，但它们就像一株矮小的树，确实是从潮湿的泥土中一点一点生长出来的。它朴素、平凡，是我们常常看到的一种东西。它的确是活着的，的确是在往上生长。从它身上你可以看到土地的性质，土地的面貌和力量，可以嗅到土地刺鼻的气味。

可惜这种作品太少了。因为生命的呈现是很难的。在很多看起来十分成熟的作家那里，你甚至也没有多少机会看到这些。他们的“哲学”和“主义”，让人眼花缭乱的技法，很老练的手段，都层出不穷。可是，这些东西还不是真正消耗生命的，还不是最难的。它们可以交给别人的最有意义的东西，当然不是这些。他们对这些不会吝啬。他们走入了简单的制作状态，还可以维持一种表面化的丰富，实际上内里早就干枯了。

只有在生活的沃土里久经培植的人，才会永远连带着泥土的颜色和泥土的气息，才会真正有希望。即便是一个天才，也没有太多的例外。你观察一片土地上生长的稼禾，会发现它们需要季节，需要漫长的时间的经历，这样才有一次成熟和一次收获。可见并不是随意可以收割的。那是一种人工难以改变的大自然的力量——对于一个艺术家和他的作品来讲，道理也是一样。

1988.11.17

时间越来越快；望不到尽头的迷茫。

时间好像过得越来越快了，大概所有人都有这个感觉。很少听见有人说时间过得越来越慢……说到这里，让人心中不禁一动。这种感觉到底是怎么造成的？当然是年龄的关系。一个人的年龄增大了，不是应该更懂得时间吗？不是更善于利用时间吗？怎么一切恰恰相反——时间会更快地流走呢？我们会常常想到这些。

记得小时候，我们曾经觉得一年是那么漫长。那时的一年大约比得上现在的五年或者十年的长度。我们越来越相信这样的感受差异。我们觉得时间是属于主观的东西，属于感觉，而不是什么纯客观的东西。时间在每个人那里都是截然不同的。你是不是想起这样的一句俗语，叫作“天上方一日，世上已千年”，这就是两种不同的时空。这真像童年与老年在时间上的感觉差异。童年时候的一个月，比我们现在的一年所要感觉到的要长得多。这也可以证明我们是长大了，长老了；在一个出世不久的儿童那儿，整个世界都是崭新的陌生的，各种刺激对于他都足够有力，足够留下各种深刻的印痕。所以他就特别不容易忘记事情。由于积累的事情多了，由于他对于整个世界还处于最初的摸索状态，所以一切也就显得漫长了。一个更年轻的生命，对客观世界、对时间，才会有那么敏锐的触角。可是这个触角随着时间的推移就会渐渐蜕变、老化。它终于迟钝了。

在一个老人的眼里，事情往往都在不断地重复。对于他，全新的东西已经几乎不存在了，似乎总是对等的平行的事件在眼前交替出现，很难留下什么印象，也不太值得追念。相反，一个人随着年龄的增长，他需要承担的义务倒是加倍地增长了。他对大自然对客观世界再也不是那么单纯，再也不会那么专注；他要没完没了地为生存而搏斗，脊梁压弯了又直起来，最终再让生活把它压弯。假设他能够摆脱这一切烦扰，恢复那种新奇和无所不在的专注，时间就一定会像橡皮一样重新抻长。

我们根据这个道理，曾无数次地想让自己返回“原来”的那种状态，但还是理所当然地失败了。因为这毕竟不是由主观意愿可以决定的——也许可以决定的仅仅是那么极小的一部分——因为你没法阻止生命之水的消退。任何人都没有办法。

回忆写第一篇小说的时候，不足二十岁，大概刚刚上高中读书。今天这样的年龄在文学界也是年轻的一茬，当然还有更年轻一点的。可是在我而言已经有整整十几年的创作历史了。一个人有几个十几年？一个人不停地写了十五六年，把生命在这个阶段的最主要部分悉数投入进去的十五六年，该是多么漫长、多么巨大！我每逢想到这些，就有些莫名的哀怨和沮丧。不舍得再浪费时间，不舍得去做那些不情愿去做的事情，因为我要和这十五六年连贯起来，对得起自己的青春和生命。

话题扯远。不过这实在是一个很庄严的话题。一谈到这个话题，我们就不由自主地在心里盘点自己所做过的一切，重新回头遥望那一段既不太长也不太短的路程——还有我们的前面那望不到尽头的迷茫而邈远的路途。

1988.11.19

小城的建筑；匆忙搭起的布景；绿化。

这些建筑很明显地反映了当地的文化气质。它们的格局小，变化小，不是那种富于想象的产物。不仅这里，其他地方七十年代留下来的那些楼房，样子都差不多，颜色也差不多；再看旧社会留下来的那些建筑，风格更是千篇一律。但是它们比较实用，也算结实。不过，从过去到现在，你都会感到它们缺少的正是一种创造精神，是一种地方个性。

而且，这些建筑从外部看上去，总还过得去；有的甚至很华丽，比如采用玻璃幕墙，马赛克墙皮，你看了以后不由得会想，屋子里面该有多舒服啊。可是走进去就会大吃一惊：它们粗糙简陋到让人不能容忍，大多几乎没有经过什么装修，用的材料也极差，工艺粗俗到了极点。也有的铺了地毯，有所谓的“软包”、壁纸，有锃亮的家具。这一切或者简陋、凑合，好像主人们很不情愿地做了这一切；或者庸俗得可怕。建筑内部的粗糙与整座楼房光亮的外观形成了尖锐突出的矛盾，使人大感不解。

你会觉得这些房子的建造者，主要是他们的主人，是一些极其虚荣、只愿做表面文章的人。他们不是那些一切从实际出发的朴实健康的人，而是自觉不自觉地为了炫耀，为了让人误解什么东西——他们自己也从误解中获得一点奇怪的满足感。相反的是，我们曾经在别处看到过这样的一些建筑物：它们看上去甚至有点陈旧和粗糙，可是走进去之后，你会发现它已经被精心安排过了，很精致，很温暖，也很实用。这才是正常的。因为房子的主人是居住在建筑物内，而不是建筑物外。

那些小气的格局，向你隐隐约约透露了建造者和设计者的胸襟。那种相当固定的模式让人想到他们严重地缺乏想象力，只会模仿。好像在这一个街道上，越来越难以看到那些精雕细刻的建筑了。你走在人行道上，会有一种奇怪的感觉，觉得道路两旁的楼房好像是为了赶拍一场电影匆匆忙忙搭制起来的，是布景。它们不坚固不牢靠，相反地却涂上了鲜艳的漂亮的颜色。那些建筑都很单薄，没有厚度，质地也很差。这不由得会使你去想，建筑者都很匆忙，很急躁，根本没有一点忍耐的心性，没有像对待自己心爱的家园那种精心打扮的热情。你觉得他们缺少一种健康的正常的恒心。

当然了，在这座小城里，你不会有什么深远的历史感，不会被一种历史的情愫撩拨起来，不会因此而追忆和激动。久远的房子大多拆掉了。这就说明，他们自己不能创造，却又嫉妒已有的创造，不愿意在历史的纵的参照下总结和鉴定自己。这同样是一种肤浅和虚荣。

这儿根本就谈不上绿化。这里没有自己的树林，没有自己的草地。你想寻找大自然的安慰吗？很难。有人心目中的文明，就是水泥涂抹起来的东西，那是一种牢靠和富有，一种富裕的存在和象征。他们的心是枯的、板结的。他们不需要绿色。实际上，有些人天生就不需要绿色的安慰。如果让他们来管理一座城市，这座城市很快就变成了灰色，很容易就走向了干涸和死亡。

爱护每一株树木，向往绿色的丛林，在我们看来是自然而然的，而在有些人看来，这倒成了病态的呻吟。实际上，时间将会证明，到底哪一种人才是病态。那种丧心病狂地破坏自然，跟一切善良的行为背道而驰的人，正越来越不可饶恕地毁坏着一片土地。

我们哪里是在谈绿化？我们是在谈道德和良知，谈这个世界的厄运，谈整整一代人素质上的演变。这实际上是最令人悲哀的一个话题了。

经济和商业的发达；小城自身的尴尬。

这儿经济和商业稍稍发达，但这个方面的发达不发达与文化、与人的素质，在许多时候并没有什么直接的联系。像世界上那些有名的商业区、经济发达地区恰恰也是文化沙漠。那里缺少文化上的精英人物。实际上浓烈的商业气氛总是对一些艺术的、哲学的——这一系列营建活动构成了一种压迫和排挤。

而这里的经济和商业上的发达还没有上升到如上的层次，还基本上是为满足温饱而斗，或者因为某种机缘而造成的不平衡所产生的超常的竞争。在这个层次上的所谓的“发达”尤其有害于一种文明的成长。这样的生活容易从方方面面制造出一大批狭小、可怜的势利眼，制造出一大批心理猥琐的人。

我们曾到那些所谓的贫穷地区看过，那里属于南部，比这里经济上要落后得多，不过人也质朴得多，所以在那里，很多应该受到尊崇的东西也就自然而然地受到了尊崇。比如他们对大树，对体育明星，对艺术家和教授，对稀罕的古迹，都有一种说不清的景仰感。因为那片土地基本上还是淳朴的。

我们可以从这种对比中感悟到一点什么。事物总是有着非常奇怪的关系，借一句俗话讲，叫作“充满了辩证法”。生活无论发展到任何一个阶段，都有它自身的尴尬处。

我们在说这座小城，可是你放眼望去，小城的四周被什么包围了？是小平原，是一望无际的葡萄树。你走进葡萄园里，跟那些手上带着绿屑、脚上踩着泥巴的种葡萄的人交谈一会儿，又会被对方的善良和直率深深打动。他们被这一片绿色、一片泥土熏陶得很好。从某一方面讲，他们才真正可以教给我们很多东西。他们自己不知道，他们恰恰是诗意、是艺术的最亲近的人。

一个真正有力量的自信的文化人应该投身到大自然的怀抱中去，去与这一切结合。如果能够真正做到脑力劳动和体力劳动相结合，那真是达到了至高的境界。从古至今，有多少人追求这种境界，实际上总是只有极少的人才能够达到。一个人成天在土地上、在山野上活动，胸襟必然开阔。那些褊狭、嫉妒、吝啬，都是一种变态，是从事严肃事业的克星。可以想象，有人正是因为怕自己变坏，才不断地从大城小城逃奔出来——因为他们越来越不能容忍。

1988.11.29

创作如同耕作；节气的影响。

创作如同耕作，也要受节气的影响。其实有很多作家不止一次把写作比作种植庄稼。若果恰如这样，那么我们就会明白，收成如何，除了取决于人的勤奋、土地的肥力，更重要的就是有没有天灾——要有好的适合庄稼生长的气候，既不太冷，又不太热，最好是四季分明。

恶劣的气候，直接会破坏庄稼的生长，同时还可以使种庄稼的人心情恶劣，失去信心。大家见面谈论的更多的就是天气如何，而很少去研究怎样争取一个好的收成。作为一个作家，他一生的创作，也会不自觉地分出几个季节。有那么一个时间段里，在他的那片土地上总是连连丰收，收获总是比他自己期望的还要大得多。可惜这样的时刻并不会很多。如果走入了创作低谷，那也不一定会在短时间内走出——有时简直会陷入绝望。

但愿我们不要绝望，只相信这是一个季节，它终会过去，好的时光还会重返。

每个人都会遇到自己的冬天。当然有时候是大家一起抵挡严寒。这是令人沮丧的不幸的时光，我们只好咬紧牙关熬下去，只要不是彻底放弃，只要是坚守住那么一点点，就会走向春天的彼岸。

当然了，也可以从纯粹大自然的角度讲一下节气，它对创作也有影响。由于每个人的生理和习惯的不同，什么季节更适合于创造力的发挥，那肯定是不一样的。比如说：很多人喜欢秋天，像普希金的那个秋天；也有人喜欢冬天，他在那种冷峻的空气里反而可以进行庄严的思考。一般讲春天是令人疲惫的、慵懒的，可是有人竟然可以借助它的气氛写下明丽烂漫的辞章，也有人可以在那种瞌睡的困乏的日子里写下昏昏的文章。什么文章都是一种收获。

显而易见的是，大自然的变化可以影响文章的颜色和气质，可以规定你的选择，限制你的运气。一个作家好像对季节更敏感一些。

1988.11.30

“西部艺术”。反对滑入另一种矫饰。

关于“西部艺术”这种称谓，本来是一个好题目，只可惜外国已经先有了“西部片”、“西部文学”之类的提法。实际上这些年，外国人已有的说法，我们迟早要学得会，这本来没有什么不好。可是涉及文学和艺术，就是另一回事了。这是一个以创造精神为生命的领域，简单的鹦鹉学舌就显得太窝囊了。

土地有决定性意义，在那片辽阔粗犷的大野上，必然产生相应的艺术。土地气质决定了艺术的气质。那里有传奇，有适合在温室里欣赏的浪漫故事。所以，它们成长起来并受到热烈欢迎，完全成立。

我们觉得“西部艺术”有一个最大的优点，就是它有可能持久下去的那种生命力。这是由它的艺术精神、它的独特的品格所决定的。因为我们如果深入观察一下，就会发现，总是那些过多的巧思、雕琢，那些靡靡之音，把艺术引上了萎靡不振的死胡同；而要令其恢复生机，哪怕只是寻找一味好药，也要寄希望于那种野性的，却是质朴的、粗悍的创作——用这样一种精神去改造和冲击苍白的文坛。

在这里，我们需要提防的倒是走入另一种公式化和概念化，即过多地依仗了它的外部色彩，过分地看重了它粗粗的打扮、它的服饰，反而把它滚烫灼人的血肉之躯悄悄地抽掉了，这才是真正不幸的。实质上，现在已经有了这种症候。你可以看到那些为粗犷而粗犷、为野性而野性、扯破嗓子表现力量的可疑做法。再清楚不过的是生命的力量完全可以用各种不同的方式表现出来，它是火热的、奔突汹涌的，也可以是涓涓柔情的、千回百转的。如果对于表现生命的力量、表现生命的性质做更宽泛更实际的理解也就好了。我们反对一种矫饰，我们也要反对滑入另一种矫饰。也就是说“西部文学”也并非就一定是质朴的——而失去了质朴的艺术就不会有更大的希望。

总之，从当代效果当代意义上来看，所谓的“西部艺术”的繁荣发达，真的推动和丰富了我们时代的艺术。可是我们不能停留在简单的喝彩上。

越来越多的作品讨论会；人走向了会场，原则放在了家里。

现在的讨论会越来越多，但要用它来研究和解决问题一般是很困难的；不过它具有某种辐射力，可以把一种讨论的气氛扩散到社会上去。讲到底这才是它的意义。好像我们真的要认真地、好好地研究研究艺术了——它作为一个现象出现在社会生活中，也许会让人喜悦。

可惜现在的讨论会就是那么回事，开会的人都很轻松，一般讲，他们人走到了会场，却把原则放在了家里。这是一种高高兴兴的场合，是一种办喜事的场合。不过，我们觉得也没有必要指责和贬低这一类事情。因为有一些工作太寂寞了，用这种方式热闹一下也没有什么不可以。

不过，在任何一个讨论会上都可以看到一些真诚拗气、十分单纯的人。他们风尘仆仆而来，仍然要咬文嚼字，要争一日短长。有人觉得他们令人同情，而更多的人从心里尊重他们。是的，这并非一种无聊。

你想没想过把所有的文学讨论会都弄得像一首诗、一首歌那样美好纯真？

音乐给我们长上翅膀；人的思维安装了“万向轴”。

作家一般对音乐都非常喜欢。我们这样讲大概不算附庸风雅——我们有时简直离不开音乐。特别是在勤奋创作的日子里，音乐会与我们形影不离。那时候我们是形，它是影，我们在一个共同的美妙时刻里产生了共振。我们所倾听的是差不多完全个人化了的那么一种声音，一种倾诉。它在我们眼前变幻出纷繁的颜色，我们为它长久地激动、感叹不已；脑海里无数奇怪的、突如其来的闪念频频飞动——这正是音乐给它们长上了翅膀。在一种旋律里，我们可以追逐着、奔跑着，踏入那些平时常常是封闭的隐秘世界。

音乐令我们进入不可遏止的冲动。比起文字制造的世界来，它显得更加深邃和辽远，无边无际。它提供了也规划了各种各样的可能性，人的思维好像被它装了一个“万向轴”，可以向任何一个方向滑翔。

它对于我们，远远不是可有可无的东西。它慢慢变得像空气和食物一样，不可分离。可它又是平凡无查的，只有我们凝神静气地正视它的时刻，才会感到它的神奇。

我们会觉得森林、海洋、河流、雷电，还有大风，它们之所以深刻地打动人心，让人产生震撼，很大的成分是来自它自身的旋律——它的力量。可以想见，任何一个接近了这种天籁的人，不可能不懂得亲近和理解音乐。当然了，人生中一些最朴素的要求，往往又包含了至高的要求。

一些作品多次写到鸽子；作家求助于大自然最好的儿女。

鸽子是让人欣喜、令人动心的一种动物。看很多人都喜欢它，把它作为爱、作为和平的象征。它的安静、温恬，会让我们想起很多。鸽子有一种慈祥的美，一种女性的美——艺术中的一多半应该也具有类似的美。这个形象，不仅仅代表她自己。她可以拨动我们的心弦，可以唤起我们的温柔。当人的脑际萦回着这个形象的时候，同时就会想到爱，会平静，会充满了同情，会向往一种没有纷争没有激荡的世界。鸽子的美丽紧凑的羽毛，特别是它的丰满的胸部，红润的小脚掌，短粗结实的嘴巴，和光润小巧的额头，这一切都会使人感到一种无比的和谐与完美。你还会要求什么？你还会奢望什么？你把洋溢在它身上的这一切情愫捕捉下来，就会长长地舒一口气，感到某种安慰和满足。也许是我们觉得应该向善，觉得这种向往的力量和恒心还远远不够，于是也就自觉不自觉地求助于大自然的这个最好的儿女。

与鸽子的形象、与这个形象所折射出的那一切色彩相对立的，是粗俗和残暴，是愚昧和丑陋。而要接触这些就必然有深深的愤怒，有仇视；而要战胜这些，就必然需要勇敢，需要深长的思索和舍身的果决。于是，我们同样多地写到了这一切。你看到鸽子，就应该想到这一切；看到这一切，也应该想到鸽子，它们处在一个共同的世界里。

1988.12.1

有人懂得许多民间趣事；对外界事物的接收能力。

常常发现有人懂得许多民间趣事。这样有意思的人在各个阶层里都有，他们能够不时地讲出一些奇妙的传闻故事，好像取之不尽——这样的人在知识分子当中有，在工农当中也有。总之，在任何一群人里都可能找到一个懂得特别多、收集了许多特别奇异的事情的人。虽然人和人的年龄差距不是太大，可是要论他们知道的事情，差距倒是相当悬殊。一般的人都只是传递着大家惯常所谈论的一些故事，在内容上如果有差别，也相差无几。可是我们以上谈论的那种人就不同了，他们身上的信息量特别大，好像把他们闷在一个罐子里，他们也会比别人知道得多一样。

可以设想，人好比是一个半导体收音机，他们对外界电波的接收能力是不同的——同样放到一个空间里，有的极其敏感，触角好像特别多，那些遥远的声波都被他毫不费力地接收了；而有的却极其迟钝，只能选收一两个台，而且音质也不好。

人的这种接收能力在很大程度上决定了一个人的智力，决定了一个人创造的能量。那些杰出的艺术家总是一些接收能力很强的人，即便在最平静最寂寞的时刻里，他们用来感受的触角也是大张着，收受着人间的万种情事、诸多故事。从这里看，他们的鸿篇巨制、著作等身，也就不难理解了。有的人之所以不能成为好的艺术家，首先就在于他在单位时间内，不可能比别人知道得更多；而且在感知事物上，除了数量问题，还有一个角度问题。有的人能够在接收的同时很自然地加以过滤，留在他心中的全是一些极其特别的、闪着异样光彩的东西——它们交相辉映，于是就可以再生和养殖出别样的美文。

人的这种能力，大概不是训练而成的，不是凭什么主观意志可以解决的。好像有的人天生就具有那种素质。

1988.12.2

边远落后地区出现的好作家；心中的期待。

边远落后地区常常出现一些极好的作家，就像这样的地区反而产生一些名酒一样。那些地方缺少一些精致的文化制成品，这看上去是不利的条件。但是，你如果分析一下就会发现，所谓的那些精致的文化制成品中，应时的东西居多。它们是令人眼花缭乱、使人兴奋和激动的，但却并不一定是耐久的。经过很长一个历史时期以后，这当中可以流传下来的恐怕只会是极少数。实际上，这样的精致也包含了一种芜杂。由于边远地区经济文化的不发达，文化制成品的传播、各种新鲜的刺激，都比沿海地区少得多。那里的人缺少开启心智的机会，好像成熟缓慢，这是一切封闭地区的特征。不过，从另一方面讲，那里的人又可以避免各种目光短浅的、轻薄的艺术的干扰，可以独立成长。

对于一些悟性很高的人物来讲，一种封闭的状态只会增加他的幻想、他的发奋。他的心灵必然更多地寄托在那一片辽阔的土地上，和大地的节律合为一拍，这样下去的结果往往会令人大吃一惊。这样将会产生更有力更本色更浑然的艺术。这与那些在一些文化制成品的缝隙里拐来拐去、东拼西凑的所谓艺术会是截然不同的。

那些经久不衰的艺术品，一般来讲，即便在边远地区也能找到。我们知道，一本好书抵得上一万本平凡的书；一本好书可以指导人的一生。那些名著经典，要找到一些并不困难，困难的总是那些随季节而衍生的、五花八门的、红红绿绿的所谓的新潮作品——它们过了一个季节也就消失了——而缺少了它们，正好是一种回避，正好使人免于干扰，使人能够安心静气地接受更好的东西——大师们无言的指导。而我们在所谓的文化经济中心地区，虽然受益，可也整天烦腻得很，老想逃走、逃走。

不过，在一个寂寥无声的世界里默默成长，需要怎样的耐力！从那片陌土上大步踏来的人总是太少太少了。也许这只是我们心中的一个良好期待？

远方是一本本打开的书页。远足的困难。

我们走动的地方太少了，这恐怕会使我们的视野受到极大妨碍。我们流连在书上的时间太长了，慢慢地，我们只习惯于这一种学习和感受的方式了。它会使我们渐渐僵化、硬化，变得麻木不仁。其实在远处，正有我们从来没有见过的一片绿地、苍黑的树林、萧瑟的草原，有热烈喧嚷的都市和人群。这一切都闪耀着不同的色彩和光景，传递着奇怪的讯息。它们是一本本打开的书页，更丰富更深邃，变化多端。接受这些“书本”的指导，成长更快，因为它真正能够渗透到你的心里去。

走万里路的主张，很久以前就有人提出来，可是要实践这一主张会多么难。你走得开吗？你有能力走得很远吗？你在路上能够做到身心欣悦吗？你不牵挂身后那些熟悉的事物吗？你能够放弃一些所谓的义务吗？你能够摆脱那些严格的生活规范吗？等等。可见，人要远足是多么困难。读书尚难，行路更难。正是因为生活中的难难相叠，所以一个人要真正站立起来，才显得那么不容易、那么珍贵。

植物学。对五彩缤纷的大地有一个科学的理解。

我们对植物所知甚少，简直可以说一无所知。我们真该利用这类书籍杂志搞一次进修，像学外语一样下下苦功。要干成任何一件事都是非常困难的。世界上可没有那么多便宜事。不错，我们从小生活在一个地方，会认识当地很多植物；我们自认为比好多人都要认识得多一些。可惜那只是做到了“见过”而已。它们属于什么科，它们的性质，叶片，茎，花，根，以及这个植物自己的名称，到底怎样叫我们都不知道。这算认识了植物吗？

我们看到好多作家热衷于写到大自然里的万事万物，特别是田野上的这片绿色——绿色培植了多少激情，诱发了多少想象。绿色当然就是植物组成的，它渲染和确定了生机勃勃的自然景观，可是作为一个写作者，一个所谓的自然的歌者，却没有表现出多少关于植物的扎扎实实的学科知识。你围绕着它们思想，可是却不知道它们的名字，这不是很可笑吗？比如说你长久与之交往的一位挚友，你谈论他的时候却叫不上他的名字，不是很别扭、不是不可原谅吗？

植物的种类非常繁复，像我们常常写到的兰花，我们可能只知道虎头兰、象耳兰、墨兰，等等。我们是否知道兰科植物有多少属、多少种？如果翻一下资料，我们可以发现，仅四川植物区现知的已经有八十八属，四百三十六种，及五个变种。可想而知，这门学问多么艰深！我们不要求人人成为这一门学问的教授，甚至不要求你登堂入室，仅仅要求你略知一二，也要付出极大的努力。

设想一下，你胸中储藏了五彩缤纷的植物形象，对它们有一个科学的理解，会怎样大地丰富你的思维。当写到它们的时候，你的笔力必然会更加坚实、更准确和更有力。

我们自己缺少的东西太多了。一想到这里，我们就不由得有些急躁。

作品写作和发表时间的间隔；作家等待铅字感觉。

有些作品写作与发表的时间间隔很长，这是因为我们有时候不太相信自己的判断力。一篇作品写完了，写作时的热情还没有完全消退，思维没有冷却，也就很难冷静地、客观地去进行评价自己的劳动。再说，你为一篇作品刚刚付出了这么多心血，总是充满了一种劳动者的情感，这就极容易产生偏爱，会不恰当地夸大成绩，甚至很可能把缺点当成了优点。如果搁置一段，让思路渐渐生疏起来，这样回头再去判断原来的思想痕迹，就会比较客观了。

如果有条件的话，还可以把手稿打印出来，这个目的就是为了消除熟悉的笔迹，加强整个作品形式上的客观性。这样，你在阅读它时获得的印象，也会有所改变。你在评价自己作品的时候，尽量回到一种陌生的、严厉的状态。即便如此，你的态度还会自觉不自觉地会滑入一种偏执，使自己的具体评价远远高于一般读者的评价。从这个意义上讲，作品写完之后放得时间再长一些更好——你把它遗忘掉才好。这样，当有一天你拿起来一看，觉得它尚有可取之处，能够打动你，使你激动，那么这个稿子就可以成立了。从修改的意义上看，也是这样。到这时候，你的目光就变得富有挑剔性了，就没有过多的感情上的干扰了，可以痛快地删削增补——很多人的经验主要是删削。因为在写作热情的推拥下，好多应该隐蔽下来的东西也如数浮上了纸面，有些放任；时隔很久之后再来研究它，就想把那些廉价的东西删削掉。这样，你删削的东西，有经验的读者也能够体味到。为了训练一种刚劲有力的文风，为了真正做到简洁，就必须“握笔如刀，心狠手辣”。

作者的一篇文章改好发走以后，就一直处于忐忑不安之中。为什么？因为他在等待那种奇怪的“铅字感觉”。那个时候，你对作品的印象与以前会有许多不同。那时候的作品好像才真正地脱离母胎，咬断了与你相连的那根脐带，开始独立生长了。从此它和你本身一样，依靠这个世界上的水谷去喂养；像你一样在人世间跌跌撞撞，碰着运气。你对它的态度是同情、疼爱、怜悯、挑剔、责备——等等复杂情绪的交织。它究竟是怎样的一副面目，你这时候才算是真正有底了。总之，这是时间所能给予作家的一次最有意义的判断机会。

作品失去了“先声夺人”的机会；难以复制的声音。

有人说稿子在手中耽搁久了，会失去“先声夺人”的机会。我们可能也多次担心过这个，也多次遇到过失去这个机会的痛苦——只要写作，就会有这个痛苦，谁也难以避免。但是，为了文章我们呕心沥血，衣带渐宽，已经付出了很多——我们终于明白，这种劳动的主要意义之一，就在于它首先安慰了自己的心灵，而不是贪图某种戏剧效果，不是为了获得他人的喝彩。这样一想，我们也就渐渐平静和淡泊起来。一句话，为了让文章真正地走向完美，任何其他的损失都变得微不足道了。

而且你渐渐将会发现，一个并没有走入这种冷静和淡泊的作家，一个对读者常存奢望的作家，很难写出什么真正卓越的作品。

你还会发现，真正有个性魅力的作家和作品，是难以埋没、难以重复的。有谁能够复制他们？只要他们存在一天，就永远是“先声”，永远会“夺人”。当然，我们也常常发现这样的现象：一个敏锐的作者感应到了某种东西，就把它写出来，可是在漫长的修改过程中，其他的作者可能也不同程度地感受到了同一问题，发表之后很快将读者的热情撩拨起来——等到最早写到这个问题的作者发表出他的那部作品，读者的热情已经开始消退了，被激动过的那几根神经已经疲惫了。

但是，我们前边已经讲过，这种外在的一些效果仍是微不足道的，尤其当时间流逝一段之后，当这两个作家和作品面对着共同的时代、共同的读者、共同的气候和条件、处于共同的起跑线上的时候，它们不同的分量和色泽就自然而然地显现了，他们的个性就凸出了，谁也不能掩盖谁。既然如此，你还要担心什么呢？

1989.1.12

第六章

青春的源泉

人不断发展的爱力、它的顶峰和衰弱。走向自己的生活。

什么是“爱力”？我们面对它，觉得这是一个不可取代的词汇，而且无法简单地回答。有人可能答为“爱的能力”、“爱的力量”之类，但仍然没有传达出具体而准确的理解，等于没有做出回答。

人显然是有“爱力”的，它也确是一种能力、一种力。这种力的特别和怪异，无论怎么形容都不过分。它潜融在人的心灵和肉体之中，与人的生命合为一体，难以分剥。人的爱力彻底丧失的那一天，人也就死亡了。爱力伴着一个人的生而生，一开始比较弱小，游荡飘移，不专注不确定，也没有多大的力量。但随着一个人的发育，他思维力的增加、肌肉的结实、身躯的增高，爱力也一天天壮大强烈起来。大约到了十八岁，人的这种力量会以各种方式、从不同的方面表现出来，并迈向它的顶峰状态。

人在这时候变得特别敏感多思，情怀丰富特殊。人简直充满了幻想、思念，最易冲动，特别脆弱又特别坚强，急躁而又非常能够忍受——一种难以理解的坚韧和坚持。他的创造力突破力都出乎预料，可以为某一个时刻的、源于生命的追求而舍弃一切。

人的爱力最发达的时候，也正是最慷慨无私的时候。

人的爱力当然首先表现在对待异性上。

但却不仅仅如此。比如说，它可以同时化为深刻的知性、动人的辞章、对人类的宽阔情感、强烈的道德意识……总之一切良好的心意、美丽的愿望，都与爱力的驱使有关。这种力与垂死的心情是一种对立。人类就是依靠这种力，去抵挡死亡的无望和悲凉的心绪。垂死感化成的力有时也非常之大，它是爱力的死敌。它的表达常常是无理性的、歇斯底里的、破坏的和残酷的。垂死的力有时也要证明自己的强大和永恒。它与爱力的较量，贯穿了人的一生、人类的一生。

生命受到损伤时，爱力会逐渐衰弱。最大的损伤当然是时间。人体的良好机能被削弱，爱力就无以寄存。爱力在肉体徘徊再三，最终又回到心灵上去寻找居所。如果心灵宽阔到足以容纳，那么它就在心灵里贮藏下来。如果一个人的心灵也被毁坏了，那么它只得凄然离去……这是极为令人惋惜的。

人失去了爱力，垂死之力就会失去扼制，从而也就发展起来。这后一种力是黑色的，它蔓延的结果可想而知。几乎所有蛮横而残暴的破坏，对生命的践踏、对人的嫉恨，都是这种力促成的。

一个衰老的人、正在走向衰老的人，他的爱力一定就会减弱至很少很少吗？或者说，一个老人，他的爱力就一定少于一个青年吗？

难以回答。

大多数人的回答也许非常简捷，这就是：老人的爱力一定少于青年。起码从一般情况看，从总体上看会是这样。

如果仅仅从生理角度、从外在现象上看，我们也会同意。爱力的发展、生成和存留都是有条件的，而这些条件当中，有的直接就是生理条件。比如内分泌的改变、人的敏感力冲动力连同视力肌肉弹力的同时下降……这些都好理解。一个人的爱力在达到顶峰之后，在总量上是否只能逐步下降，这才是问题的症结。

我们认为，爱力既然是一种奇怪的综合力，那么就一定是随着年龄的增长，有的因素在下降，而有的因素却能够相对保持稳定，甚至是能够增长。这样一来，如果增长的部分大于或等于下降的部分，人的爱力也就不存在逐步减弱的问题了。

但无论如何，爱力会随着时间发生变化。

在有些人那儿，这种力不是减弱，而主要是它的外部形态、它的表露和显现方式在改变。比如说，它更多地寄托于心灵而不是肉体；比如说它在岁月的沉淀发酵中变得更为内在和含蓄……

可见一个人生活着，最为重要的就是保护和培植自己的爱力，让它随着岁月的增加，像积蓄山水一样汇聚，让它在付出的慷慨中变得生气蓬勃。关键是滋润自己的心灵，修筑自己的心灵，让其变得越来越适合于成为爱力的居所。一旦人的心灵之巢被爱力盈满的一刻，他就会变得更有力、更从容、更自信和更坦然，他就真正地走向了自己的生活。

1989.2.20

人的狂欢：盲目会带来不幸。不可容忍的。

某种生活对于有些人就像节日。他们需要制造节日的感觉。狂欢的感觉能让人忘掉各种不快甚至不幸，也忘掉最后的结局。人是这么需要节日。可是节日、狂欢，需要众多的人参与。这是非常消耗人力物力的一件麻烦事。我们知道，大家认可的几个节日也就那么多，而且都很短暂。所以有人难免产生失落感。调动起众多的、数不清的人、人山人海……去开展节日，他们才会满足。他们要抬头看到兴奋的人群、涌动的人群、奔走相告的人群、冲动的人群……

可是有节日幸福感的，弄到最后只是少数人。多数人要落个奔波的疲惫，要忍受狂欢之后长得没有边沿的寂寞、失落、空荡荡的感觉。

从过去到今天，都是一样。

制造节日要有蓝本、有计划，有个大致的目标。要明白无误地、非常通俗地告诉参加者：这不是一场游戏；而即便是游戏，我们从中获得的也将是很多很多。

许多人抛却了怀疑，参加了这场游戏；由于心头充盈着节日的冲动、喜悦和热情，所以从未想过游戏的概念，也远没有那么轻松。他们一味模仿着远方和他人已经结束的节日或正在进行的节日，完全失去了创新的能力、思辨的能力，只是傻傻地进行下去，跟随着，呼叫着。

这是彻头彻尾的盲目，这盲目会带来不幸，它本身就是一种不幸。因为这盛大的漫长的节日，这虚假的愉快，会消耗和浪费掉人间最宝贵的东西：人的激情和信仰。

那些制造者、最积极的跟从者，也许最后会在这节日的混乱中捞个满足。因为他们要贪婪地得到一切。

1989.2.22

令人惊讶的荒谬；不可遏制的什么在弥漫。土地的承受力。

这儿曾经是让人羡慕之地，从很久以前就是这样。现在不同了，它让人惧怕。人们在随心所欲地改造它，使之变得面目全非。

不少外地人说：地方是个好地方，如果这里的人能够再好一些……言外之意、明白说出的，都很清楚。这让人心中充满苦涩。极想辩白几句，为这里的人；但由于意绪复杂，一言难尽，也就没法更多地说什么。

这儿美好的自然有口皆碑。一望无边的绿畴，海滩大平原，南部的山地秀丽多姿，有《史记》记载的“四大名山”之一的莱山，有中部丘陵，随着地势起伏不息的梨园和山楂园、桃园；北部即是丰饶的平原，大片的葡萄园、麦田；而它自己还拥有最美丽的一个小小半岛、两个岛屿。有哪些地方具有如此的地理优势呢？即便从历史上看，这里也没有发生过频繁的自然灾变。不必夸张，这里完全可以说是“得天独厚”。

可是出于短见和拙劣的模仿、盲目的跟从，这里开始大面积毁坏土地，没有遏制地乱占乱挖，再加上矿山采掘，已经变得目不忍睹。随处可见令人惊讶的荒谬，只有惊讶，而难以疾呼和谴责，更难以嘲笑。这种状况，任何熟悉并热爱它的人，都只能呆立失语；没有了要说的话，只悄悄压下一个震惊……

这股摧毁的力量来自何方？追溯起来并非来自某个失策的计划，不是来自某个目标的荒诞。因为再好的计划和目的，由不同的人落实下来，结果会是完全两样。所以我们只能说：这荒谬来自人们苍白污浊的内心。

源于内心的污浊一开始无影无踪，弥漫起来就难以遏制。要遏制就先得达成遏制的共识，先寻找共同的语言——这是可能的吗？大面积改变人的心灵，这似乎在短时间内是绝无可能的。

这种毁坏的力量、陌生的力量，它形成的时间也许是非常漫长的。在这长长的时间里，我们藐视了最可宝贵的东西，即诗与真、一切美好的教化、心灵的指引。人们不再崇敬知识和真理，变得相当鄙俗，唯利是图。这样直到今天，顽症已经形成。

这一切芜杂，都需要土地去承受。可是土地也像人一样，只有一定的承受力。于是我们看到了可怕的、频频出现的疾病，还有灾情，如环境的巨变、大自然对人的无情报复。

1989.2.25

坚持自己的思想和立场；“有用”与“心亏”的选择。

当我们认真思考的时候，当我们面对着生活之流说出自己的判断的时候，我们常常会遇到一个嘲弄的质询：你们激动认真的样子，甚至是痛心疾首的样子，有什么用？

“有什么用”的询问，不仅来自外部，也来自内心。这时，总是希望回应的痛苦时隐时现。人有时仿佛在荒漠中呐喊。不过我们会因此而噤声缄口吗？我们又真的企求看得见的，即近在眼前的功效吗？

当然不是。一个真正的人总会听从心灵的召唤，坚持自己的思想和立场。在精神的探索和坚守方面，一切追求“有用”的念头和质询，都是狭隘和荒谬的。一个热爱真理的人，是生命力的催促和牵引，他也只有这样不同凡俗的选择。热爱着，不问其他，也许才是最正常的状态。

人有时是要发言和慨叹的。这时候心灵指导了他，他才去做了。良知在催动他，他这样听从了，于是也就心安了。宁可无用，也不能心亏，如果说人的生存有各种原则的话，那么这大概是最重要的原则之一。在“有用”与“心亏”的选择上，一定要先使自己不“心亏”，其他再讲。

凡事只问和先问“有什么用”的人，必将成为一个世俗小人，这种人最终对于他人来说，必将是一个“无用”之人。

精神和思想的关怀，即是对人的灵魂的关怀。谁的眼睛能看到——直接看到灵魂的波动和改变呢?

还有，那些远大的关怀，必有远大的改变，那些鼠目寸光的人又怎么能望到遥远之地呢?

1989.2.26

真诚的收获；醉心于别人的个性。纯粹者的生命轨迹。

在一个商业时代，特别是一只脚刚刚踏入商业之河的地方，人们会对原有的规则进行质疑，并逐步在行为上修正自己。这是必然的，但却要谨慎。人的率直和真诚，这个时候最易受到怀疑甚至抛弃。

这是悲剧的源头，是一个地方的风气走向没落的开始。人们不断地运用微不足道的小智，生成了越来越多的机灵，就会变得气量狭小，眼界逼仄，失去思考重要问题的能力。其实那些智者并非缺少机灵和小智，只是他们不屑于使用，因为它会误事，会自伤。他们仍然真诚地待人处事，率直地表达。真诚是会有收获的，这种收获就是在行为和思想的结果方面。但他们不是为了这种收获而去真诚，而是真诚的方式和原则带来了必然的结果。

既看重自己，又看重别人，这就是敬畏生命。庸人对生命并无敬畏感，对人世间的最大奇迹感知麻木。面对着一个人，如果对方是诚恳朴素的，那么理应感到他作为一个生命的重要性、真实性，他的不可取代的存在。这种生命间的交流具有最大的意义，包含了真正的智慧。

现在比试机智、运用手段互相征服的人多起来了。这些渺小无知的做法，采用者一生也难以觉悟，于是必将走完不磊落的、毫无意义的一生。现在已没有多少人醉心于别人的个性，既缺乏这样的能力，又丧失了这样的机缘。人变得再不愿倾听和探讨他人的意见、情感，不在乎他人的心灵之声。

其实每一个人在朴素的状态之下，都丰富得难以言说。他（她）在此刻简直就是一个奇迹。感受这奇迹，领略这个性之美，是人变得深刻、进入生命本质的重要途径，同时也包含了对他人的最大尊重。

缺少对于他人的美好心情，一个人就没有幸福。人的幸福从根本上讲，是建立在友爱他人的基础之上的。如果研究一下那些纯粹的人，会发现他们独特的生命轨迹，他们一生都在尊重和理解着他人，不断地接近和触摸其他的心灵。

1989.2.28

不同的阅读；领略书籍的境界。读出作者的神采和目光。

不必谈通俗作品的阅读，即便是对经典作品，阅读方法也是千差百异。学者通常是一种读法，他们大概侧重寻找其间的逻辑脉络，区分作品的各种层次，并在做这些的同时，给予“史”的纵横比较和关照，在“类”上稍稍鉴定。更好的学者也许将这些工作做完之后，或者是做的同时，有更多的艺术悟想，并在欣赏中逐步沉浸其中。

但也必须说，无论是目前还是过去，都有为数不少的研究者忽视了或缺失了对一部书的艺术把握。这当然不是偶然的方法造成的，这是生命的属性、一个方面的能力缺失所决定的。这种能力，我们指感悟的能力，简直是与生俱来的。有人就是缺乏对艺术品的判断力，这里，人生的经验、学术的造诣，都不会产生多大的弥补。

一般的学者在对一部复杂的作品进行分析时，不得不割裂一部艺术品血脉筋肉相连的躯体。他们总是着眼于“通过什么、说明了什么”这一老旧而又基本的思维框架，并联系时下的思想和政治经济，加以参照判断。他们对于创作者极具个性的一切，神秘的思悟、敏锐到不可思议的感知触角、灵魂底层的波澜，既没有感觉把握的能力，又没有这方面的习惯。这就无从进入艺术，也无从进行艺术的判断。

而大多数读者中，其中有一部分也有拙劣的学术工作者同样的毛病；另有一大部分因为没有受到扭曲心灵的专业训练，所以还能这个生命的自然，去接近另一个生命的表现和表达，反而减少了误解。生命的自然感知有时是无法表达的，一方面阅读者没有明确的认识，只是听任潜隐的某种能力的牵引；另一方面也缺少通用的、时新的词汇去概括和传递。但他们的确是有所悟想、能够怦然心动的。他们较之一般的专业评论者，在本质上要高明得多。

一个最优秀的读者，比之一个最优秀的作者而言，大致上是一样的。他们都具有一种能力，能够领略书籍最微妙的境界。

每一本书的境界都有所不同。逐步地把握和进入一本书的境界，是非常愉快的事情。这是与另一个生命进行深入而开阔的交流的开始。作者在创作的全过程中，心理状态、精神的波动，甚至是不得不掩藏的心情和意绪，都会被察觉、领会。作者眉宇间的神情，特有的爽气清纯或愁闷哀伤，也都在境界的包含之中。作者的胸襟、原则性、包容力、关怀力、道德感……一切都在其间。

能够读出作者的神采和目光的，才算是一个合格的读者。

1989.3.5

评判周围的生活；人是最可宝贵的。

他们固执地认为这里的一切都变好了，并指认了不起的进步和成就。他们列举工农业产值、花花绿绿的商品、拔地而起的高楼、星级宾馆酒楼，甚至是蜂拥的高级轿车和农民的电视机冰柜之类。这种浅薄的认识与其说是能力问题，不如说是心灵问题。他们既缺少知性，又缺少道德感。权衡进步与否需要道德感吗？

当然需要，因为它才是其中一个最重要指标。丧失了道德的进步是虚假的进步，所以抽掉了道德感的评判者，充其量只能是一批喧嚷者，不具有科学性和真理性。

物质的进步是劳动延续的结果。只要是真诚勤奋地劳动，进步就会产生，它不会令人吃惊。但仅有物质的进步是不全面的。弄清退步和进步的不同方面，这是理性时代的必须。

怎样评判周围的生活？这首先要制定我们的准则。我们要在诸项指标中，排列出最重要的、比较重要的和一般化的、不太重要的若干等级。还要找出这些指标之间的联系、它们的相互影响和促进关系。这是非常复杂的一个过程，绝不是兴之所至即可完成的事情。

建筑、车辆、钱的数量、治安、纪律、人口状况、人的文化素质、人的道德修养、酒楼馆舍水平、自然环境情况、医疗与人的健康状况、贫困地区与富裕地区的差异和比例、民主状况、人的觉悟与判断力、动植物生存状况、土地及耕作状况、居住状况……要列举会有很多。但不能怕麻烦，要一一开列，然后经过科学、充分的比较，以做出真正的判断。这个判断将包括：哪些方面、较之哪些时期，是进步或后退了；其中进步或后退的方面，是不是至关重要的或微不足道的；从总体上看，从各个指标的综合上看，是进步了还是后退了？

经过实事求是的、充分的反复的比较之后，我们或许才可以从周围的发展变化得出一个结论。我们会看到，路边、市街中心地带的建筑物新颖高大起来；各种车辆，特别是走私或进口的高级车辆多起来了，乘坐者大多是干部或经济部门的负责人；钱多了，但仅集中在一些部门和人手里；治安情况空前恶化；纪律情况，无论是机关还是社会上，都有极大退步，许多人几乎羞于谈纪律；人口难以遏制，不久将有惊人的数字出现，就是现在，也是历史记录上最多的时期；人的文化素质极不均衡，不读书的人越来越多，由于视听文化制成品的发展，绝大多数人放弃或减少了阅读，文化教育上呈现严重缺失；人的道德修养大为退步，在商品经济和竞争的现实生活中，不少人信奉拜金主义，人与人之间的关系进一步物利化、脆弱化；酒楼馆舍水平大幅度提高，并出现了历史上从未有过的奢靡豪华、其他服务项目，如卡拉OK、桑拿浴等；自然环境遭到了历史上最为严重的破坏，空气、噪声和水污染大大超标，有时整整一座村庄的饮用水全部破坏；医疗条件在城市有所改变，主要是设备改善，但患者大量增多，住院和治疗难度对大多数人是增加而不是减少；人的健康状况，从平均寿命上看增加了，但恶性病及呼吸系统的患病率处于历史上最高水平；地区的贫富差距急剧拉开，越来越大，内地山区与沿海和闹市开放区比较，差距极大；群众当中的贫富差距也空前拉大，一方面是百万富翁的大量出现，另一方面是流民、打工潮的陡增暴涨；民主状况方面，地方上的负责人、实力部门的负责人，信奉“权力就是一切”的信条，对下实行野蛮管理，而群众又大多不具有明确的民主意识和要求；人的觉悟和判断力有的方面上升，有的方面下降，但大致是随着一个时期的思想经济潮流而变化，有极大的盲目性，并缺少必要的批判能力；动植物的生存状况处于极低水平，大量物种面临灭绝的危险；耕地面积减少速度空前，已面临粮食危机；耕作技术大为提高，出现了联合收割机等器具，但忽视精耕细作的现象越来越多，轻视土地；居住状况出现极不均衡的现象，严重程度达到前所未有，如实力部门和实力人物住进豪华建筑，大多数群众居住条件极为恶劣，最差的为一般市民、工人和知识分子……

通过这些基本的、实事求是的比较分析，我们不难得出结论。这结论也许并不让人乐观。我们发现，所有增长或增加的方面，都是努力易于得来的，或比较起来不那么重要的；而且它们的增加或增长，往往又是以损害其他至为重要的指标为代价的。而所有退步或减少的指标，大都是最重要，甚至是一旦损失就难以复制的东西，比如自然环境、动植物，再比如人的道德水准等。

那么大致的结论呢？我们退一万步说，也许一个地方的变革使一切都发展了、富强了，而唯独这里的人给弄坏了：人变得比过去更自私、更危险，人的道德文化素质大大退步了——仅此一条，我们的这种变革也需要极大的修正了。因为我们任何时候都要承认：人是最可宝贵的。

1989.3.7

令人生畏的筛选；科举制。对胜者的约束。

决定一个人升迁、走上领导岗位的原则，从理论上讲往往是非常好的，圆通而缜密。但实际操作起来难度甚大，反而生出无数弊端。这情形十分类似“文革”当中实行的大学生升学推荐选拔制，从理论上讲是选取经过实践检验的、品学皆优的青年，而且要经过层层推荐、考查等等，看起来远比坐在桌前考上几天要可靠得多、科学得多。因为谁都知道，人的能力、优长，恐怕不是几张考卷就可以准确表达的；尤其是品行方面、其他一些特质，也是考卷所难以体现的。而推荐选拔制就兼顾了许多方面，特别是人在实践中的表现，这是最了不起的综合鉴定和判断。但可惜的是，任何好的方法，都要与执行操作者的素质结合起来；一种办法虽好，如果没有对于执行操作者的有效制约，那么这种办法的实行只能带来相反后果。推荐选拔制也是这样，由于具体承办者的量取标准不一，没有定量分析，所以就给了各种人掺假欺骗、假公济私的机会，结果不得不于一九七七年取消这一制度。

对干部的任用选拔，结果人人皆知。除了品质优良、才干出众者的不乏任用之外，为数甚多的庸人、卑劣小人、胆大包天者被层层筛选上去。整个过程不是择优，而是无可奈何地选劣。这是整个操作过程中，对操作者完全失去控制和制约造成的必然结果。一个地方的主要任免事项，大致是由一两个人说了算，其他人负责举手，做一点极为有限的表达。

人性固有弱点，这种弱点的被利用，将会引出意想不到的可怖后果。正是出于这一原因，人们经过长期实践，运用理性，制订出一些规则，弥补和战胜这些弱点。如果失去了理性，任凭发展，结局当然可想而知。卑劣者之所以卑劣，就是以利用人性弱点作为他的通行证。在一定的时期一定的范围，这种卑劣的行径是百发百中的。投机钻营者的机会，从概率上看也完全大于不投机不钻营者，这是个基本事实。

一个地方把比较恶劣的人集中到负责的岗位上，对大多数平民、其中包括一大批品行高洁、富有才干的人实行领导，殊为荒谬。

可以重新认识古代科举制。科举制的僵化可笑、迂腐误国尽人皆知。但它的兴盛期大概绝非那么可笑。也正是这种选拔制度，支撑了一个个王朝长达几百年的历史。

同样可用大学高考制度来比较和分析，它们之间相似之处颇多。让考生面对几张试题，依此做出取舍决定，当然会有遗漏、偏颇甚至刻板教条之弊。但由于舍取标准清楚，并有定量分析，这就极大地制约了操作者本身，使其难以用自己的好恶作为标准。所以比较起来仍比推荐选拔制要准确得多、合理得多。

此地选拔干部并非必得走古代科举之路，但照此原理，接受启示，总结它的成功经验，大概不为虚妄。

有决定取舍之权的，可称为“胜者”。对于“胜者”的约束，应是现代文明的一部分。对胜者没有约束，即便胜者是最伟大最纯洁者，也会出现可怕的结局。胜者既是文明的推动者建设者，也可以转化为猛烈而野蛮的破坏者和扼杀者。

1989.3.10

保卫自己的敏感。立场与责任；执拗的目光。

一个人在漫长的经历之后，会渐渐感到疲惫、倦怠和迟钝。一切都适应了，习惯了。这往往被赞扬为“成熟”。这其实是很可怕的。这种状态来临之后，人将变得无所作为，也渐失激情。人的捍卫力和判断力将全面下降。这样，当我们面临毁坏和侵犯时，也只得全面退却。

看来人生的一个重要任务就是要保卫自己的敏感。保卫它，即是强化自己的生命力。

人最初是敏感的，随着时间的推移，这份敏锐就会被生活的锉刀给磨钝，被岁月的长河给淘空。人的逐步丧失敏感，也是生命现象的一部分。所以人的保卫有极大难度，说到底是一场人生硬仗。

有了这份敏感，就可以迅速抓住转瞬即逝的灵感。灵感是生命的电火，是照亮愚昧的强光。灵感的白白消失是最大的遗憾。有了这份敏感，热情和冷漠、欢欣和痛苦、喜乐幸福与忧伤悲凉等种种感觉，就强烈得多也真实得多了。人将变得对平庸和丑陋不能容忍，将不遗余力地追求完美。人将变得多思、求真、率直而真诚。

保卫敏感的最好办法是加强自己的责任和立场。不妥协地生活，就是最好的坚守。坚守的时刻，人是分外敏感的。这个过程即是勤奋地学习、调整和丰富自己思想的过程，使自己观察事物的目光既不断更新，又非常执拗。这种目光下的自然与社会，当是一片新鲜，楚楚动人。

1989.3.11

冲动之后的平庸；激情之可贵；更深沉的灵魂。

对当代文学艺术的各种责备都有道理，但也常常显得过于简单。他们失望了，这种失望既早又晚。如果缺乏一个纵的观照，就会对时下的艺术格外心灰意冷，而且增添许多疑惑：中国的艺术从昂奋到衰落竟会这么迅速——这是怎么了？

其实一切都非常正常，动转如初。

新时期刚开始的那种激越和冲动是最可宝贵的。艺术失去了类似的冲动、激昂、道德义愤，也就失去了灵魂。但那毕竟是开始，当时的内容冲决了形式、代替了技法，也遮掩了思想的贫弱。艺术的本质要求，被刚刚获得解放的艺术家们很自然、也很简单地抓住了。那是个美好的开端。

但接下去，仅有激情和道德冲动就远远不够了，还需更扎实更可信、更丰富得多的艺术准备，需要一颗在生活中磨洗沉淀的灵魂。这个过程当然会十分漫长。于是中国艺术走向冲动之后的平庸，是可以预料的。

激情虽然可贵，但在长长的艺术生涯之中，在遥远的精神跋涉之途，尚需要更为深沉的灵魂……

对于伟大艺术的期待当然可以理解，但过于急躁就是一种误解。文学和艺术的历史告诉我们，在长达一个世纪的时间内，一个地区一个国家有时并产生不了太多——起码不会是预想那么多——长存于世的杰作。同时也会发现，在特定的历史时期、特定的地域内，有时杰出的人物却会密集地产生。这里存在着奇怪的命数。

1989.3.14

艺术的批判性。吸收力强盛是一种健康。模仿的过程。

我们不断听到这样一些埋怨，说某些作品太过揭露了、调子太低沉了，等等。有时这种埋怨是很委婉地表达的。他们其实只期望出现平时那些报刊式的图解，一些艺术化的复制品。

让艺术更多地欢歌时事，这等于取消艺术。艺术有好多特质，其中之一就是它的批判性。它的欢歌必须是来自生命的激动，这种激动必须是一种真诚。来自生命的激动，往往是当生命面对美的时刻。世俗时事当中自然有美，但要达到足以引起生命深层的激动才行。

艺术只欢歌它欢歌的那一部分，艺术却永远批判着、不满足着、抵抗着。

也有人不断地责备这里的艺术太多地学习和吸收了域外的东西：从技法到思想。新时期以来，窗户打开，猛然涌入这么多新鲜营养，一顿饱食也可以理解。这是对封闭的一种回答和报复。封闭可不是艺术的要求，也不是艺术家的决定。

其实强盛的吸收力恰恰是一种健康的表现。那些忌食各种东西的人，肯定是脾胃虚弱。

在这个过程中，模仿可以由心尽性。几乎文学史上的所有伟大艺术家都有自己钟爱的模仿对象。由于他是个强大的生命，他的生命力必会突破这模仿的外壳。这个过程是自然而然的，无须担心的。一直停留在模仿的阶段，那不是一个成熟艺术家的自尊所能忍受的。

一切好的艺术，它无论有怎样的模仿，灵魂也会强烈地闪耀着个性的、自我的光芒。

那些多少有些失望的、彻头彻尾的平庸者、“思想”者，在备感干枯无奈的时候，一致责备的对象是什么，我们心里都明白。

让年轻的更年轻，让成长的更成长吧。

1989.3.15

一般与卑劣；善导与恶声。对选择的预见、趁早落定的心情。

热爱了艺术就必然要与一群特别的人增加过往和交流，这些人即平常所称的“作家”或“艺术家”。结果却不会令人愉快。他们当中不乏人类中最优秀、最高贵和最洁净的人，但也的确夹杂了大量骗子、懒汉、无耻之徒、真正的小人。

如果尽可能地远离这一群，倒不失为一个良策。这时候唯担心失去接近优秀人物的机会，失去与之交往的机缘。这同样是一种不幸。在一个时代里与他们失之交臂，这当然是莫大的悲哀。

但人是靠心灵的性质分流和归属的。只要是洁净的人、优秀的人，他们必会以各种形式加以会合接近；这就像污浊总要合流一个道理。

除了两极人物之外，为数甚多的是一般的人，他们仅仅是靠朴素的情感和追求而迷恋了艺术，他们也愿意经营自己的艺术天地，投入对这个世界的思索。这正是令人感动的。我们觉得自己身上常常会发现这种特征和倾向。我们因自己的“一般”而努力，并借此理解着那些“一般”的人、他们的诸多盼念和要求。

优秀的人物应该对其发出善导，应该充满了爱。因为心向艺术，就是心向神圣，心向劳动，就是向善的努力。任何人都没有理由轻视他们。他们的存在，正是生活的希望。如果舍弃了大量“一般”的人，那么必定是一种不幸。而且优秀的人要有大量“一般”的人，有他们的无形的帮助，自己才能成长。“一般”的人最寄希望的，就是自己这一群中，有一个或数个（这个人可以是他自己）脱颖而出。

而对于那些同样为数不少的混子和懒汉、骗子、帮闲们，却要毫不犹豫地拒绝。对其不存在“善导”的问题，而要像鲁迅先生所言，发出“恶声”。时代需要这“恶声”。

不能对这群人存有丝毫奢望。要远离，然后才是判断。真正的同类必会走到一起，不必焦急。热爱艺术，不等于盲目地进入这一群去厮混。这一群常常与艺术毫无关系。如果热衷走入，也必得走出。人的热情用得不是地方，就会遭遇凄凉。人应该有这份选择的预见。这是必然的结局。有没有这个预见大不一样。从事艰苦的艺术劳作和探索，几次走入寂寞无伴、无援的境地，是最正常不过的。这是一个诗人应有的一份心情，而且要趁早落定下来。

1989.3.18

受民众心情感染的能力。朴素和慈爱的文学，向往基层的思想。

为数不少的所谓“作家”，已经不再关心大多数人的生存状况了。他们只顾“自我”的宣泄，沉浸于一种莫名其妙的辞藻之中，走入了无聊而狭窄的思路，让阴沉潮湿的蛛网缠住。事实上，许多人都需要大地和阳光，需要打开窗户，不然艺术生命就会腐败。

由于这些感觉是时代的、切近的，所以绝不是什么“老生常谈”。这忧虑饱含了近在眼前的痛楚。

一个思想者、艺术家，如果失去这样一种能力，就会丧失一切。这就是受人民心情感染的能力。民众，或曰大多数人，有自己的哀伤喜乐、有各种各样的情绪，他们有自己的心情。这种心情应该强烈地打动一个思想者、一个知识分子。

有人就是能对众人的心情视而不见。在他们那里，只有自己的心情、个别人的心情，而没有众人的心情，没有“基层”这个概念。这想起来真有点荒谬可怕。

文学像一个人一样，必须是朴素和慈爱的。朴素的心灵让其走入民间，慈爱的心怀让其悲悯众生。人类的艰辛、具体在一个时代的哀痛，会让其泪湿心扉。这样的思想和艺术，才是真正有力的。

我们发现一切心向基层的思想者，如果不是非常重要的，也是非常令人感动的。基层包含了什么？基层即民众、土地、清贫、辽远、莽茫……这样的总和。它支撑了思想，是永恒的基础。背离了基层的思想家和艺术家，等待他的会是什么？

1989.3.20

普通人的情感。“中产阶级”情结。

一个置身于大中城市的职业作家，加上工作的保守性，对于社会其他阶层、特别是下层劳动者的相对隔离，也许会平添许多幻想虚念。

这样的状态所产生的艺术品，大半都情感孱弱，不再丰沛，有点百无聊赖。尽管可以发表和出版，甚至也有圈子里扬起的赞语，但仍然给人空荡荡的虚脱感。什么已经“现代派了”，已经“神秘地走入了内心了”，已经“后现代派了”，等等，还是无济于事。

一个人失去了普通人的情感，悲剧也就临近了。

个人生活环境的良好改善，对于一个投身精神求索的人算得了什么。一点点迟来的滋润就使其放弃普通人的情感，才更为可悲。向往，或干脆充任“中产阶级”的生活方式，在情感上认同，这是相当熟悉的情形。

在一片充满苦难、荒芜贫穷、“一穷二白”的国度，这种“中产阶级”情结很不牢固，也很不真实。

同样的情感，与发达国家比较起来，中产阶级所处的地位、代表的利益、发言的方式，都极不一样。发达国家的“中产阶级”艺术家，对上层的反抗性、对底层的贴近性，与此地当有本质不同。那是另一种意义。

在这里做一个“中产阶级”是过于奢侈了。而发达国家的“中产阶级”则自然得多。他们不会一朝醒来就失去了“平常心”，失去普通人的情感。

一个农民国里的“中产阶级”，触目惹眼，无聊而又虚假。这不过是一种模仿，其后果就是弄假成真，失去良知、失去起码的痛与喊。

有的艺术家可能振振有词地反问：凭什么让我们痛与喊呢？

是的。但也可以反问：凭什么不允许别人要你们痛与喊呢？

1989.3.21

民众的直率的感情。从简单中看出复杂的综合和深刻的总结。

走到民众中间，到市区街巷和乡野村镇，特别是那些在地上做活的人们中，会发现他们有憎恶就直接说出，对人对事不加掩饰。这些倾向和情绪不仅明朗无误，而且泼辣有力。他们的顺口溜即类似的创作品，也是这样的情形。

这就是民众直率的感情。

对此的感受和倾听，对我们这些人十分重要。因为直率的感情比曲折的感情更坚定更有力。这不仅是表达上的区别，而是支撑感情的某些物质不一样。

如果产生感情的心灵质地不同，感情的表达和感情本身就会有不同。劳动者面对土地或其他实实在在的具体的物质，二者声气交流；他们所接受的教育、用来进行思维的材料，都朴素坚实。所以他们可以产生单纯简洁的表达，这表达传递出的，又往往是经过压缩和提炼了的真实和意绪。他们的褒贬刚劲，嘲讽直接，爱憎分明。有时的确简单化，或不够辩证，但仔细想想，又觉得唯其如此才抓住了要领。

他们的这种直率，是劳动中产生的自信力，是土地坚定了他们、支持了他们的结果。比起来，他们比一些居于斗室、徘徊于会场厅堂的“体面人”，更有一种可靠感和稳固感。他们的观念，可以从简单中看出复杂的综合、看出深刻的总结。

1989.3.22

老旧的语言与稚嫩的语言；书生意气；文学的运命。

在文学批评方面，有人越来越不能忍受老旧的语言。这种语言属于早已逝去的那个时代，并且一去不返。文学是新的，如同刚刚从眼前的河流之上所掬。

老旧的语言能否传递真知灼见？如果与它所评论的作品是分离的，那就可能。可惜它在评说，在倾谈自己对一部作品的感悟。这样，老旧的语言所描绘和转达的，只是他自己，是文评者自己苍老的陈旧的思想，是那种有趣的僵化和教条。这是另一种刻画。它刻画的是一个人在另一个时代的执拗，多少有些天真的可爱。它告诉读者的是，逝去的那个时代曾经成批地制造出一些百用不厌、似乎是屡试不爽的方法，也是一种技术。这种难以失传的技术在今天看，已经是锈迹斑斑；不过可以改装，可以为新的一代拾起。所以老旧的语言也往往是最容易被继承的语言。

还有新兴的一种稚嫩的语言。这种语言与老旧的语言起码从外部看上去是绝对对立的。它选择的是全新的概念，而且这些本来就生僻艰涩的词汇，有时还要常常嵌进个把洋码，看上去是绝对正式的舶来品，而不是冒牌组装。洋码是商标。

仔细看看这些新的语言，无论搞得怎样晦涩，也还是冒着青生气，是学生腔之一种，洋洋万言，不得要领。像是读书超量的中学生，只有勤奋和聪明值得赞扬，但因为读了大量的课外书而耽搁了正式学业，又需要责备。所以连老师有时也颇费踌躇：对学生这些做法是阻止、完全否定，还是留有余地？因为谁也说不准大量涉猎的结果，就一定不会造就规范之外的人才。这就是稚嫩的文评给人的感觉。

由于对艺术品的把握非常复杂，它特别需要人生的阅历和先天的悟力，需要这一类“正式学业”，所以搬来大量时新的外来语也无济于事，而且这样就更加麻烦，将本来就吃力的琢磨和揣度弄得一塌糊涂。

也由于绝望和急切，稚嫩的评说者来不及等待成熟和逐步学习，总是故意蛮干，将稿纸涂得分外缭乱，或者故作惊人之语，颠倒和颠覆一些什么，让人稍稍惊讶。说白了这只是书生意气，同样无济于事。

文学与艰辛的人生连在一起。

文学也与欢欣畅悦的人生连在一起。不过文学首先还是联结了苦难人生，联结了沉重的心灵。愿意认同这一点的，就会因爱而知。不愿或不甘如此的，就会浅尝辄止，半知或无知。

一切虚妄的，都将在时间的延续中败露或萎褪。文学是不欺的。这就是它的运命。

1989.3.25

欺世者和混世者；平凡的站立。远离无耻的“同行”。

我们厌恶败坏的文字，却常常忽略它们的不同。其实这其间也并非一样，有时区别还非常大。比如有人完全是以“文学”作为进阶的工具，这样的人难免颠倒黑白，颂扬民众的敌人，甚至是社会渣滓——只要能取悦，能换来什么，他们就会卖力去做。这是无耻者和欺世者。他们目标明确，心肠也硬，是舞文弄墨者中最残暴可憎的一类。他们的使命是造谣、帮凶，是知识分子和艺术家的天敌。而另有一类人只是缺少操守，他们浑浑噩噩，看重眼前利益，糊糊涂涂地卖文为生。他们的失节，常常是并不知其严重后果，糊口第一，信手写来。他们从不将自己做下的这些看得有多么可怕可卑，多么屈辱，有时还津津乐道。这是一些混世者。

欺世者与混世者是有区别的。

渐渐，你会理解什么才是文字生涯，会理解走进这一场跋涉多么不易。这是一场抵御和抗争，也是对自身的叮嘱、考验、鉴定和磨损。诱惑、打击，无形的挤压、劳作的艰辛，都加在了一起。可是无论怎样都不能放弃自己的坚守。永远追求真理、心向底层，永远站立。这样做个平凡的人，即便一生多艰，默默无闻，也远比做一个无耻的“英雄”更光荣。

现在充当黑暗的帮闲、打手之流，也并非罕见。一个从事写作的人要想干净，就必须首先远离无耻的“同行”。

忠诚地书写，写下心灵里的一切，爱、恨、思念、感激，写下身边的真实，看到的想到的，平与不平，变故，经验，昨天和今日……这些工作会有意义，这些工作是命运交予的。

1989.3.27

大肆毁坏的沙岸。海水倒灌。七十年代的一次大海潮。

在记忆中，还从来没有人像现在这样放手大干：挖掘、采伐、围田、扩建。到处都成了工地，但主要的却不是建设，而是拆毁。近海沙岸多么美丽，如今却在长达几十公里的一道长线上被毁掉，因为建筑或工业需要，大卡车接连不断地拉走沙子。现在的海岸已惨不忍睹。往常徐缓耸起的高坡，现在已被削平，而且坑洼处处，灌满了海水。许多岸段已被垒上丑陋的石坝。

沙土是一种资源，它是长达几百年上千年的时间、在海浪作用下逐步形成的。它远不像有人认为的那样，是取之不尽的东西。它构成了自然的防波堤，使海水在反常的大海潮来临时，不至于漫走平原。

有人介绍，七十年代中期，此地西部海岸发生海浪潮，结果海水侵陆六七里。

面对可怕的毁坏，有人多次阻止，但无济于事，一切仍照旧进行。现在沙岸的破坏既未加快步伐，也未放慢步伐。可见破坏者是心情安定、毫不慌乱的。

类似的危机在当地多得不可胜数。比如海边丛林的砍伐——因为地下海水倒灌，雨水少的年头树林会大部死亡，所以海滨植树已成为非常艰难的一件事。保存树木是特别要紧的事项，因为一旦林木伐光，风沙就会南侵，使整个富饶的平原变为沙漠。可是令人焦心的是现在涌入海滩伐树毁林者屡禁不绝。

造纸厂、煤矿、化工厂，这些都是破坏环境最严重的工业。然而这些企业正向美丽的滨海挺进。

1989.4.6

让人年轻和苍老的时代；它们的区别。青春的源泉。

时代与时代的区别非常之大，置身于不同的时代，就等于来到了不同的世界。在“时”与“空”这二者的改变上，“时间”比“空间”的改变给人的感触更深。

有些时代给人生机勃发的感觉，这样的时代大半是崭新的、向上的，洋溢着活力。一个人处于这样的时代，精神就会昂奋、向上，有生长感，有青春的朝气。人的创造力加强了，思索的问题也比较远大；人的私心少，着眼点好。这时候的人，从比例上看，有理想的人非常多。

也有些时代是死气沉沉的，它是等待更新的、拖延和变换的时代。它让生活在其中的人们接受它的感染，跟随它的气氛和节奏，松弛无为，精神萎蔫，不思进取；人的目光都盯在明哲保身或金钱物利上，好像在迫不及待地为一个难以接受的时刻做准备。人与人之间的关系变得冷漠、苛刻，一切以利益交换为前提。

这样的时代即是苍老的时代，人在追逐和焦躁中、在自私的算计和固守中损耗了精力。

那些使人年轻的时代，与使人在昂奋中虚脱的时代又有本质上的区别。不切实际的口号，大而空的计划，专制主义蛊惑人心的远大目标，这一切都足以让盲目的人群涌来荡去，丧失理性；这样的结果可想而知。人的短暂的兴奋过去之后，迎来的将是加倍的疲乏，是对一切全部怀疑、全部丧失信任感的开端。心灵上的白发会在一夜之间生成，天真的童心将快速消失。

真正使人年轻的时代是从里到外的健康，是充满理性和科学的、胸襟开阔的时代。它尊重个人，崇尚真理，向往艺术，一切都在诗与真的光芒照彻之下。

让人年轻的时代和让人虚脱的时代极易混淆。但是让人苍老的时代却是容易辨认的。这样的时代即使偶尔也用金钱和性使人兴奋狂热一下，但总体上是非常实用主义的，是对宝贵时间的耗伤。

青春的源泉仍在心灵之中。一切为心灵的发展和健康负责的时代，都是使人年轻的时代。一切无视心灵的存在，或肆意践踏它的时代，都是使人苍老的、残害青春的时代。

1989.4.10

思想和艺术升华至迫害所达不到的高度。旁若无人的沉浸和冥思。

怎样使思想和艺术升华至迫害所达不到的高度？我们缺少这样的思想家或艺术家——非常独立和强健、非常自信和入世；更不用说深邃的思维、严密的体系，以及飞扬的才情、高超的技艺之类，这一切都是顺理成章的。

盲目的、意气用事的所谓学人和艺术家倒很容易做。可是这往往无济于大事。伪装成得道的高僧、超凡脱俗的神仙，当然更无济于大事。

是的，思想和艺术可以升华到那样的高度。可惜这在一个时代里只有极少数人才能做得到。

迫害达不到其高度，也并不能回避迫害。迫害从本质上讲是一种野蛮无知的力量，所以它若施虐，不必达到与对象相应的高度。迫害的力量是不问青红皂白，拒绝交流的；迫害的力量是凭直感剿杀诗与真的。这些自不待言。

问题是大量的学术艺术仍停留在极低的境界和水准之上，即迫害的力量可以轻易地与之交流，尽管这所谓的“交流”中也不乏粗暴。这种交流失去了学术艺术之尊，是完全没有必要的。

形成这种荒唐和尴尬的主要原因有两个：一是学人和艺术家自身缺乏能力，即升华的能力，整个操作还处于初级阶段，有些平庸气——这时不是他自己愿不愿交流的问题，而是对方随时可以抓起来搓弄，即所谓的批判争执争鸣商榷；有时学人和艺术家真的有失严谨，破绽百出，于是很快“体无完肤”。另一种情况更是多见，即学人和艺术家对迫害的力量抱有期望和幻想，希望用交流的方式来求得理解，进而解脱。这时他们就不得不低水平要求自己，尽量使用对方听得懂的语言。这是学人和艺术家们可怕的、最大的误解。这是过分天真的表现，在对方看来也不乏幽默。

其实迫害的历史在中外文明史上是源远流长的。不必说哥白尼、屈原和斯宾诺莎，各种例子不胜枚举。关键是学人和艺术家怎样确立和巩固自己的自尊。他们大概别无出路。如果不是堕落和投降，那么就别无出路，照例要进入旁若无人的沉浸和冥思。这是他们的命运，他们也只能如此。

1990.1.25

下篇

第七章

必读的“高原之书”

对西部的向往、想象和感触。必读的“高原之书”。

我们都没有去过西部，这简直成了一个心病。我们觉得这一课迟早要补上，晚补不如早补。因为我们特别觉得像自己这样的情况，更需要接受那种粗犷、犟劲、凌厉严峻的东西。山川土地熔炼一个人的精神的力量是太大了，你怎样估价它都不过分。我们以前多次谈到土地与人的精神气质的关系，多次谈到南方与北方不同的艺术品格。讲来讲去，还是要归结到土地上。我们讲艺术，实际上是在讲土地，是在考察土地这本大书对人教导的成果——这种成果显示在一万个方面，艺术仅仅是万分之一罢了。

高原在我们的心目中只是想象出来的一种形象，它的色彩是我们根据仅有的那么一点儿可怜的知识幻化出来的，对我们产生着神秘的吸引。这种吸引直到我们见过真正的高原之前，都不会变化。那里的山脉如波似涌，时而隐晦，时而灿烂，有时裸露在我们的视界里，有时被葱茏所遮，它们在阴晴雨霁间变幻。那是怎样的一种魅力，一种气魄，一种伟大的魂灵。我们没有见到高原，但我们总以想象和向往弥补着遗憾。愿高原精神在我们心中、在我们追求的艺术之中，永生不灭。

我们跟所有高原来客交流过关于那片土地的一些看法、一些情况，每次都能得到一点满足，一点弥足珍贵的补充。可能因为我们是男人的缘故，我们无比崇尚高原性格。当然，它的性格像人一样，也会是复杂的、多变的，但它总会有一种总体性格，一种公认的倾向。

我们觉得在当代艺术精神中，始终感到缺少的，就是这种高原精神。我们被一种油腻腻的、绵软的东西堵塞了嗅觉，充填了思路，使艺术的肢体处于僵化半僵化的状态。我们不能舒展，也不能洒脱起来。说到这里，你可能想到近几年来流行的所谓“西北风”，所谓“西部的什么什么”；这一切实际上是对以上所言的那种艺术的一种反拨、一种矫正。这是必然的，可惜它的意义更多地停留在表层上，停留在形式上；只从品种的意义上介入进去，而没有从真正的精神气质上深刻地影响和改变什么。这就是我们不满足的地方，这就是我们的遗憾。

我们想使自己的两脚踏上高原的那种愿望，有时强烈，有时又平淡下来。这当然不完全是由于懒惰才迟迟不能成行。好像我们更多地想把它维持在一种想象、一种朦胧里——这跟我们一贯的探求方式似乎又是一致的。但无论如何，“高原之书”是必读的。当我们读过这部“大书”之后，我们相信自己可能会获得新的、空前的成功。

“南方”是我们的又一遗憾。让南方精神掺和溶化。

真正意义上的南方山水我们好像也没有装到心里去，讲起来，这是又一遗憾。镇江、扬州、上海、苏州，这一线以北的自然风貌我们比较熟悉。北到松花江一线，长白山等等，这些我们都算见过了。再往北的漠河、大小兴安岭等地，我们还没有到过。可见我们读大自然这本书的深度和广度、涉及的范围，实在有限。这恰如我们在文学上的深入程度一样浅薄。

真正的南方山水，我们又似乎像对西部的理解方式一样，都只是依靠间接的了解、在想象中描绘和完整它们。我们知道那里的山脉与北方的山脉几乎是完全不同的。那里树木蓊郁，整天里水气缭绕，看上去神秘莫测，鬼气十足。那预示着另一种蓬勃的生命力，一种滋生力，一种涵盖和隐蔽的效果。我们相信在这样的山水之间活动的生灵自有一番面貌。只要是一个艺术家，他必然善于玩弄神工鬼斧，玩笑间就改变了惯常的逻辑。作为一个北方长大的作者来说，我们似乎应该在乎真正意义上的南方山水。对我们来说它虽然不像西部精神那样迫切，但同样不敢忽视。综观我们的写作，我们觉得那些僵直坚硬的部分，就是因为没有让南方精神掺和溶化的结果。我们如果想要再聪明一点，老停留在北方就困难了。我们应该到南方去浸染一下。

1990.2.27

创作中象征手法的减少；简朴是一种富足和优雅。

有人说现在的创作中，象征手法太少了——而我们倒觉得恰恰相反。在我们看过的一些当代作品中，那些“象征”简直触目皆是，好像离了它们就不足以证明这是一部当代作品似的。在他们看来弄点“象征”是再容易不过、也是再有效不过的事情了。实际上再也没比一些直接的肤浅的“象征”更能损害文学作品的了。它直接使一部作品变得矫情和浅薄。

关于“象征”，中外很多作家早就提出过自己的看法——动不动就拿起“象征”这个武器的作家，往往也是到了山穷水尽的境地。他开始没有多少内容了，他于是就想让“象征”来充塞和替代枯竭的激情。岂不知任何东西都可以替代，唯有激情是丝毫不能掺假的。有些作家不止一次地指出：只有最质朴最真实地描述出来的事物，才会具有最有力的“象征”意味，才能真正抵达哲学层面。

我们应该避免弄巧成拙、一种姿态、一种廉价的情趣。

我们越来越忌讳“象征”的手法。虽然我自己的某些作品里也充塞着这一类“象征”，这当然不是什么好兆头。不过也应该说，它们有时还有一个例外的情况：那就是在一部或一篇作品中，这种明显的象征多到让读者目不暇接、神迷色乱的时候，又会产生超出这些“象征”本身所具有的意味。不过那又是另一个问题——那样使用“象征”的作者大半是对其脾气十分了解、能够变通使用、能够牢牢把握它的人。

不管怎么说，你会看到“象征”以及其他花花哨哨的东西都在少起来。简朴恰恰是一种富足、一种从容和优雅。对于文学就尤其是这样。

1990.3.1

怎样摆脱“陈旧感”；挂带着这个星球不断运行的崭新尘埃。

似曾相识的一切，是这些不能忍受的、令人不安的东西一再出现……如何摆脱这种陈旧感，成为我们的难题。因为我们发现自己在写作中无论怎样极力摆脱它，最后还是要落入它的窠臼。差不多没有一个作家能够避免这种命运。其中的一个原因可能是前面的好文章已经太多了，本来不需要后来人再继续写什么了——由于一种职业总要有接续的香火，那么文章就仍需硬着头皮做下去。事实上我们的所思所想，那些自以为新奇的、令我们激动万分的意象，那些离奇而神妙的结构，以及曲折的情节，精设的悬念，都早已经在书籍的莽林中交相辉映，闪烁着亘古不变的光辉。这一切说到底就是造成我们当代写作十分尴尬的一个病根。即便是那些富有创新精神、常常是以惊世骇俗的写作而著称的人，那种陈旧感同样使他躲躲闪闪，仍旧把他逼到了一个角落里。他们那儿，崭新的货色往往同样很少，命运给他们的机会同样不比别人多出多少——甚至更少。他们有时像一个在乞讨和等待中维持生计、却又要装出很富足样子的人。本来家徒四壁，却要装出货色齐全、琳琅满目的样子——不要以为这种尖酸刻薄的指责只是指向别人，它也同时指向了我们自己。

陈旧感像一个饥饿的讨厌的影子一样紧紧跟随，我们一刻不停地逃离，精疲力竭。在艺术求索的崎岖之路上，我们还没有找到一片能够让自己驻足歇息的绿荫。

有人认为，一个作家既要在这种情形之下敢于面对作品，又要使自己放松，即尽可能地达到一种从容镇静的状态。一个人纯粹靠注视和观测别人的脸色是没法生活的，一本书也是一样，因为一本书一副面孔、一个脸色——它们像人群和树林一样稠密，或者愠怒，或者喜悦，看上去脾气有好有坏。我们总要有心绪安静下来独自生活，也就是自己的创作生活。仿佛只有这样，才有逐渐摆脱那种陈旧感的可能。“我就是我”，多少人重复这句话，可是要做到又比什么都难。你怎样才能任由生命的本色往前移动，这才是一个作者应该苦心悟求的原理。

也许我们一辈子都没法回避那些旧有的格局和已成的规范，但我们却可以在这种不可避免之中，显示出一种超拔的境界。我们毕竟是一个二十世纪九十年代的生命，必然挂带着这个星球在宇宙间不断运行的崭新尘埃。我们在重复，可我们同时又在创新。有了这种放松感，有了这种自信心，才会有一种自由。回头观望漫漫的文学世界，我们就会发现，只有那些安然笃定的作家，才能显示自己的生命个性，最后成为标新立异者。

故事性；“外节奏”和“内节奏”。

有些著名的创作，其故事性并不是很强——它们的情节性远远不够曲折。今天看很多名篇名著，都得耐着性子读，它可不让你随随便便消遣它。就像一个有身份的、具有庄严感的人物，不可能总以自己的一段精彩的、吸引人的什么表演来供人欣赏一样。他们有自己的尊严，有自己的矜持。他们高贵的身份不是自封的，而是由一种血统和品质所规定的——这就是那些名著与通俗作品之间的区别。你看，它们不想取悦于任何阶层，也不想把你吸引到设计好的圈套里，只专注于讲述平凡的、却是灵魂里的故事。这也是它的原则。而那些平庸的创作总是充满了各种各样的妥协，其目的无非是讨别人喜欢，让你购买，让你用金钱换取它。它们最有效的一招，当然首先是在故事性上下功夫。

这仅指一般而言，因为并非所有的好作品都舍弃了较强的故事性。文学作品是由多种品格构成的，它不一定从哪个方向去完成自己，只要达到了一种独有的境界，它也就成立了。情节问题实际上也是一个节奏问题。在我们眼里，任何作品起码都有两个节奏，即一个是作品粗略的大致的故事线索，它的曲折和复杂程度决定了一种“外在节奏”；另一个是作品的细部，它在决定一种“内在节奏”。如果我们注意观察一下就会发现，那些比较通俗的作品差不多都有一个规律，就是“外节奏”快而“内节奏”慢、“外节奏”强而“内节奏”弱。反过来，那些比较纯粹高雅的作品，在两个不同的节奏的处理上恰恰相反。

刚才产生了两个概念：“外节奏”和“内节奏”，它们与“情节”和“细节”的关系差不多，但又有很大区别，比如“细节”一个概念就不能完全包容“内节奏”这个说法。

是否可以说，那些高雅的作品往往是“内紧外松”？即它们的大路故事简单得很，甚至很一般，而在这层朴素的外壳包容的躯体内，却处处都有激越跳动的神奇。那些局部的细部的色彩，闪烁迷离，让人目不暇接！说到这里有人会想：将两种作品的不同的特点结合到一部作品里，岂不是更聪明的办法？

这样做的人当然很多，其中也不乏成功者。但这两种倾向真的是一对矛盾，它们最终会互相排斥。比如说那些“故事性很差”的作品吧，它们质朴的底色当然首先是由作家本人的修养、由心灵的质地所决定的，他们会像曲艺家一样，不停地运用噱头、不停地渲染？这种可能性不大。

人的记忆力的差别；令人窒息的激情，行云流水般的自由歌唱。

很多聪明人、有才华的人都以强大的记忆力为其特殊标志。他们有的过目不忘，过目成诵，类似的故事从古到今太多了。我认识的一位朋友差不多就是这样的人：考大学时，他不愿从教材中剥离和寻找什么“重点”，也不愿猜题——准备历史地理科目的时候，他为了简便保险，索性把这两种教材书全背了下来。有人还能背下《新华字典》——一个能把这么一部枯燥东西背下来的人，需要一副多么古怪、多么特殊的头脑！

类似人物在生活当中会时而碰到，连惊讶都来不及。这些现象，大概能把人的思路引向歧途，因为它常常会改变人们考虑问题的基础，会让人认为，成功者都是一些与常人绝对不同的人物，是天才，是超人。

其实记忆力上的差别绝对存在，而且很大，但又不会像我们想象的那样，完全是来自先天方面的原因。记忆力方面的差异主要来自后天的训练，来自不同的智力类型。就许多人的观察而言，我们会发现那些对事物有极强的辨析和理解力的人，机械记忆能力都不强；而那种强大的机械记忆能力，常常与一个人学术方面的研究能力紧密相连——在文学创作方面，机械记忆力究竟在多大程度上帮了作家的忙，还得打个问号。

一个人充满了幻想和联想，思维在不停顿地跳跃的人不可能一味地死记硬背。而离开了死记硬背的习惯，机械记忆的能力就不会增强。这种种不同的训练也会形成一种惯性、一种嗜好，它们一旦形成，又会从正面遏制人的想象和创造能力。反过来讲，一个人故意回避这种训练，显然又会荒疏学业，会使其在治学上失去根柢，他的创造也会空泛浮躁。这也许是很矛盾的事情。

大概还是尽量地放松自己，而同时又应该是一个真正勤奋的者。不能轻易熄灭某一方面的兴趣，同时又要知难而进，悖着自己的性情，显示一点脾气和拗性——这样做并不一定会窒息你的激情、如行云流水般的自由歌唱。你仍然会保持孩童一般的天真烂漫，具有流畅自然、风流倜傥的华彩。大可不必因为在记忆力方面的差异而感到悲观失望——因为你很快就会发现，你在机械记忆力之外，还有一个更广阔的记忆天地，你在那里也许还能展露更有力的一手。你自有自己的独到之处，比如你对颜色、意味等方面就特别敏感，而且一旦体察就永不再忘。你只是对一些数字，对一些依靠逻辑关系连缀起来的事物关节，在接受上有些懒惰和迟钝——对于一个作家来讲，这也许并不是什么致命伤。

1990.3.3

“新潮小说”与叙述角度；“方式”的功勋。

有人认为所谓的“新潮小说”，不过是、主要是叙述角度的问题。这样说好像也有点道理，因为我们看到的类似小说差不多就是这样：由于作者寻到了某种奇特的角度，所以进入篇章的方式也就完全不一样了——走出篇章的方式也有所不同。这一切又往往会引起他的整个写作状态发生变化——他的作品或者新奇怪异，或者有点别的什么，反正是极力要做到与众不同。由于一些人过分地依赖了“角度”上的变换所造成的效果，所以在他们那里，写作越来越多地演变为一种技术操弄。这种操弄如今正日益复杂化。

其实如此一来，离艺术创造所要求的那种不可言喻的深邃来讲，还是走向了另一种简单和僵化：表面的东西愈多，内里的东西就愈少。

如果我们离开了“角度”的问题去讨论现代小说，也就多少离开了形式问题，有时这种讨论简直就没法进行下去。“角度”这个概念在这里变得宽泛起来，它包括我们惯常所说的“方式”……我们可以更自由地在“方式”的范畴内从容游戏，而且做得津津有味，做出“有意味的形式”——于是这种工作也并非像很多人所非难的那样，因为它同样也建立了自己的功勋，也同样是一次建设、一次开拓。在小说家族里，“现代主义”小说今天早已不是什么新成员，它的精神也已经渗透、感化了所有新时期的写作者。它在参与创造，它本身就属于创造，而且还将一直葆有魅力。

1990.3.5

当地的最大变化；土地的力量、它的决定意义。

当地的最大变化，要分成两部分：我们亲历的，上一代人目睹的。

首先讲我们亲眼看到的。在小时候，印象中的海滩平原上灌木丛生，草地无边；有的地方丛林茂密，野物啼叫不息。在海滩上常常会遇到手提长枪的粗悍的猎人，他们戴翻皮帽子，有的还戴了风镜。有人会记住一个面孔白皙的文雅猎人，他脸上青青的静脉血管清晰可辨，身背黄色挎包，内装吃物和一些霰弹火药……我们居住的地方在园艺场和林场之间。我们房子四周是品种齐全的茂密高大的果树。有各种各样的杏树——你知道杏树分好多品种，有一种桃杏，味似红薯，杏皮上满是绒毛，红扑扑宛如少女脸颊；还有一种杏子小巧玲珑，洁白如雪，近乎透明，咬一口甘甜如蜜。还有一种"血桃"，吃起来红汁四溅，鲜气荡漾。这种桃子叶片乌黑发亮，枝冠茂密，最适宜攀缘游戏和捉迷藏。我们记得家里老人为了引诱我们多吃这种桃子，就说："闭着眼睛，看谁嘴巴张得更大"——我们刚张大了嘴巴，就有一枚桃子塞入口中……记得有一株桃树，已经被流沙埋至树冠，但它不甘埋没，仍然茂长，在阳光下竟长成了茂密的一丛，欣欣向荣，看上去就像数棵桃树挤在了一起，而且结出了数不清的果实。我们那时候甚至怀疑它们多得都没法收获、也来不及收获——这是真的，因为在秋天我们亲眼看到这棵桃树四周沙地上滚满了数不清的成熟桃子。那时候我们躺在树下滚动玩耍，一张嘴就能咬住一个桃子。值得追忆的还有几株樱桃、几株山楂。樱桃在那时候是特别诱人的一种果实，像玛瑙一样红，像玻璃一样亮，像珠子一样圆润；它们形成之前的洁白花朵又是最美的——那长长的蒂梗让人无比爱怜。我们甚至记得这几棵樱桃树受伤的时候所流出的树鳔的颜色：像凝固的血，又硬又亮。总之一切都让人永难忘怀。那棵山楂树因为特别大，也值得一记：因为我们后来再也没有见过这么大的山楂树。它的树干，一个人搂抱不过来，连树冠上面普普通通的枝丫也有人的手腕粗了；到了开花季节，它真是繁花似锦，招引来无数的蜂蝶……这些记忆中的景物啊，和那段好时光一起消失啦。

我认为这是一生中最宝贵的一段生活。在我们屋子的西边，就是一处国营林场，它给予的印象极深，后来即据此写出了中篇小说《蘑菇七种》。那些见过这个林场的人如果读了这部作品，定会感到亲切；当然也有人可能说它过于夸张。不过，这种夸张谁能避免呢？真实的情况是，那片林子确实茂密，的确是“上乔下灌”，野物繁多。那里面当然有很多蘑菇，林子里水汽淋漓，蛛网密布，只是书中写过的那种有毒的大蟹子并不常见，但总算有吧。它们是一种旱蟹，浑身长满茸毛。林子里的树种，主要是高大的白杨和粗壮的橡树。所有的杨树都特别茂盛，让人怀疑它们的根须都扎在了一条奇特的地脉上。这片树林即便在白天进入也昏暗如阴，真正是遮天蔽日啊。橡树和山楂在杨树之间黝黑坚硬，可爱的橡实结在树上，引诱我们去攀缘摘取。记得我们曾经把它误认为板栗，放在火里烧烤。成熟的橡实在沙地茅草间滚动，可以让我们愉快地捡拾一个秋天。我们耳旁至今还响着风吹树林的呜呜声，响着林场工人的此起彼伏的呼叫，响着姑娘们响亮的笑声。有一个体态婀娜脸形极为奇特的姑娘，至今在记忆里还很清晰：翘翘的鼻子让人想起狐狸，光亮的微凸的额头及一双吊眼，综合出一股迷人的神采。她穿着紫红方格上衣，背着手充满自信地、沉稳地在树棵间寻找蘑菇。她好像是这方面的能手。记得林场里有个模模糊糊的负责人，一身黑衣，口吃，左眼微斜，手持烟斗，爱吃一种海贝罐头。他逮住我们一伙进林子玩耍的儿童，就让我们背着手排成一行张大嘴巴，然后夹住罐头盒里的海贝肉，往我们每人嘴里投一个，然后每人都要踢一下屁股。他有一条狗、一头永远拴在水井旁的黄牛，还有一个眼皮上长小疤的、坐在场房中央补麻袋的姑娘……

这片林场的北面就是连绵无尽的沙岭，上面长满了无人管理的杂树。这片杂树间有无数新奇的玩意儿，好像里面有一万种野生的果子。这片灌木林杂生着一株株乔木，它于是成为更有诱惑力的去处。我们在林子里迷路是常事。至于藏在林子里的稀奇古怪的故事就数不胜数了。那里面没有什么事情不可以发生。如果说从沙岭丛林间走出一位仙女或者天上的老人，甚至是一只会飞的猪，都不算奇怪。我们屋子南边是一片榆树林，那是清一色的黑榆。到了秋天，榆钱放出的甜香，总是令人无比愉快。榆树林里有一种獾，有一次我们低头探望，正好看见这样的一只獾在仰头看人——我们就那样打了个照面，然后彼此离开。日后我们才意识到这是一场奇遇，并把这故事告诉了每一个人。还有一次，我们在树下的野豆角蔓里无意中按住了一只半大的黄鼠狼，它竟然不慌不忙地从浓密的叶蔓间昂出了小巧的头颅——我们第一次离这样近看到这么一副美丽的容颜，惊讶狂喜不知所措。记得它长了一只青绿色嘴巴，整个神气间是压倒一切的机灵。那一对眼睛才叫水汪汪。那是一对圆圆的大眼睛——我们相信会有人嫉妒的。榆树林的东边，也就是我们屋子的东边，有一条水渠，它日夜哗哗流淌，奔向大海，渠底游鱼，清晰可辨。青苔、水藻，长年不断。藻下有螺，渠岸上一排洋槐树临水解渴，所以就越长越茂，夏天繁花似锦。水渠的东面是一片树棵大小均匀的苹果树。据说那原是一个地主的地产，所以那一小片果园以他的名字命名，一直未改，好像叫什么“权”——那个“权”字直到今天还让我们焕发想象。

这就是我们儿时记忆中的景物。当然了，现在这一切都不复存在了，取代它们的是什么呢？是长着荒草的沙滩，是被取沙车挖成一个个大洞的千疮百孔的沙原；再就是工区、工地、楼房、烟囱，和不知从哪儿汇集而来的阔大的宿舍居住区，人烟理所当然地稠密了，树木理所当然地被排挤了。就连碧蓝的大海也改变了颜色，因为有两个造纸厂正日夜不停地往里排放褐色碱水，往里冲刷纸浆和木材草屑。

至于从老人口中传说下来的自然景观，那是你连想也不敢想的。在他们嘴里，这里完全像是一片原始森林。在这里居住的人，在天边的丛林之下，绝对温顺而恭敬。他们不敢妄动，因为巨大的不可理解的自然力震慑了他们。他们恍恍惚惚知道有个森林的精灵在注视着他们。在他们眼里，林木无边，他们也不想去弄个明白……大概由于水汽充盈丛林茂密的缘故，雨雪大得惊人。那时的冬天才是冬天。那时的冬天像一个严厉的男性，而现在的冬天有时温吞吞，有时又忽冷忽热，像一个性情乖戾的阴阳人。老人曾告诉，在离我们屋子不远处的柳林里，乌鸦成群结队，它们的翅膀每个夜晚扑断的干细枝条，可以覆盖整个地面……野鸽子斑鸠之类在四周田野上飞得呼呼有声。午夜里是雁鸣，那种奇妙的声音越来越稀疏淡远——当这种声音消失了的时候，黎明也就来临了。

你看，这就是变化最大的一些方面。大概正是因为自然景观上的巨大变化，才引出了其他各个方面的变化——在这里，又一次让我们想到了土地的力量、自然的力量，想到了它们在许多方面的决定性意义……

1990.6.21

怎样的小说才值得发表；化腐朽为神奇的根本依据。

小说能够发表，这个标准不高。但从另一种意义上讲又很高——实际上我们在谈它值不值得发表出来、怎样才算一篇过得去的好小说。我们认为一篇小说只要是让人感兴趣、愿意读，就有发表的价值。一句话，对于那些需要从你的作品中得到一点什么的人，它可以满足他的需要。这就是价值。这也是一个刊物发表它的理由。喜欢的人越多，发表的理由似乎也就越充分；喜欢的人层次越高，知识越渊博，发表的理由似乎也就愈充分。

可是我们常常看到的一些出版物上的作品，情形就不是这样。我们常常看到的是一些谁也不需要的东西。也就是说，作者絮叨的那一切，谁也不需要倾听。作为一个作者，他可以说自己写下的文字是来自心灵、也为了心灵——如果真是这样纯粹的话，那为什么还发表呢？可见他有时未免过分，只为了自己的心灵，也就不顾别人的心灵了。有人不厌其烦地描写生活中的一些场景和事物的细部——这样篇幅很容易就拉长，而且这作为一个作者的基本功，长期以来也得到一些人的沿袭和重视。其实这不一定有多少道理——尽管我们也看到一些大手笔这样做过，但那只是一种表面现象——他总是有更重要更现实的东西藏在这些平淡无奇的背后，他在用这一切出色地有效地把另一种深意隐藏了蕴含了，于是才变得曲折厚重。我们不能只学他们的皮毛。

对于一般的写作者而言，他必须刻意追求简洁，把语言写得刚劲有力。这首先就要做到简练和准确，要学会把很多话凝聚为一句话，要坚决杜绝铺陈。

有时候一个作者可能因为更多地去环顾整篇文章，尽量做到圆通，考虑到一些对应、一些关照，这样反而会忽略了局部问题、忽略了语言。于是他忘记了一篇再大的好文章，也是由一个个准确的字和词组成的。如果舍弃了每一句话的精彩，哪里还有什么整篇文章的精彩？我们一直讲“文学是语言的艺术”，可是对语言仍旧关注不够，没有首先从语言着手去搬掉我们的拦路石，去推翻一座座困厄的大山。如果语言真的能够做到让人叹为观止的地步，那么这篇作品一定会被很多人所记住、所珍藏。那就不仅是个发表的意义了。反过来，粗糙的文笔可以把一切都轻而易举地破坏掉——一般化的叙述和描绘人们并不需要，因为日常生活中到处都可以碰到这些，人们要求的是语言的艺术，是它的迷人的魅力。

人们也需要听到闻所未闻的、别具一格的故事，这样的故事也可以吸引人，可以长久地存活。可是要编织这样的故事，就需要心力，需要一副不凡的头脑。我们所常常看到的作品，或流于庸俗的演义，或流于浅薄的传奇，真正的故事的魅力并没有显示出多少。而在一些所谓的“纯文学”写作中，又把事情做到了另一个极端——他们压根就不再用脑想故事，他们认为让故事本身产生魅力是一种俗气。他们已经提前进入了抛弃“故事”的文学时代了——这样做的结果是什么，我们都有目共睹。我们的印刷物中充斥着一些平淡无奇的东西：既没有传奇的品格，又没有哲人的高度，王顾左右而言它，让人不得要领。这样的东西总是水分很多，没有多少干货：他们在敷衍，并不自信。

一般说真正有价值的作品，无论平淡与否，都必定包含了一种深刻的哲学底蕴。他们别有深意，有一些崭新的想法，这最终仍然是让读者感兴趣的。他们透过一些似曾相识的生活，把奇特的独到的发现告诉你。这一点上他们总是表现得十分自信。我们认为这一切发现、这种崭新的东西比其他一切更重要，在整篇作品中，是化腐朽为神奇的根本依据。

总而言之，一篇小说总要有一点让人心中一动的东西，这样才有发表的必要。

毛泽东诗词。对比另一首杰作。

我们有时觉得只有一个艺术气质很重的人才有可能是那么有力的一个政治家和军事家。我们读他的一些诗词，这种感觉十分强烈。最让人喜欢、印象最深的一首是《忆秦娥·娄山关》——“……霜晨月。霜晨月，马蹄声碎，喇叭声咽……”

淡淡几句，活画出一种境界，鲜明逼真。一种苍凉和惆怅微微地渗进了雄壮之中。我们说不准，但是我们相信自己感到了，感到了那种天光和气象，感到了作者的目色和情怀。仿佛可以看到，穿着那样一种衣衫的征士们在那方冰寒天地里蠕动。

同一作者的诗词也不是篇篇都好，有的就显得直硬，没有进入境界很深。刚才这一首是其中最好的之一。旧体诗词讲一个填字，可是很多人就看重了这一个字，填来填去，凑对了平仄，合乎了规范，诗意却抛到了九霄云外。在真正的古诗人那里，“填”应该不成问题。这一点上他必须游刃自如，避免填走了情致和诗意。不过任何一个好的古体诗人，都多少有点“填”味。

还记得“数风流人物，还看今朝”，里面写道：“秦皇汉武，略输文采……一代天骄，成吉思汗，只识弯弓射大雕……”气魄之大前无古人，无数的诗人和非诗人都分析过赞颂过，感到由衷的钦佩。他们分析它的时候都不约而同与苏东坡的“大江东去”相比，认为超过了，甚至远远地超过了后者。其实一件文学作品的优劣高低，绝不仅仅是比“气魄”大小而已，而是建立在感觉的全部总和之上。欣赏中会不自觉地调动起你的一切经验，去划出错综复杂的层次，归纳、咀嚼、判断。我们于是可以发现，这两首诗词有同有异，但都有很深的追思和喟叹意味。苏东坡既写了“浪淘尽千古风流人物”，写了“谈笑间，樯橹灰飞烟灭”这种大气洒脱、空前绝后的悲凉感，又写了“小乔初嫁了”这样精细、多情的历史和生活过节——从极大的概括又回到了极具体的事情上，从容不迫，大开大阖。他在写一场战事吗？一段历史吗？一段个人遭际吗？就在你尽情领略和咀嚼这一切的时候，诗中却又立刻来了一句“多情应笑我”——由一句半真半假的自嘲，悄悄掩去了一丝虚无和渺茫、一丝凄苍。而且，苏东坡是指点当地场景有感而发，这就显得更真切更质朴——事出有因，情出有因；

由大到小，由抽象到具体，由国事到私情，层次繁多，交错紧密地扣在一起，进入了一种和谐的大境界。

对比苏东坡这一首杰作，另一首就不够紧密细致，也比不上它的自然朴素。当然了，那也是一个时代的绝唱，由我们如此评断，几近简单。不过，我们始终是、毕竟是在揣摸的过程中领味如此，探讨如此而已。

1990.6.22

创作的持续稳定；无捷径可走的艺术。

由于在一个阶段接受了一些强有力的影响——比如读书、交谈，某一个事物的启示，都会造成这种影响——在这影响下，你的心窍被奇妙地拨动了，于是就会有一些好的构想，有一些超水平的发挥；如果顺利的话，你可以写出一系列好的甚至是超出预料的作品。可是这种状况不能持久，你渐渐就会感到后继乏力，不能维持下去。后来的创作竟然比前面的作品拉开了难以置信的差距。

这就好比一棵树木，它在土壤的表层、在就近的地方获取了水肥营养，于是就可以有一阵茂长。但当这些表层的营养被吸收得差不多的时候，属于它的这段好时光也就该结束了。因为它没有及时地扎下更深的根须，不能够吸收更广博更深处的营养。这也就是平常所说的没有“根柢”。可见人真的像一棵树。

一个作者应该从最初的训练做起，经受一连串的辛苦，这里面真的没有捷径可走。一个作者究竟在文字上经受了多少磨练，日子久了一定会表露出来。所有的辛苦积累起来，就可以化为经验，化为成熟，化为灵感和出人意料的智慧。当然，有的人聪慧一些，有的人愚笨一些，可是聪慧的人也不要免除愚笨的人所花费的功夫才好，这样他只能更加聪慧。而且愚笨的人并不见得就真的愚笨，那只是他在接受客观事物的刺激的时候，做出的另一种不同的反应方式罢了：他接触一个事物的瞬间，思路远比常人开阔，于是也就复杂繁琐——他当时要在这些繁复的事物当中加以迅速的比较、鉴别和挑选，以便最终确定一种答案；也就在这一瞬间，他完成了一个比较和判断的复杂过程，所以从外部看起来，他就显得不够敏锐和灵动，所以就让人觉得他“愚笨”。而那些“聪慧”的人，有的仅仅是思路简单，遇到一个事物立刻就能够迅速做出习惯性的、规律性的反应。他既没有开辟崭新的思路，又没有什么发现和创举，因而他看起来确是显得敏捷多了，我们于是也就说他是“聪明人”。

所以说，要有持续稳定的创作，就要立志吃苦，做“愚笨”的人而不做“聪明”的人；当一个作者感到“愚笨”的时候，他心中的蕴藏也就开始多了。

写出之后就没有了激动；辜负了自己的期待。

一个作者要开始写一部作品的时候，肯定被什么击中了——他因此而兴奋，打破了原有的心理平衡，所以有了创作的冲动。他想了很多很多，伏案工作，要把它落实到纸面上。因为写个不停，越写越多，直到完成整个构思，直到一部作品结束。

问题总是出在后来的阅读上——写作者觉得它不如原来想象的美妙，甚至辜负了自己的期待。这到底是为什么？为什么当我们极力地、尽情地表述这种“激动”的时候，它反而会从字里行间溜走？难道我们煞费苦心、经过了长时间的工作、织成了密密麻麻的文字之网，还网不住一个“激动”？

事实上正是如此。因为我们往往只感到了“激动”，而没有清晰地掌握这“激动”。当有了创作冲动的时候，我们往往尚不知究竟是什么东西造成了如此的兴奋——其实它有可能是细小无查的，一个细节、一个瞬间、一点点，它在并不引人注意的缝隙里微微闪烁——我们很容易就把它忽略掉。如果我们能够将它看准，进而牢牢地抓在手里，那么一切也就万无一失了。因为接下去的一切努力，都是围绕着那一个点进行的——它在那儿隐隐闪烁，可是我们却要通过自己的工作，把它推到一个明显的位置上，延长它的光芒，增加它的亮度，让它开放突爆，变得光彩夺目。

这时候，一部作品就算成功了。

成功的原因，它的全部奥秘，就来自于那个小小的点。

看来，关键是在伏案工作之前，要把那个隐隐闪耀的“点”看准。这说起来容易，做起来却极其困难，因为我们大多数人都没有这样的耐心和毅力，没有细心考察和分析、预测和参悟的能力。我们极可能在“似乎明白了”的状态下就满足了，直接走进工作，结果可想而知。最初打动我们的那一点点极其宝贵的东西从一旁滑脱：一切正在走样、变调，最后完全地陌生化。这是一个缓慢的逐渐的过程，好比一棵树的死亡，它不是被猛然斩断的，而是一丝一丝干枯、叶片一个一个脱落到地上。

1990.6.24

“饱读”之后的颓败；专心养肥原有的“动物”。

我们大部分人是依靠本色进行写作的，不仅写作，其他劳动也是如此。因为你在生活中积累的一些经验和方法，再返回到生活中去总是最有效最可行的。一个写作者凭借其直感、他在长期生活中形成的一些捕捉能力，完全可以写出独特的东西。因为他的能力以及运用能力的过程都显示了一种质朴、一种自然而然的状态。一部作品要好，一个起码的条件就是达到某种和谐。一个作者无论具有多么高深的思路，一旦在创作中失去了那种和谐，一切完美也就破坏掉了。

一个作者在没有广泛阅读的时候，尽管不能自觉地运用某些思想，但他完全可以在自己理解的范围内、在经验中去很好地完成自己的工作。当他读了很多书、接触了很多思想和艺术之后，本来应该变得更有深度更有力量，可是事实上恰恰相反——他们在接触这些书籍的时候，可能并没有接近它们的核心，而是更多地停留在表层，在外部，于是只是吸收了它的周边所有的一切。他如果努力领悟原书作者的精神气质、心地和灵魂，那么他才有可能真正读懂这本书。任何一部书起码都是由三个层面构成的：一是书的形式部分，另外就是书的内容，最重要的一层即是远远超出形式和内容之上的某种神秘之物——那就是原作者所保存在纸页之间的神韵和气息，这才是最核心的部分。

对于一般的读者来讲，他们只能在前两个层面上徘徊，而不能进入第三个层面。所以有时候，一个写作者读得再多，也只能学到“怎么写”和“写什么”的问题，只能学到更多的规矩、范例，而不是靠近一颗活跃的灵魂。

未能沟通灵魂的书，从一个方面讲丰富了深化了我们，从另一个方面讲也给我们的想象设置了障碍——他人的障碍。

一个在生活中深深扎下根须的作者，读书对他来讲往往是极有功效极有意义的。因为外来的风只能给他生命的活力，而不会使他从根本上动摇。他的无数的生活的积累，就等待这些风的催化。因为他常常显示的倒是一些可怕的执拗，于是他更加需要倾听其他的声音。他在书林中信步行走，绝不会迷失方向，因为他就是主人，他就是中心，他就是方向，同时他还是目的。任何一本书里所能有的那一个活泼蹿跳的核心，都被他触到了。这些书中的其他有用的部分，常常从另一个方面补充了他的经验，验证了他的观念。他真的因为阅读而变得更加强大，而丝毫不会因此而削弱了自己。

前面所讲的那些因阅读而导致创作衰退的作者，必然是没有根基的人。他们容易盲从，容易被淹没和被移动，因为他们没有扎下很深的生活的根须。他们自己的内容本来就很少，再经过其他书籍的影响和干扰，就越发找不到自己了。一个失去了自我的人，也就难以写出比原来更好的作品。

可是我们无论如何不能反对阅读，因为那样真正变得可笑的还是我们自己。一个因为阅读而使创作出现偏差的作者，要解决这些问题，最好的办法当然还是阅读。书籍最终还是能够使他们聪明起来深刻起来。他们可以在书籍的启发下重新开始寻找自己、巩固自己。当然了，这会是一个漫长的过程。

我们都有过类似的体会，我们的创作都发生过倒退的现象。不过我们不该被这种倒退吓倒。

除了阅读，当然还有其他，比如更多地将原来的作品找出来看，审视已经走过的道路，认真总结自己——通过纵横反复的比较和研究，找出强大的萌芽，使之加强和扩大，让它成长。

这样，应该避免的东西，也就愈加清楚了。我们不可能把阅读中所看到的好东西悉数搬来，因为那些倔强野性的动物虽然好看，却没法驯服——我们还得专心致志地养肥原有的动物。

摆脱强有力的影响；从文字的栅栏走到作家的对面。

一个作者怎样摆脱其他作家的强有力的影响？大概最好是渐渐地把注意力放到“为什么强大”这个问题上，而不是放到“强大”本身。我们常常发现很多作者在读一本天才的作品时，不去研究形成这些伟大作品的原因、它与作者的关系，不去研究书本之外的无数深邃的问题，而是把目光长时间地局限在作品本身。这样常了，就会在视网上留下永久的视像，更严重的还会造成“色盲”。一部杰作的力量作用于他的身上，既是巨大的又是僵硬的。他盲目地被其左右，于是失去了活泼的创造能力。

其实越是天才的著作，你到后来就越会忽略这部著作的内容——一旦忽略了书中的人物，就会看到另一个人物——写作者自己。那时候你就会走出文字的栅栏，走到作家的跟前，两个人差不多是面对面了：你可以当面向他求教写作的方法，而不仅仅是阅读中的模仿。这样，既可以学到真正的本事，又可以摆脱某一部作品强大的、无所不在的影响。

除此而外，你还要寻找最使你钦佩的那些作品的弱点。你知道，他们不会没有弱点，你抓住这些弱点，就会在他面前变得稍微自信一些。这种自信非常重要，它可以使你主动一些，使你既走得进，又出得来。你对它多了另一层理解，这样即便面对的是一部最了不起的大书，你还是能够拥有自己的主意。

第八章

灵魂的刻度

“原生性”的强弱与题材的关系；像树种一样在泥土里萌发。

在阅读中，一部作品是否有强烈的“原生性”，这种感觉与题材有关，但关系可能不会是最大的。一部作品，“原生性”的强弱既是一种客观存在，也是一种因人而异的感受——就是说一部作品的读者在阅读过程中，已经不自觉地或深或浅地参与了该作品的创作活动。同样的一部作品，由拥有不同经历和经验的读者去体味，对“原生性”的感觉有时会完全不同。不能认为农村题材的作品更利于体现那种性质，而城市生活，特别是机关生活、知识分子生活题材的作品就不容易表现那种性质——这是个简单的道理。

当你感觉到一部作品是由一片泥土滋生出来的时候，你甚至闻到了它的扑鼻的泥土气味，那么你会肯定它具有很强的“原生性”。比如说很多写农村生活的作品就是这样。可是这样讲又会引起误解，误解为我们正在谈论的是“生活气息”这样的问题。当然，“生活气息”浓烈的作品十有八九也同时表现出很强的“原生性”——但严格辨析起来，又会发现这种“气息”也可以因袭和模仿、可以叠印，可以相当准确地复制出来——这种气息的浓烈与我们所说的“原生性”又恰好背道而驰。

我们真正要探讨的是作品的肌体与写作者的肌体是怎样筋脉相连、呼吸相接，是怎样充分地蕴含了他的血肉灵魂。他对生活的一切见解，他的若有所悟，都是来自生活对这个生命独一无二的沤制方式，于是他表现的也必然是独一无二的东西。说到这里你就可以明白，我们在修养和提高自己的时候是多么需要书本，而我们在进行创造的时候，又多么害怕书本的影子死死地追随我们——我们害怕自己写出的东西来自书本的投影，来自它现成的理念，来自它简单的启示，来自它派生出的一个偶然的灵感，或道听途说……

一部真正的作品应该像树种一样在泥土里萌发，在自己勤劳而又耐心的灌溉培植下一丝丝长大，而绝不能是半路嫁接或移栽，也不能是硬性地扭曲和改变它，让它长成另一株树的样子。

如果一个作家出生在拥挤繁华的街巷里，生长在闹市中，那么他也完全可以写出原生性极强的好作品。因为“泥土”对他们来说，就是他们所置身其中的全部生活。

作品的技艺和经验；作品的气质。作家的生命性质。

作品的成功与否，有一些因素，绝不是靠技艺和经验所能够改变的。一个作家写了一生，作品越来越多，笔头也越来越润滑；甚至接触的题材越来越宽泛，揭示的思想越来越深刻——这一切也还是让人喜欢不起来。它或许缺乏更内在更久远的某种魅力。原因是什么？作品像人一样，也有自己的气质。而气质，我们知道它会受很多因素制约，没有什么可以取代。它是一种综合的、内在的，由灵魂和肉体一起决定的东西。

有的作品——我们一般是指某个作家的所有作品——给人的感觉凝重庄严；而有的是沉思的、默然的；有的是遐思和幻想的，有的是天真烂漫的、纯洁无私的；有的透着油滑、浮躁、狡黠、吝啬；有的透出毅然和果决；有的又踌躇缠绵；如果足够敏感，还能够区别那种小气和节俭、豪放和粗犷——它们之间极其细微的差异。你可能说这差不多只是在说“风格”——但它们的确不是，或者说不仅仅是。气质，还是气质，只有这两个字才能表达我们所要说的意思。

一个作家也许在各方面的努力都如愿以偿，剩下的最后一个无能为力的方面，就是作品的气质问题了。因为那完全是由作家自己的生命性质所决定的。

你如果对一个作家的作品挑不出什么具体的、说得清的毛病，可就是不太喜欢，那么极有可能是因为这些作品所表现出来的精神气质，它远离了你心中的理想……

1990.9.18

作家与“生活”；创作力萎缩的作家是一座死火山。

作品不成功，作家就是缺少“生活”——文学批评中最常见的，确乎是这种提醒或指责。从绝对意义上讲，一个作家什么时候都会缺少“生活”。不过，就我们所看到的而言、比较而言，作家更缺少的倒往往是激情。激情是很奇怪的一种东西，它属于生命的一种力量、一种强烈的欲望、一种最健康的情绪——或者是这一切相加的总和。反正是由它决定着整个的艺术创造。

你如果没有了激情，你有再多的“生活”又有什么用？

还有，你难道真的没有“生活”了吗？“生活”又是什么？

你只要活着，“生活”就没有中断。你既然正在“生活”着，剩下的问题会是什么？你要创作，可是没有激情和火焰去冶炼和熔化它们，结果仍然还是一事无成。这才是问题的症结。

“生活”在我们看来，只能推动和引发你心中的激情。如果你的“生活”是指富于曲折和跌宕的人生遭际，是对岁月的领悟和探究的深度，那么，它除了增加你的智慧之外，也确实能够造成你一次又一次的感慨和冲动——所以说它也就属于激情的范畴了。

有的作家在写出一部很好的作品之后，那支生花妙笔就开始干枯，于是很多人就开始指责他的“生活”已经用尽了。真是这样吗？那就让我们把他前后的作品分析对照一下吧——这样我们就会发现，他后来的那些不成功的作品，其中所缺少的并不是生活中的事件、过程，甚至也不缺少对生活的“知”和“见”，倒是缺少一种拥抱灵魂的大热情，缺少一种源于生命里的悸动；而他以前成功的作品中，字里行间总是气韵饱满，好像有丰富的汁水在其间膨胀着、润湿着，仿佛你轻轻地用手指一戳，它就要喷涌而出。

没有被激情烧得灼热的“生活”，永远只是一堆干燥的石块、冷却了的熔岩。它们最有力量最壮观的时刻已经过去了。这就等于说，一个创造力萎缩了的作家，就是一座死火山。

《迷宫中的将军》：一个有着强大艺术根据的人。

《迷宫中的将军》这本书看过有一段时间了，一些细节已经记不太清。但我仍然有一个清晰的印象，觉得像作家的其他作品一样，个性刺目，才华横溢。虽然它不是我最喜欢的作品。可能是题材限制了作者，也可能是其他的什么原因，反正它不如前一部作品——《霍乱时期的爱情》；更不能比《百年孤独》。不过，你仍然一眼就可以从中看出，作家是一个倔强的人、一个有着强大的艺术根据的人。

像这样一个毫不认输、轻易不向规律屈服的作家，在当代越来越少。像一切真正杰出的作家一样，当他越来越清楚地明白了自身不可取代和赖以生存的一点之后，也就坚决地将其守住，并且在创作中不断使它凸出，让其闪闪发亮——如果他在不知不觉间把这些稍稍做过了一点，于是也就有了一丝可以原谅的矫情……

我们那么喜欢他的作品、他这个人，所以我们才不会顾及什么，包括这一丝矫情。

从这部书你也可以看出，真正的作家总是思想解放，总是非常自由。当我们看到他前几年出版的《霍乱时期的爱情》，其中写到一个少妇用一个硕大的鸟笼提着自己的孩子旅行的时候，就感到马尔克斯仍处在创作的盛年。他的精力仍十分充沛。他仍然有思维能力最强大的人才具有的完整和周到，以及奇特而丰富的联想。也就是在那一部书里，他仍然做到了妙语连珠。

对比他的上一部著作，我们从眼下的《迷宫中的将军》里能发现什么？我们发现经验和智慧、老成和技巧都不可取代的最重要的那么一点点东西——我们不想说出那是什么。我们只能说：

年龄不饶人哪！

可是我们仍然极其喜欢这部个性毕露的所谓的“传记文学”。你看他处理材料时多么拗气、多么旁若无人！一个被其他人写得烂熟的人物，他处理起来竟可以获得那么大的自由和新鲜感。于是，你即便使用肉眼也可以毫不费力地辨认出：这是一部天才的著作。

1990.9.20

有些作家使用很长的句子；一切都是激情的产物。

句子的长短既要考虑到语言环境、语言的逻辑，又要服从于那个作者的语言风格。在我们看来，现在有许多作家喜欢写极不连贯极不符合规范的句子，以此来表现他们心里的自由度、一种反俗的精神，甚至是“风格”。这虽然有可以理解的理由和根据，但做得太形式化，对他们来说还是得不偿失。我们觉得，最好的语言还是朴素自然的——一部艺术品失去了这种品格，其他也就谈不上了。至于说有些名著——我们指一些外国的——常常不加标点，有时好几个页码也看不到一个句子的尽头，这又怎么解释？不知道，因为我们没有在那种语言环境里生活，随便评价就会显得武断。可能拼音文字与汉字会有很大区别，它们的区别不仅是书写方面，在表达上、在形式意味上，恐怕都大相径庭。也就是说，它们在词语的连缀衔接上，不加标点可能产生出更复杂的意义。词与词之间、句与句之间，经过那样的处理，完全可能没有明显的界线。汉字就不行了，在一篇很长的没有标点的文字里边，每一句话的自然停顿都十分明显——词与词，话与话，标界分明，所以不加标点这种模仿并没有太大的效果。当然，我这样讲也不是一概否定这种做法，因为我们的确看到有人做得好或比较好。

我们只是想借此说明，那些在我们看来标新立异、光怪陆离的东西，从它们的起源以及生成的实际环境去考察，都自然而然得很。自然的确是艺术创作的生命。有的写作显得特别矫情，如仔细考察起来，这种矫情恰恰是从语言开始的。

反过来说，句子特别短就好吗？那也不一定，因为短也要短得自然。我们看到有的作品几个字一个句号，这就不自然。文学语言说到底是从日常口语中提炼出来的，只比口语多了个书卷气，多了个优雅，但仍要保持日常口语的基本规矩和基本品质。在日常的叙述语言当中，在交谈中，哪有长时间几个字一句几个字一句的情况？那除非是一个思维方式有毛病、发音器官有毛病的人。也就是说，他处于非正常状态。同样那些一句话不能够按时停顿、话与话之间标界不清、语意含混的人，也属于如上一类人。

那么，写出这一类语言的作者，就不能说是很正常很健康的了，那往往是一个人创造力衰退、写不出多少内容的状况下才容易发生的情况——那时候就不得不更多地从形式上去寻找安慰，去加以弥补。

我们这样说，并不是简单地否定形式的创新和创造，但形式上出现的任何激动人心的新东西，都必然和内容融为一体，必然是一个人强大的创造能力的一种直接体现。这种形式是活的、有着滚烫的血液流动的、有着脉搏跳动的，而不是僵死的、干枯的，不仅仅是一种表面上的华丽雕刻。由于它是一种生命力的体现，是激情的产物，所以它才总是自然的。

我们用什么尺子去判断和衡量句子的长短呢？也只有“自然”这两个字。一个好的作家完全可以不顾时尚，随心所欲，该长则长，该短则短，可以拥有真正属于自己的语言——我们管这样的人往往叫“语言大师”。看来我们自己是没有希望了。

特别费解的语言；“语不惊人死不休”。

新时期以前的文学语言明白如话——语言就是话。那时候的文学语言，也是被逼出来的一种“白”，就是要做到让工农兵“喜闻乐见”。说得通俗易懂没有曲折是最起码的了，可是这种努力，把各种艺术追求、各种尝试也都一块儿废掉了。没有语言创造的千姿百态的活力，必然就没有杰出的文学艺术。今天的所谓费解，有的是真的费解，有的也不算费解。试想一个特殊的时代，训练了一大批读者的阅读习惯，他们不愿意动脑，不愿意参与创造和思索，不愿意去研究和欣赏语言本身。他们在粗俗的语流里畅游日久，已经非常习惯，可是一个时代在他们猝不及防的时刻里结束了，而另一个时代又到来了。他们不适应新的时代的艺术家。每一个时代具有代表性的艺术家，总是走在语言艺术的最前列。他们的话有时候让读者感到一点点费解也是必然的。

可怕的是有人把原本很明白的东西给故意弄得无比晦涩，以便浑水摸鱼，乱中取胜。这样讲可不是玩笑。你如果是一个常读新书的人，就会发现有的人故意把话说得颠三倒四——因为那些品评语言的人当中，也确实有几个怪倔的家伙，他们一遇到看不懂的话，就非要从中找出什么“艺术”来不可，有时甚至敷衍成文，做出“专论”。久而久之，风气大坏，那些“语不惊人死不休”的作者，也就后继有人了。

费解是不得已而为之，能明白还是要尽量明白。白居易的诗之所以千古不朽，除了他的总体成就之外，要剖析起来，还要考虑到他的“白”和“易”，白和易占了诗名的三分之二，却没有损伤诗人的一丝一毫。

1990.9.23

创作的“枯竭”感；再生、繁殖和重铸。

创作的枯竭感——这种感觉对大多数人来说迟早会来，对你也是一样。你以一种形式工作下去，疲惫总会缠上你，但是刚才所讲的“枯竭”，大概还不仅仅是疲惫吧？你可能是指没有欲望、没有冲动，没有令你感兴趣的内容和题材，甚至也懒得去寻找这些。好像整个创作都进入了一种被逼迫的“完成”，进入了一种焦虑、一种无可奈何。

仔细想一想，这似乎并非不可避免的现象。你生活，参与，就会高兴和苦恼，就会若有所思，这一切会慢慢地凝聚、归拢，结出一个全新的思想和艺术之果。

当然，一般化的感想和观察的记录还算不上创作，因为其中没有深长的觉悟，没有真正称得上独特的东西。在一颗真正的艺术家的心灵那儿，必会不断滋生，并源自一种巨大的潜力——这是多么神奇的不可思议的力量！这样的一颗心灵就是一片最肥沃的泥土、一潭最好的泉水，能够自然地生成和不再停止地涌流。

你观察那些卓越的艺术家就会发现，他们在各个不同的历史时期都有自己的代表性创造。无论是在艺术形式的创新方面，还是在一个时代的总体思想内容的挖掘和探索方面，都留下了闪闪有光的篇章。他们无论是记忆能力、联想能力，或是敏锐的洞察力、勇敢的探索精神，都达到了令人吃惊的程度。一般而言，他们留下的文字，都色彩斑斓，数量惊人，好像他的整个生命、他的灵魂和肉体的总和，全部的细胞，都最大限度地投入到一生为之痴迷的事业当中去了。

事实上也正是如此，这样的人不仅有特殊的能力，更重要的是有一种特殊的精神——不是工作的精神，而是生存的精神。就是说，他只能以这样的方式生活在这个世界上，只能属于这一段历史。这样的艺术家有可能“枯竭”吗？我们相信他作为一个时代的心灵，一直在最活跃、最敏感地跳动着。他们有激扬和低沉的时刻，有强烈的矛盾和冲撞，有时炽热，有时激烈——他们一直处于一种再生的、繁殖的和重铸的状态。

从外表看去，他们许多时候是宁静的，或者说他们总是安然如常。但他们是多思的——“我思故我在”——他们因此而“存在”着。“思”对于他们来讲既是言又是行，是一切。有一种剧烈的运算、筹划、幻想，就在他们自己的内心世界运行着。这是一些特殊生命最基本的特征和能力。

独身生活从事艺术是否更好；有时需要独自的安静。

独身生活从事艺术是否更好？这个问题有人不止一次提出，让人觉得何其复杂。一般而言，艺术家更不应该孤僻，他们需要朋友，尤其需要一个家庭相伴，以此走过人生的旅途。他们既坚强又脆弱。在他们投入了正常的不间断的工作时，与友人与家庭生活在一起，可能有益无害。浓烈的正常生活的家庭气氛，与一个艺术家的日常创造劳动结合在一起，可能有益于健康。

有人过多地抱怨家庭生活干扰了他的创造，可能不够确切。因为这极有可能是手头工作不顺利的时候产生的一种误解。当然了，他在一个家庭和一帮朋友们当中的关系、位置、分量，都会有所不同——如果他在这诸种因素当中是主动的和积极的，那么这个环境就不会对他构成太大的压力，不会成为重大的负担。

说到干扰，那只是从绝对意义上而言。哪里没有干扰？一个人无论做什么，总需要自己去创造条件、排除麻烦，总要他自己偶尔放下手头的工作，去做一点其他事情。这只能说是正常的。谁也不会获得一种绝对保证的、极其便当极其舒适的、差不多是脱离了一切尘世繁琐的那么一种境域。这是不可能的。

事实上，一个人总是通过与亲友的频繁和琐屑的交往当中，获得一种安全、稳定与柔和的心境。这完全可以化为他工作的动力，成为一部创造机器正常运转所必不可少的润滑剂。

当然了，任何善于工作的人，都会把如上生活的负面影响降低到最大的限度。任何事物都是利弊相连，关键是要对自己的工作节奏和生活节奏有比较强的控制和调节能力。

一个从事创造工作的人不可能、也不应该一直与亲友生活在一起。一个适当的间隔时期，对于他总结式的漫长反思、对于他协调和整理自己的思维都是极其重要的。一个人在沉入一种异常激烈的思辨和试图做出最重大决定的关键时刻，有时的确需要这种独自的安静。不过，这样的时间不必太久和过于频繁。我们可以注意一下那些真正的大艺术家大科学家，他们的家庭生活都比较稳定。如果今天的一个作家能够按时工作，不急不躁地操持家务，扶老携幼，那么他就进入了一种极好的竞技状态。一个杰出的作家往往并不拒绝这种“平庸”的生活——这也是我们的一个观察。

1990.9.26

看不透的小说；作品背后的埋藏不是技法。

一些看不透的小说，但确实又是优秀的小说。它们虽然篇幅不长——有的篇幅并不长，但却值得你一遍又一遍地去挖掘。它本身就是一座丰富的矿藏。如果是一个平庸的作者，那么他只能把一点意思充分表露在文字表面；如果再高明一点，他就不会让所有的意思都浮在字面上了。这就涉及大家都很熟悉的所谓“冰山理论”，但我们这里说的还不是这个意思。

一个真正的艺术家，可以凭直觉在艺术“取向”上做到极其准确，简直是纤毫不差。可是在一些具体的描绘和细节的表达上，意向又极其模糊。这样，他们就尽量可以把主观色彩抹得很淡，使创作品具有了最大的独立性和客观性。它可以由不同的读者而产生完全不同的阐释。

有人已经悟到了这一点，于是也学习这种笔法——他们故意写得极放松极自由，故意做得“言不及义”，“王顾左右而言他”，结果写出了很多奇怪的作品：表面上看可以具有多种解释，实际上却杂乱无章、矛盾重重……看来，作品背后的宝贵埋藏，还是由作家的深度和天分决定的，而绝不仅仅是一种技法问题。仅仅从技法上去理解，可能永远也不得其门。

“一厘米”的差距与人的一生；灵魂的刻度。

我们都很喜欢“一厘米”这个比喻。作品与作品、作家与作家之间的差距虽然不能用尺子去度量，但我们总是有个感觉分寸。比如他的数量、质量——数量是明显的，而质量却完全要凭感觉去把握。有时候你觉得自己写出的东西比另一个作家只差一点点——就像米尺上的一个小小刻度——可是你要消除这一个刻度的差距，却不知要付出多少汗水和心血——更可怕的是付出了这一切之后，也不一定能够达到。

这好比一个举重运动员，一个田径运动员，他们在决赛场上只突破了原有纪录的那么一点点，却不知在场下的训练中花费了多少时间，流下了多少吨汗水，而表现出来的却只是赛场上那么一瞬间、那计量器上的一个小小刻度而已。

所以，我们每逢听到那些用鄙夷的口气谈论作家作品，说“还不就是写了那么几篇东西吗？还不就是那么一两篇东西好一点点吗？”等等，就觉得他们愚蠢到不可理喻。他们就不知道这短短的几篇，已经连带着一个写作者的全部灵魂和血肉的重量，是他灵与肉的一次综合呈现、概括指标；他的这一篇或两篇作品，只是他的现场记录，是他在赛场那一瞬间里计量器上的一个小小刻度而已。

1990.9.27

作品的“激动”部分反而使人“冷淡”；情感的夸张。

一个作家有时候十分奇怪，他在写一部作品的时候，有时候显得笔力“强大”——而实际上这时又恰恰是他笔力不支的时候。比如说他心弦松弛、思维力下降时，反而可以把笔下的那一段文字写得规整严肃。他自觉不自觉地想用一种外在的严整性来遮盖那一刻的软弱无力——有能力这样做的人也“身手不凡”。但是，对于一个敏感的读者来讲，什么都不能够遮掩他们的双目。他们在阅读这些文字的时候是非常“冷淡”的，这是因为，他们已经在阅读中察觉了一点什么。

一种情感无论沿着哪个方向去夸大，都不会有很理想的效果。这种情感上的夸张现象在平时的阅读中始终可以看到。你常常可以看到一种情感被不适当地夸大到决定一切的地步——实际上，我们依靠生活的常识和经验，可以明显地知道那是不可能的。一个最浪漫的生活中的人，也还是现实主义的，情感在他的生活中的分量以及它的决定意义到底有多大，他人很容易就可以弄明白。

有时作者为了完成他自己文章中设计的“冲突”，就不得不过分地倚重情感，于是才要夸张它。

你还可以看到，即便在大手笔那里也有类似的现象。我们说过他们用一种外在的、仅仅是气氛方面的紧张，掩盖笔力上的软弱。这时，尽管他们在文字上可以搞得天衣无缝，但终究还是一段单薄的文章。这种情况在长篇小说中最为常见。这种情况往往是那些成熟的作家才会使用的“遮眼法”。

可见文章的节奏、气氛，一切方面的严肃和紧张，都必须是内在的。即有内在的根据、内在的理由。比如说，那种严肃和紧张，真正是由极大的利害关系，由心理上的极大不安、极大冲击造成的吗？如果是，那么它就是应该的、有道理的。如果不是，那就一定是作家自己强加上去的——而这时候读者一看就明白：事情还远远没有那么严重。

艺术标准的苛刻；一切必须建立在强大的生活逻辑上。

作品不能有情感的夸张，这作为一条标准当然太苛刻了一点。不过，我们研究的既然是这些问题，就要把理由讲得透彻。我们不能否认自己也有情感夸张的毛病。但关键是察觉之后，要毫不犹豫地去否定和改正它们。我们相信随着自己艺术上的进一步成熟和对质朴精神的一贯追求，会渐渐地克服那些毛病。

既然有艺术创造，就必然允许有夸张，其中当然也包括情感的夸张。我们只是强调，任何夸张都必须建立在强大的生活逻辑之上。比如说，你由于有了这夸张才表现了一种庄严肃穆、惊心动魄的情节和场景——但是这些场景的背后确实需要一个坚硬的内核。因为它们所涉及的生活内容本身，就是那样的严烈和沉重。这是不容置疑的。

我们为什么特别反对将一部文学作品写得过分戏剧化，而强调它的蕴藉、自然和流畅，强调一种不动声色和内向性？就是依据了以上的原则。正是因为有了这些原则，才有了沉着如一的创作态度，也才有了深长的力量。

1990.10.1

《聊斋》。它不是今天短篇小说的源与流。

很多人都爱看《聊斋》，大概人们都喜欢这些古怪的故事。蒲氏写的这些东西，从传说的角度上讲都是非常真实的。我们小时候听到的很多民间传说和这些差不多，可见他并没有多少创造。可是从生活的科学常识上讲，又知道那都是编出来的传奇。现在把蒲松龄的这部作品说成是短篇小说集，让人觉得有点勉强。有谁会觉得它们是短篇小说？公道一点讲，它们只是流传在民间的一些传奇故事，相当于现在的民间文学卷中的故事选。当然蒲松龄是一位了不起的记录者和整理者，而且也有文采，也简洁。

小说和故事仍然有区别，尽管它们看上去很像。因为严格一点讲，故事只属于曲艺范畴。在我们清代以前的文学当中，如果粗略地划分起来，是否可以把先秦以来的杂文、散文、诗，和为数不多的几部白话小说划归文学，而把一些传奇故事、鼓词、俚曲和部分话本，划到曲艺的大系里边？如果这样划，就显得雅俗分别，使今天的文字继承上也有个传统有个归宿。比如说，现在所讲的“纯文学”也就只能衔接在我们如上所说的那一些文学传统上，而绝不会与武侠传奇、民间逸闻连到一块儿。

如果说《聊斋志异》就是短篇小说的代表，是那个时候的源头之一，那么显然就与今天衔接不上。它显得太民间化，也太俚俗化。从趣味上看，它也不属于高古纯洁、书卷气十足的东西。

今天有人把作者描绘成一个另有深意、刺疾刺腐，以这些妖狐传说来表达深刻政治意味的作家，那显然是言过其实了。当然他讲述这些故事的同时，也偶有那种牢骚或倾向，或客观上也可以引申出那样的意味；但不可否认的是，作者的主要兴趣还在于这些古怪离奇的故事本身。他主要为这些故事才津津乐道。他并不像后代对他期望的境界那么高。他是一个乡间的故事高手，一个喜欢记录的人。这些，都从他的文字里看得出来。

当然了，他的这些故事是极有趣极好读的，具有很大的观赏性和消遣性。我们不满意的是，个别研究者有时故作惊讶，把事情搞得过于复杂化陌生化了。本来是很朴素的东西，很自然的东西，在他们那里就充满机关，伏笔处处，已经是非常人所能进入的险境了。

总的来说，我们觉得《聊斋》不是《诗经》和《楚辞》的传统，它的文学性还不够强——这样讲不是否定，而是从“类”上去进行一次辨析。

我们在阅读这本书的时候，有些很矛盾的想法。一方面喜欢它的奇巧，被它娴熟的讲故事的手法所吸引，为之倾倒；另一方面，又常常产生一些抗斥的心理，觉得创作者对一些趣味不高的东西有过多的兴致。总之，我们古典文学中最精华部分的余韵，没有从作家和作品身上得到多少体现——由此又想到《金瓶梅》，这部不知被多少研究者捧为“第一才子书”、“伟大的白话小说”的作品，它即便有再高的成就，也将被那些荒唐透顶的描写给毁掉了三分之二。在一些人那里，完全是把一块溃疽说得灿若桃花——平心而论，这部书留给我们的，更多是文字的耻辱，而不是光荣。人类使用文字时，有可能腐烂到什么程度、有多么低劣的机趣，都从其中表露了出来。这种东西，如果单从这个方面而论，根本不是什么文学作品，一个真正的艺术家所应该憎恶的，当然也会包括这一类作品。他们把圣洁的东西玷污了——可恶之处是，他们还打着描绘一个历史风俗画的幌子。

有些人总是要把廉价的东西说成最有价值的东西。《金瓶梅》当然是有用的，它可以认识一个历史时期的社会生活、政治经济、风俗民情；但另一个更重要的认识价值他们忘掉了，那就是：一个读书写字的所谓“文人”，可以做得多么下流，他们搞出的一堆肮脏，足够一代一代人去接连不断地清扫。

1990.10.4

对大作品可以吹毛求疵；如果真正热爱名著。

是否真的是“大作品”，那也只能留给历史去鉴定——因为与这样的作品处在同时代的读者，是从来不愿承认自己的时代会有什么“大作品”的。同样水平的两幅国画，如果其中的一幅让时间把它变成了古铜色，那么这幅画就要比另一幅“伟大”得多。人们对当代作品总是吹毛求疵，而对于那些经过历史鉴定的大作品却又变得太谨小慎微了。不仅如此，而且还把它们的缺点当成了优点来加以品评。一些明显的败笔，我们却要千方百计地为它掩饰、周全，以至于混淆是非。

或许当代作品中许多不可原谅的局部描写，大都来自一些有定评的好作品或大作品的一些糟糕的片断的模仿。从这个方面来看，对那些大作品来一点吹毛求疵也没有什么不好。

奇怪的是，有人还认为一部大作品如果去掉了那些毛病就不成其为大作品了，甚至还认为一切都是这部大作品有机的、合理的部分。这很荒唐。实际上，败笔就是败笔，如果没有这些败笔，它可能就成了更完美的作品——成了完美无缺的、不属于凡世的仙品了。由人手做出来的东西不是有这样的毛病就是有那样的毛病——这虽然是一种自然现象，但你却不能说毛病等于优点，不能说有毛病更好。我们维护的是一种艺术原则，在这种原则面前，任何作品都是平等的。

当我们指责一部当代作品这样和那样的弱点、一些不可原谅的粗俗之处的时候，立刻有人在旁边唱起了反调，说这都是必要的、可以理解的，是整部作品中的有机部分等等。他们的证据就是某某名作也有类似的描写。其实，名著出现这样的描写也同样不可取。我们认为对于名著中的弱点加以赞颂的人或者糊涂，或者应该说属于其他方面的原因，比如说虚荣。这有点类似于我们生活中常说的“唯上”、“唯名”、“长官意志”之类性质的问题。

真正热爱一部名著的人也往往是最能够对其吹毛求疵的人。

那些名著的作者对“疵”的看法。天才的洞察力和局限。

我们可以设想那些名著的作者对“疵”的看法——他们当然不认为是“疵”，如若不然，他们对待自己的弱点会比我们冷酷得多。“不识庐山真面目，只缘身在此山中”。一个天才的作者当然有深刻的洞察力，但是他在完成一部作品的全过程中不知要随时处理多少意想不到的危机。他必须有百战不殆的能力和勇气。然而“智者千虑，必有一失”，千分之一的疏漏也可以让其留下遗憾，而且这里还有个审美趣味的问题，有特定的时空环境对他这些趣味的影响——还有其他意想不到的更复杂的因素。

写作中，当你竭尽全力回避了、绕开了一万个陷阱，那么第一万零一个陷阱又在前边等候你——一个人从事艺术创造的全过程就是这么惊险，这么惊心动魄。你不一定在什么时候犯错误。错误就是错误，生花妙笔就是生花妙笔，瑕瑜不能互掩。

1990.10.6

总是强调“朴素”；“朴素”是一种品质。

我们总是强调“朴素”。我们不是一般化地去理解“朴素”这两个字，因为这样说说很容易，可是当我们试着去做一下，就知道了它有多么难。翻开一本杂志，真正称得上朴素的文章才有多少？如果仅仅从文风上去理解，那么也就太简单了。它包括文风的问题，但远比这个更大、更重要。我们说的朴素主要是指一种品质、指整个文章的气质，是它给人的更深部的感觉，是作者心灵的性质。

有的文字初看去也算得上朴实无华，可是那种“朴实”明明是刻意追求而来的，这算得上真正的朴实吗？有的文字干瘦，没有滋润，倒恰恰是因为写作这些文字的人缺乏营养，贫乏，先天不足，没有才情也没有文采——这也能算朴素吗？朴素也不应该作为老年人文风方面的一个专利，老年人见多识广，进入了宽容和安定的境界，容易朴素。正像老爷爷往往比青壮年要显得慈祥一样。可是一个修养极好的青年大概也可以朴素。一个人只要老实本分，勤劳度日，就会朴素。朴素与否还与家世遗传有关，殷实善良的人家出来的孩子就少一些轻狂和虚荣，他们来做文章就会干净结实、天真单纯。

如果是单纯和真诚，就不必害怕绚丽的色彩、神奇的想象，不必怕它们会破坏质朴的品格，不要怕它们的“技巧化”。平常说最高的技巧是“无技巧”，谈的当然是朴素问题，但它最重要的还是谈了一个作家的成熟。因为朴素说到底是“德”而不是“功”。“有技巧”也可以朴素，“无技巧”也可以不朴素。

前些年，如新时期以前，有一些作品倒也平淡无奇，有的已经到了不能卒读的程度，充斥篇章的大多是一些谁也不需要去了解的“生活和生产情况”，比如说伐木、炼钢、一般化的家庭生活、农业生产，等等。这些作品甚至都很少写到男女私情，也没有多么强烈的个性色彩。这样的作品在我们看来恰恰也是不朴素。可见苍白并不等于朴素，矫情就更是朴素的敌人。

有时候很怪，一部作品看过之后，你觉得它是朴素的，但它又实在不具备一些朴素的外在特征。这样的例子你会举出很多。原因在哪里？当然还是由作者的品格所决定的。我们在这里一再强调作者本身，即一个生命的最基本的特征——反对把朴素过多地作为一种手段和色调去理解。在我们眼里，所有轻狂、傲慢、不自重、夸张情感、夸张故事、追求曲折、过分用力地吸引读者，等等一切倾向，都是与朴素背道而驰的。一个人只要尽心尽力、好心好意地写下去，总会越写越好，总会获得很高的技巧——但是，直到最后，他还是与一般作者保持了一个根本的区别，那就是他仍然拥有一种朴素。

阅读那些为艺术辛苦了一生的杰出作家，我们几乎没有发现一个人是不朴素的。

我们强调这些，是因为我们看出，它是通向完美和永恒的。我们觉得它们在我们所追求的一切当中是最难做到的。我们并不认为自己的作品已经是朴素的，但我们会一直去追求，并为此而刻苦地改造自己。

1990.10.11

短篇作者与短篇名作。怎样使作品没有“小品气”。

专于写短篇的作者十分重视阅读短篇名作，这当然没有错。

大多数作者都是这样理解问题：从同类型当中寻找借鉴。可是另有一些作者却不是这样思考问题，比如一个擅长写短篇的人，很可能也要常常啃一些大部头——他们认为一个好的短篇不仅是小巧、玲珑剔透，而且也应该是深沉厚重、给人以很开阔很大气的那么一种感觉。规模小，境界和气度却不一定就是小的。

既然是这样，短篇作者的注意力就不必一直放在短小的作品上，因为这样时间长了，就会影响他们的视野。我们看到有一些短篇的开篇结尾，其中的照应、起承转合都处理得很好，不能说是生疏之作或浅薄之作，但看完之后，总觉得有“小品气”，好像整个作品就靠一个好的构思、一个点支撑起来的。这很可能就是因为不当的阅读造成的，他们过分依靠研读一些所谓的名篇名作起家——既是研读，他们往往就把阅读对象再三揣摸，像拆卸一部机器一样把零件撒了一地，再加以组装，最后烂熟于心，仿制起来也就毫不费力，重新创作也就有了功底。他们可以从不同的机体上择取几个零件装成一台新的机器。

这严格讲当然不能称之为创作。

要想使作品没有“小品气”，很重要的是一个作者在平常的训练中应注意接触一些更纷纭复杂、更粗犷大气的东西。比如说，多读一些鸿篇巨制，读一些所谓的“长河小说”，忍受一点难以忍受的冗长和琐碎，接触一些带有明显缺憾但又被另一种优长所覆盖和取代了的作品……这样当他们自己动手创作的时候，就不会那么热衷于突出技法，不会热衷于追求那点外在的“完整性”了。那时候就会明白：不顾大局，一味耐心地饶有兴味地打磨，效果可能适得其反。它可以使一部作品失去浑然性，失去一种自然而然的品格。

“小品气”说到底也是一种俗气，因为总是那些在艺术欣赏上没有深度的人才更喜欢匠气十足的东西。为了训练一种开阔的富有生气的思路，不仅要读一点长东西，最好再亲自制作一两部长东西——也许它们会失败，但这样做也许会影响文气和笔势，那时候笔下就会少几分拘谨，增加旷敞和奔放；那时候的一支笔才能够做到既甩得开又收得拢。

反过来讲，那些专注于长篇的作者倒应该好好读一读短小的东西，读读短篇、散文和诗，从而知道每一笔都应该极其紧密，不能疏松。疏松就是失败——长篇的局部同样应该比得上短篇的精粹。

我们这里不过是就一般情形而言，具体到每个作者，差异就大了。因为人和人的先天差别既大，后天营养又是千差万别，在世界观和艺术观的形成上都极其复杂。有无“小品气”，说到底还是艺术趣味决定的，而艺术趣味的形成，其中的一部分又是由先天因素决定的。有人就是喜欢又好又小的东西，喜欢可以把玩的东西。

1990.10.12

翻译文学；好心人做下的错事。

这两年来我们读了很多翻译作品。因为我们接触国外文学主要就是通过翻译家，所以内心里对他们充满了感谢。新时期以来的翻译事业比任何时候都要繁荣，从事翻译的人多，干劲大。有时候我们刚刚看到国外一部新作发表的消息，过了不久这部书就翻好了，摆上了我们的书架。若把我们的文学工作、创作活动纳入整个大系统去考虑的话，我们当然需要更多的信息、更多的参照，当然是从事翻译的人越多越好。翻译工作者从来都只嫌其少，不嫌其多。一部书有两到三个译本完全是一件好事，这样就可以让我们这些读书人有选择的余地，有比较的可能。

作家们同时又是翻译家，这最好不过，比如从“五四”过来的一批作家，很多人都有过出色的翻译作品。我们在学校学过一点外语，于是就产生过翻译外国文学的奢望，可惜后来环境一变，工作一忙，才知道要实现这个目标有多么难。大概一个作家要熟练地掌握一门外语，将付出大量艰辛的劳动，而且必须始终坚持不能松懈，一松懈就前功尽弃了。这样做的好处是可以变得更加开阔，可以直接阅读原著。

不过今天的翻译也稍微有点混乱，很多老翻译家早就指出过：有人根本不负责任，一部书常有几百个错误，有时候简直是笑话连篇，翻得令人啼笑皆非——这样的东西只能说聊胜于无——我们不能自己动手翻，大概也就无权挑剔了。

不过作为一个读者，我们更担心的倒是另一种倾向，那就是在“信、达、雅”三个方面，在“雅”字上做过了头。现在无论是文学作品还是电影、电视片，都有一种很庸俗的做法：为了迎合一些观众和读者的口味，常常译得十分俗艳，完全不顾原作的精神气质，有时候干脆是“驴唇不对马嘴”。这样无论对于原作者还是有自尊心的观众和读者，都是一种羞辱和欺骗——我们说的“雅”做过了头的意思，当然不是指这些，这些简直不值得议论；我们说的，是指有一些翻译者出于好意，想把一部国外作品完全译得合乎国人的习惯，使其尽量变得“中国化”，尽力地贴近汉语的语言习惯，结果是好心做了错事。比如说译文中用上了很多的中国成语，而且还作为人物对话出现在翻译作品中。这样做即便很贴近原作的意思，也已经离原味十万八千里了。

翻译作品就像搜集和整理民间文学一样，特别需要注意保持作品的“原生性”。我们要传达的不仅是直接的字面上的那层意思，更重要的是要把这部作品极其内在的气质呈现出来。我们看到一部翻译作品，译到两个洋人对话时，其中的一个竟然说了这么一句：“那真是周瑜打黄盖，一个愿打一个愿挨了”——我们不知道翻译者是怎样妙笔生花，弄出了这么一句“妙答”。也许这样的翻译与原作意思比较接近，但作为一个读者我们完全有数，《三国演义》的故事远没有在国外普及到那样的程度，就是说洋人不会那样讲话。有很多比较熟练的翻译者动不动就把中国现成的歇后语和成语搬了上去，这样做巧妙倒是巧妙，机智也足够机智，可惜这样做的结果只能把中国读者弄得离原著越来越远。比如说长篇小说《飘》的名字翻译成《乱世佳人》，我们就觉得其中有讹。我们怀疑它能否贴近原著的精神气质。这让我们想起用话本小说的套路翻译国外作品的例子来了，那时字里行间充满了什么“花开两朵，各表一枝”，什么“落难女沦落烟花巷”，什么“贵公子二进后花园”之类的标题和引语，让人哭笑不得。这等于在“文革”后期把《列宁在1918》改编成中国戏曲的道理差不多——在那个戏里，“列宁”和“斯大林”要在急急的锣鼓声里跑圆场、亮相，让“斯大林”接过“列宁”的大衣，再高唱：“手捧大衣心欢喜……”这哪里还有半点俄罗斯风味。

我们倒觉得有些很严谨的人，他们总是强调直译，意思是把加工和改装的工作限制到最小的程度——那样尽管有点生硬，有点干涩，可是客观上、总体上倒会使我们在阅读中受益极大。

真的，我们要求译者的主要是准确、别弄错，我们倒不希望他有多么大的改造的能力……

1990.10.14

《庄子》。人一辈子离不开的书并无太多。

《庄子》是我们最喜欢的一本书。谁不喜欢这种绝顶聪明、绝顶漂亮的文章。我们觉得从古到今，再也没有比老庄更想得开的人了，他把什么都想透了，想到了底——这就很可怕地诱惑着我们。他有这种聪明，这份智慧，我们害怕自己接受他的思想。

我们喜欢他，也许还因为他的文采，那所谓的恣意汪洋，大概没有人会不喜欢。在我们整个的古典文学中，《庄子》始终是一个方面的代表性著作，具有开天辟地的威力，好比夜间仰望天空的繁星，他是极重要的一颗恒星。虽然我们不能说他是北斗，不过他可以算作“南斗”吧。谁是北斗？孔子可以比作北斗吧？

我们害怕庄子作为一个哲学家而影响了我们，我们只希望他作为一个文学家来影响我们。因为庄子的哲学是一种特别负责任、又特别不负责任、最终也还只能说是很不负责任的一种哲学。他使我们走向聪明，走向微笑，走向谅解，走向妥协。可是全世界的人都如此这般地微笑着，这个世界又怎么办呢？西方有人引用的犹太谚语说：“人们一思索，上帝就发笑。”这同样是庄子式的绝顶的智慧。我们的庄子实际上想赶在上帝笑出声来之前，先笑上那么几声。这就大大地长了人类的志气。只可惜，这种笑声只能使我们赖以生存的这个星球变得更加荒凉、更加零乱。

我们认为，一个能够理解庄子，能够包容庄子的人，同时又是一个积极入世的人，那么就是我们这个世界的希望了。

作为一个艺术家，他迷上庄子是自然而然的。连庄子也不读，就不算个读书人。可是我们总觉得，一个人如果想从哲学上变成庄子的信徒，那也算不得多大的聪明。不过，庄子这部书应该摆在我们的案头。人的一辈子离不开的书并无太多，大概《庄子》要算一本。在南方的知识分子那里，庄子的思想比在北方要深入和普及一点，不过也还是抵御不了孔子的思想。孔子的儒家学说有一万条缺点，可有一条极其了不起的优点，那就是思想的严整性。儒家思想看起来是对的，退一步看又是错的，如果再退一步看，它又变成了对的。对于人的生活来讲，它的大效果是不会错的；从文风上讲，儒家的代表性著作都更为质朴、简约，这就更有力量。它好像绝无华而不实的倾向。

庄子的哲学思想，似乎与儒家正好相反，但仍有其共通点。我们在理解庄儒之间的区别时，只是从一个角度而言，换一个角度，也许就会有更多的说法。

1990.10.16

第九章

秋天的大地

京剧。艺术的程式化。对艺术家的“制造”。

在所有的戏剧品种当中，许多人最喜欢看的就是京剧，其次是越剧。每一门戏剧艺术，如果有了艺术家的高超表演，再加上极好的剧本，都可能让人喜欢和迷恋。但是剧种与剧种之间，还应该承认它们有差距：有文野之分，精粗之分，雅俗之分。京剧不愧是我们的国剧，它在整个的形成过程中凝聚的劳动最多，沉淀的文化最厚，并且有最多的优秀人物参与其中，所以其他任何剧种都比不了它。这个剧种的艺术根据强大——我们平常所说的专业行当内部往往有一些“讲究”，其实就是在讲规范和程式，讲套路——这就带来了一个很有趣的现象：一般而言套路化、程式化愈重，就愈影响这门艺术的生机勃勃、影响其生存和发展；但是从另一方面讲，这种复杂的程式化又标明了一个艺术品种的成熟程度。任何一种规范的形成都需要时间，需要众多的人付出的汗水，需要否定之否定，需要前赴后继——这说明它是高度精炼的、一丝不苟的。在一种行当内部，这样的限制越多，留给创作者自己再创作的余地也就越少，那么创作者只能在这些限制所留下的仅有的一点空隙里，努力地发展自己——能够从这些小小的空隙里开拓出广阔空间的人，就是伟大的艺术家了。

任何一门艺术要想真正具有深度，最终还是要高雅。从这个角度讲，有些地方剧种也只能安于目前的地位。像吕剧、二夹弦、柳子剧等等，就远远没有像京剧那样，有那么多第一流的艺术家付出过如此的艰辛。他们一代一代添砖加瓦，不断地去粗取精，这才有了今天的格局、今天的精神风貌。

有时候一个剧种的发展，很重要的就是看它在每一个历史时期、每一个发展阶段的代表人物如何。就是这些人物的素质和量级，极大地影响着决定着这个剧种的命运。一个剧种不能连续地拥有真正称得上大师级的人物来支撑和推动，就永远登不上自己的峰巅。有的剧种甚至由于政治原因一直把一些艺术素质很差、才分很低的人推在舞台中央，让他们一连十年、几十年成为这个剧种的代表人物，这个剧种当然不可能成长和发展。

由此我们也可以想到文学——也是由于政治的原因，我们长期以来用各种方法，把一些根本没有文学创作才能的人硬性制造成了“作家”、“名作家”——他们不仅自己要创造作品，而且还要在不同的范围内影响和管理文学事业，那么可想而知我们将拥有怎样的“文学”！我们现在可以对“贫下中农管理学校”的做法加以嘲笑，可是类似的“管理方法”绝不仅仅应用在学校方面。文学界、企业界、经济界，其实一度比比皆是。也许只有我们这个时代才会出现这样的笑话：一个人无论就其文化构成或先天素质而言，怎么也算不得一个文学中人，可是居然成了最有影响的“作家”。

比较戏剧来说，由于京剧艺术属于表演艺术，需要艺术家面对广大观众现场表演，所以也就难以作假。所有戏曲都是这样，演员在舞台上起码要立得住——而文学却可以放在台后。

1990.10.17

这个城市的市花是菊花。没有精力深究我们的生活。

这个城市竟然把“市花”定为菊花。因为他们不知道到底什么花才属于“这里的花”，还因为很多地方——大概有几十个城市都把菊花确定为“市花”。市花做城市某一方面的标志和象征，必须突出它的个性，强调它的独特，必须与这个城市的历史、传统、习俗，以及它在生活中的实际情形和地位紧密相连。可是我们看到的情况往往不是这样。很多地方确定“市树”、“市花”，竟然突出地表现了一种僵化、刻板，没有创造力的思维特征——一个城市的创造力和发现力已经枯竭。他们不敢有个性化的举措，凡是做的事必定是要有先例，必定是其他人做过许多次才行——说穿了，他们只能模仿，不能创造，也丧失了发现真实和认识真实的能力，流于浅薄和庸俗反而成了自然而然的事情。

在生活中的某些角落，你的确可以发现俗气简直漫卷一切，并且已经不可理喻。菊花不是不可以做市花，问题是已经有了很多城市赶在我们前边将其定为市花——再加上菊花作为一种极为普及的花种，在哪个城市恐怕都容易占据一个数量的优势，因而我们也就大可不必推选菊花了。比如说，我们这里的庭院几乎都离不了一丛美人蕉，离不了一棵石榴，而美人蕉和石榴花就我所了解的而言，又极少有哪个城市把它们作为自己的市花——起码是在数量上，在选作市花的数量上远远少于菊花，那我们为什么不选美人蕉等作为我们的市花呢?

一块土地上的植物和动物都应该带有这块土地上固有的色彩和气息，我们应该对土地负责。我们生长在这儿，选定的市花要与这片土地和生命取得沟通和谅解；我们本身就要是生气勃勃、鲜活有力，应该是富有生气、富有创造力的。这块土地上到底长出了什么植物？什么花卉？它们当中的哪一种、哪一类才是最为独特的？究竟是什么蓓蕾首先进入了我们的视野？它在哪一点、又在多大的程度上触动了我们的心灵和记忆？这种触动很可能引发我们关于这座城市的历史和未来的一段联想或追念。那类似于怀古、怀旧，类似于一段浪漫的激情……当然了，由于人的文化素养、思维类型的差异，各种联想都会不同，所以围绕这个问题的争执也许会历久不绝。但问题是为什么最后我们会妥协在一朵菊花上呢？在我们眼里，这儿的沟边、渠畔、路侧、荒野，到处可以看到肥硕昌盛的曼陀罗花，它通常被象征为生命、青春、繁衍等等意思。是的，它是永生不灭的花，是殉道的花——那为什么没有妥协到曼陀罗上呢？或许有人在这片土地上提出这个问题，比如说在推举市花的会议上提出，他会被认定为一个疯子。人们宁可推举大丽花，也不会想到曼陀罗。他们回答曼陀罗的，没准会是一句粗话；他们回答美人蕉的，极可能是一句玩笑。

我们没有精力去事事深究自己的生活，如果那样，就再也没有办法摆脱苦涩和悲哀……我们也同样喜欢菊花，喜欢它的清烈和傲骨，但是，我们仍然还要说一句：菊花本身没有什么过错，而是有人想把它弄俗。

1990.10.22

作家访问记；道士，浪漫青年，隐士和儿童。

我们很喜欢看一些“作家访问记”，因为这比我们从作品中了解作者本人更为容易。我们阅读作品时有许多目的，其中之一就为了解写东西的那个人。他除了写作还干些什么、想些什么、有哪些嗜好？在作品之外，他还有什么见解？在访问记中，这些往往都传达得很直接，所以总是很有趣。

作家都是一些极具个性、内心世界极为丰富的人。正因为他们比起一般人有这些不同，所以才成了艺术家。他们的生活特别有内容有趣味，所以很吸引人。我们看过的许多写海明威、写托尔斯泰的，还看了写徐志摩和哈代的，都使人入迷。作家的音容笑貌，以及深邃的个性，好像都有了进一步的理解。如果一部访问记写得自然率直，并不突出自己的技巧，也没有把自己的个性强加到被访者的身上，就会是上乘之作。

而我们看到的某些当代作家访问记，就多少有点毛病。主要是那种矫情让人受不了。访问者往往要像鸡蛋里挑骨头一样，寻找着被访者的所谓“个性”，硬要弄出一点奇闻逸事，至少是一些别扭的言谈举止等等。他们的笔下非要“塑造”出一个人物不可，而不管离那个真实的人有多远。有的作家干脆被写得像道士，再不就像外国的什么浪漫青年。有的甚至给写成了当代隐士——这显然是撒谎和夸张。我们知道被写的人看了也会哭笑不得。

艺术家一般都有一种单纯气质，可是他们经访问者的笔处理之后，往往就变得更加单纯、更加天真，简直像个儿童一样不明事理、无私无邪，不食人间烟火，不通俗事，甚至不懂得人情道理。好像这真是他们做人的一份光荣似的。我们却因此而多了一份怀疑，担心这样的人会成为什么好的作家艺术家。

访问记的作者，如果念念不忘在他的文章里显示自己的才能，比如过多地考虑创建风格和突出文采之类，就写不出一篇正当的访问记来。这样的访问记既损伤作家本人，又损伤作者自己。他想把那个人写得妙趣横生，可是忘了我们这个时代真正妙趣横生的人很少，如果有的话，那也会把“妙趣”更多地藏到自己的作品中去。

此地从事艺术之难；一味毒药；“艺术家”与人渣。

我们发现，在这里从事艺术真的很难。不过如今要找个真正的理想之地恐怕也很困难。在哪里献身艺术都不会容易，从当前到过去，看看那些艺术家一生的经历就会明白，他们的奋斗道路一般都相当曲折，有的还伴随着巨大的不幸。从最简单的方面讲，艺术家会受到各种各样的影响和干扰，受到世俗物欲的侵蚀；人的一颗为艺术的心，在生活中会一再地遭到拒绝。

小地方有小地方的好处，它固然闭塞，可是它也清静。这就有可能避开喧嚣，避开那些使人头晕目眩的、不同层次的、互相交织的所谓业内纷争——这是艺术界的一味毒药，一旦吃上它，艺术家的生气勃勃的机体就会枯萎衰败，变成一个没有希望的、艰难喘息的人。要知道人生活在那样的一个环境里，要完全躲开也很难。古今中外，那些混进艺术界的渣子总是难以绝迹，他们在艺术上是低能儿，毁坏艺术和艺术家的手法格外卑劣。

相反，在一些小地方尽管文盲较多、贫穷的人较多，他们不谈论艺术，更不涉足艺术，却非常朴素。艺术在这些偏僻的角落往往没有位置——艺术和创造艺术的人一起寂寞，有时却实在是一件好事。这里最贴近自然，有一个使人独立思考的环境。诗人在孤独自己的同时，恰恰也升华了自己。

诗人所要警惕的只是一种过于满足的情绪，或是过于关心眼前的一些世俗之物——当地的很多事物格局小，包含的信息量也小，搅在一起，久而久之就会变得气量狭小、境界平庸。

我们可以拥有美好的读书生活，可以“秀才不出门，读遍天下书”，如果做到了这个，就是非常幸福健康的人了。

1990.10.24

基层艺术家怎样排除干扰；被一种情绪所覆盖。

基层的干扰有别于一些政治经济中心的干扰，它们显然不同。越到基层越接近于创造物质财富的第一线，这里的现实感非常强，可能人们对生活、对事物的认识将缺乏一点点距离感。比较而言，一个诗人生活在这里的人群中，心理要极其坚强才行。

很多基层的写作者在创作上的失败，首先是以生活中的失败感作为开始的。当然了，一种压抑的、愤愤不平的情绪，偶尔也有助于诗意的抒发和产生。但这些情绪仍然对人构成了损伤，如果一个人本来就软弱，那么他就极容易被这种情绪所覆盖，变得畏畏缩缩，一筹莫展。抗拒这些干扰的最根本的办法，就是经常跳出世俗的迷障，与现实生活拉开一定的距离，重新去思考周边的一切——尽量把眼光放得长远，不断地改变自己的视角，不断地更新认识。

“距离”说；一只鹰可以看得很远。

事物就是这么奇怪，有时你离一种东西特别近，与之几乎成为一体、再也不能分离的时候，反而不能够清楚地认识它。就像你的眼睛，离得近了可以看得很清；可是离得再近、几乎贴到眼上时，又全都看不清了。一个人身处基层，必然更直接、更具体地面对生活。你与所要描写的自然、土地、人与客观世界的关系，都离得太近。你就很难全面地清晰地把握它们，很难从一种事物与另一种事物的比较中寻找联系，倒是容易陷入其间，思维变得局促起来。

比如，一个整天在泥土上劳作的人，反而很难产生关于大地的诗意。他这时候的一切联想，都与很实际的东西贴得太紧——产量、耕种、干旱、丰收，以及与这些情绪紧紧相连的那些感慨，将不可避免地笼罩了他，反而不会有那些关于土地的更空旷邈远的想象。他于是很难懂得欣赏田野里的落日、远处的浮云，以及黄昏时的欣悦和惆怅。他的情感既是直率的，又是单薄的；既是健康的，又是干枯的。当然，他没有多愁善感，可是也没有那么多的激情。那种委婉低回的精神状态，往往也不属于他。

一般而言，如果长期贴近一种东西，有时就需要退远一些；而长期离一种东西太远，就需要接近一下。比如：让一个读书破万卷的书生到穷乡僻壤里打滚，只能使他越来越好；而让一个在泥土上辛劳了一生的人在泥土里打滚，只能使他沾满土末的身躯愈加疲惫。这是两种不同的人生，他们将有不同的结局。

一只鹰可以看得很远，那就是因为它离开大地有一个距离、有一个高度。它之所以能够捕猎，也是因为它能够迅速及时地俯冲到地面上。

1990.10.25

为什么不直接表现生活；不同程度的失败。

有人常常问艺术家：为什么不直接表现生活？他这里的“表现”实际上是“再现”的意思。艺术家的确很少去直接摹写眼前的生活，甚至也不直接去写那些传闻和历史掌故，不直接写历史。有人认为所谓的艺术家就是记录生活，记录得越逼真越好，这不对，或至少不完全对。在历史学家、社会学家那里或许是这样。而一个作家，已经用自己的心灵滤过、溶化和再生了所有的“现实”，笔端所出现的一切，都不过是既熟悉又陌生的东西。他视野极为开阔，但真正容纳的，却只是十分特别的、为其所取的那一部分。在我们的印象当中，所有想做一个社会生活的忠实记录者的，最后都程度不同地失败了。因为他们试图去完成的是这一部分，压根就不是诗人艺术家分内的工作。

我们这样说，并不是否认一部艺术品在生活、社会以及历史诸方面的认识作用，而只是在强调诗的特质，强调一个艺术家的主观抉择，强调由于这种抉择的不同而带来的不同结果。

翻开一些艺术作品，这里包括绘画、摄影甚至音乐，当然更包括戏剧和电影——那些热衷于记录一段社会生活和历史进程的作品，往往是空有其规模，许多时候是大而无当的，并没有多少艺术的根据，没有个性。他们所追求的活鲜生动的社会生活，并没有化为生动的艺术形象，没有意境，当然也没有诗。它们究竟像什么，到最后都没法界定。

一个艺术家在进入创造的时刻，总是浮想联翩，更多的是梦幻、是变形，是如醉如痴的歌唱，是孩童般的纯洁和天真，是偏激，是激赏，是迷狂和不可遏止的冲动……就是这些过程，这些演变，才蕴含了艺术精灵的一场场美丽舞蹈，产生了真正意义上的杰作。

当我们想到这些的时候，就不可能去做那种“再现社会生活”的作家了。

好的文学语言并不像生活。基本原则。

有人认为好的文学语言也并不一定像生活中的语言。有不少文论家——特别是新时期以前的文论家，总忘不了挑剔一个作家的语言是不是“生活化”了，是不是像生活中的语言。他们特别愿意把作品中的人物对话与生活中的人物对话去做比较。这实际上是一件傻事。二者之间怎么会一样呢？如果力求做到一样，那还不容易吗？可惜那样就等于取消了艺术。

有时候，我们也确实发现成功的文学语言酷似生活中的语言，即所谓的生活气息浓烈。但再来深入分析一下呢？那时候就会发现，那仅仅是一种“貌似”罢了——它们与真正的生活中的语言还是隔了一层什么——原来那仍然是一种书面语言的伪装。

我们评价一部作品语言的优劣，主要应该看它是否读起来舒服，是否自然生动，而同时又是否具有强大的个性魅力和深刻的表现能力——这才是我们的基本标准。

1990.11.2

生活的重压使人迟钝。不必做职业艺术家。

一个人在现实生活中无论顺利与否，都会不同程度地感到周围世界对自己的挤压。一个人只要生活着就会有这样的感觉。贫穷、政治坎坷、疾病、情感折磨，以及其他的种种不幸，都会使人长久地陷于痛苦。你不得不为摆脱这些去挣扎、奔波，这样，你的注意力就会长久地集中在一个个点上，无暇顾及其他。这样，你其他的感觉功能就会渐渐退化，心灵上的窗洞就会逐渐堵塞，而且也将失去流畅生动的语言表达能力。

本来一个人很难从视野中排除土地、自然，排除原野上苍空中的那些景观，很难排除由此而引出的丰富的、变幻莫测的联想。

你可能记得，这些联想在你的童年时代，竟是异常的丰富和发达，一棵树、一枝花、一株草，曾给予你何等新鲜明亮的印象，这印象可以一直保持到你的壮年甚至老年，这就是人们常讲的童心和童趣。后来这一切都在渐渐地萎缩和消失。

造成这些的原因也许是非常复杂的，但最重要的大概还是生活对人的重压。比如说一个人负重行路，呼吸急促，哪里还有那么多闲心欣赏四周的景物。说到这里我们就要想一下，艺术与生活与人有多么奇怪的联系。你稍微观察一下就不难发现，那些热爱艺术的人、那些艺术家，往往要比一般的人天真得多、敏感得多。许多人早就忘却了的那一切——色彩、滋味、感触，他偏偏会深深地印在脑海里。一个艺术家尽管一生坎坷，尽管有贫穷和其他不幸的折磨，也还是能够葆有这种敏感性。

由此看来，艺术好像是一味医治迟钝和麻木的良药。由此我们可以联想到录音机上的磁头：由于日常的使用，它要不间断地工作，就要被玷污，最后放出的声音再也不清晰了——那时候就要重新清洗——如果你把生活中人的感受器官、感受能力比作磁头的话——你心上的那一部分被慢慢堵塞和玷污的时候，艺术是否也等同于“清洗剂”呢?

从这个意义上讲，为了人类生活得正常和进步，所有的人都应该热爱艺术，应该一生对它怀有浓烈的兴趣。如果仅仅把它当成艺术家的事情，那就大错特错了。降低和减少艺术在整个生活中的比重，是一个社会走向愚昧和腐烂的开端。将艺术与大多数劳动者隔离开来，自觉不自觉地把艺术欣赏职业化、专门化，是与艺术的本质精神格格不入的。因为就它的本质而言，它与劳动和生命是密不可分的。从这个意义上讲，一个人完全可以不必做一个职业的艺术家，但他必须热爱艺术。只有这样，他才会有健康的心理状态。也只有这样的人组成的群众，才会是一群“真正的人”，一群富有创造性和强烈探索精神的、最健康最少私欲的、目光长远的人。

傍晚的田野使人舒畅。秋天的大地。

刚收过玉米的土地显得格外辽阔，刚刚播种了麦子，一片整齐的田垄没有遮拦，这给人的完全是另外一种感觉。太阳在落山之前的这一段时间里，光线也分外柔和。一种静谧的气氛，再加上平坦的田野，使你充满了安宁幸福感。我们以前走到这里，还是茂盛的一片玉米，它密不透风，只是碧绿的挤挤的一片，望不到边缘。

那时候给你的感觉是地力很足，它使生长着的一切鼓足了向上的劲头。好像随便折断地上的什么东西都会流出一些液汁。那时候的田野显得很神秘，有无限曲折，有各种我们所不知道的故事在其中接连发生。而我们一连几天没有出门——恰恰就在这几天里，所有的玉米都收获了。你重新看到的是猝不及防的一个骤变，大自然突然换了一个节奏，让人耳目一新。那种崭新的开阔，使田野上的绿树显得更加突出，更加俊美；整齐的田垄显得娟秀而规范，这时候你不由得想起自己也是一个对大自然施加了影响的劳动者——你虽然没有直接参加耕种，但是你却感到参与了对泥土的整理。你手上也沾了泥土的芬芳。总之，在收获过的秋天的原野上，新的一茬庄稼又播种下去了。这就唤起了你生活中的各种各样的、巨大的希望……

1990.11.3

强调“冲突”；现代艺术过分省略了“冲突”的外在部分。

什么时候都应该强调“冲突”。过去说没有“冲突”就没有艺术，大概这种绝对的说法也需要从绝对的意义上去理解才是对的。一部作品越是优秀，就越有剧烈的冲突，这本来是可以赞同的一个说法，可惜我们过去在理解“冲突”这两个字的时候，过分地强调它的戏剧色彩、它的外向性。实际上真正给人深刻印象的冲突往往是更内在的。我们过去所理解的“冲突”往往是表面的、浅层的，并不一定具有多少深刻性。差不多是二十世纪的现代艺术才逐渐把冲突引向了内部。

那些恬淡、柔和的作品，那些平静如水的作品就没有“冲突”了吗？它们的“冲突”也许压在了更深的一层，它们或许把“冲突”留给了读者，或者留给了另一个时刻。

现代艺术的一个毛病，可能就是过分省略了“冲突”的外在部分，将一些琐碎、细小的纠葛罗列在作品中，于是减少了一些外在的戏剧性“冲突”，也就缺乏一种更有力的节奏。这当然也同时构成了它的一个弱点。一部流畅的艺术品并不排斥戏剧化的冲突，冲突既可以产生和谐，冲突也可以破坏和谐。有时候一种崭新的和谐就在这种破坏当中产生了，使艺术进入了另一种品格。

有些冲突是绝对不可调和的。这种冲突的出现，往往表现为作者在为捍卫自己的原则而痛苦地挣扎。现在我们看到的一些平庸的作品，往往缺少真正意义上的冲突。那是因为他们作为一个人还缺少自己的原则，缺乏一个在他的人生经验中所树立起的那么一个标志、一个刻度、一个绝对不可逾越的界限。没有原则怎么会产生深刻的冲突？从这个意义上讲，这些作品也就绝对不会表现真正的苦难，不会表现悲剧，顶多只是一点令人厌倦的伤感。

这几年来，一大批流行于书摊上的文学——这还不包括那些武打色情之类——都是些没有冲突、没有原则的东西，不值得重视。它们大多在写爱情，讲一些可笑的爱与不爱的道理，无非是杯水风波、无聊的缠绵、无聊的痛苦。那种悲欢离合里面缺少的恰恰就是我们上面所讲的原则。这里面的冲突都是编造出来的。这种人为的制作，与我们所讲的“冲突”简直没有多少关系。

我们所说的“冲突”是一种生命现象。

1990.11.9

夜晚走向田野；充实和悠闲的意味。

我们在茫茫夜色里走向了田野，往往就是走进了安详和宁静。疲劳和各种各样的牵挂都顿时留在了身后。往前看只有朦朦胧胧的村落，几点灯火，仰头则是一天繁星。脚下的草丛里有小虫在鸣叫——这是田野上永恒的音乐。我们觉得不仅这时候感觉最舒畅，而且也感到最聪明：我们的一些最好的想法，最透彻的思维，都更容易在这片模模糊糊的旷野上产生。

实际上，我们白天在斗室里，思维也容易像我们所处的空间一样，不由得变得狭窄起来。当然，我们讲究“神游”——可是你伏案工作，一抬头就看见了窗外那些楼房、街巷、屋顶，看到那些愉快和不愉快的事物，它们必会影响你局限你。还有你的斗室连接的四个方向的干扰，都会反射到你的脑子里。你的四周是很少变化的那么几件器具和摆设，陈旧单调，很难唤回一种崭新的想象。好像这一切都与创新、探索相去太远。一种老环境老节奏使人疲惫委顿——从这儿走向田野，特别是夜间的田野，一切也就完全改变。

在夜色里，有点像在大海里的感觉，四边无着，夜气笼罩，周围充满了一种让人猜测、让人探究的气氛。由于突然的放松，我们想起了多少事情：童年的，很久以前的各种各样的故事，各种各样的传闻。这个地方原来曾是怎样、又经过怎样一个过程变成了现在的模样，这些变化又是多么的不可思议——你简直觉得这不是人的力量所能办到的，而直接就是时间的力量。时间本身就是一只万能的手，它能把一整片的土地割成几块，把村庄拢成一座城市，也可以把坑坑洼洼的土地涂得平坦无垠。在这样的夜晚，我们看不到很清晰的东西，但我们知道它们是什么样子。我们踏着湿漉漉的青草往前走，听着更远处传来的狗叫声；空气中还飘来一种米饭的香味、柴草燃烧的气味，这一切都使人滋生精力。这时，有一种充实和悠闲的意味回到了我们身上。

如果走到树林里，那就让人有点害怕。我们不喜欢在黑影里有一片比我们高的东西包围我们，不喜欢细密和曲折簇围着我们。

尽管在夜色里，我们看不到很辽远的地方，可是我们必须知道这种辽远。在这样的地方我们可以闲谈，可以怀念，还可以饶有兴味地去展开想象。换一个地方就不行。我们记得小时候走在黑夜的果园里，如果是两三个人，那么大家都不敢吭气，说起话来叽叽喳喳，好像担心有什么可怕的东西注意了我们、担心招致了伤害似的。如果有一群人在一块儿，也就敢于高声谈笑了。不过那也完全破坏了一种安谧。

这一条条耕作小路，石砌的水渠和排水用的一道道土沟，在地上分布得巧妙到了极点，组成了最好的一幅图画。它们或隐或显，作为田野上的一处处标志，再好也没有。还有一株一株的树，它们很孤独，远离了村庄——除了白天有做活的人和它们打个照面之外，大部分时间是它们自己站在那里。大概它们见了我们走近了，也会有些感触吧，它们或许会欢迎我们。因为它们需要沉思默想也有的是时间，它们也不会喜欢寂寞。在树底下徘徊倚靠真是一种幸福，这时候我们如果要思考问题，更多的就是真情实感，是自己的感触。暂时不必有那么多的顾虑了，可以与大自然融为一体：与之亲近，与之对话，倾听它的深长呼吸。

1990.11.18

旧时景物的消失使人惆怅；自发的创造力被损伤。

有些现象讲起来真是让人难以置信，因为有些事物在我们眼里是永远不会改变，或至少是很难改变的——可是过了没有多久回头一看，一切都面目全非了。

我们常常想起小时候记忆当中的一些事物，如园艺场的那片大粉丝厂，一排排的老磨屋……有一次我们走到那里简直吃了一大惊：当年那一片火火爆爆的场面没有了，一片复杂的使人迷向的建筑也没有了。那里只剩下一片荒土和一地碎砖、几个埋下一半的磨盘。还有，我们刚来这里时，有一天傍晚走到了那个园艺场南边一公里多远的那个村庄——因为小时候我们夜间和放学后就常到那里玩，我们仍能回忆起那里的每一个街巷，回忆起村子的什么位置有一个大碾盘、有一个饲养屋、有什么颜色的牛和马……那天我们就这样走到了那里——可是说起来也许你不会相信，那天黄昏只让我们看到了一片垃圾、一片荒草。我们没有看到一幢房子，也没有看到一个人影，就连当年生气勃勃的狗也没有看到一只……一个村庄消失了。

当时我们不知所措地盯着被晚霞染红的枯草，如果说感到了惆怅，还不如说感到了恐惧。我们真害怕一种力量，它是绝对陌生的，没有常性，常常是突如其来……

我们刚才说的只是一些巨大的改变。实际上你如果注意一下，小一些的变化随时都有。时间就是这样送走了昨天，把活生生的、有声有色的、光彩照人的一切，都埋进了模模糊糊的历史中——比如说，可能在记忆中前边不远有一排柳树，柳树下有一个水湾，你在柳树下钓过鱼，发现过一只猫头鹰……可是这会儿呢？前边也只是一片灰蒙蒙的泥土，上面刚发出稀稀落落的麦芽来。再比如说，那些弯弯曲曲的小路非常光洁，路边生着绿草、灌木，可是这会儿再看什么都没有了，土地被拼成了大块，小路像一片绿叶上的筋脉一样被抽掉了。更宽的柏油路就在远处，上面汽车轰鸣。

你不得不说这是一种“进步”，可是这一连串的进步留给我们心灵里的东西又是什么？我们的另一种需求又怎样获得满足呢？我们相信没有任何一种力量可以恢复童年的景物，好像也没有必要去恢复。但是眼前的感慨和惆怅又并非是无所谓的，因为我们都隐隐约约地感到了它在割伤着我们身上最重要的什么，那似乎是一种与生命一起成长的最珍贵的东西，也包括自发的创造的力。

过去的田野不是一览无余；两种文化在心底的冲突。

那时候土地上不仅是路窄、路弯、树多、湾多，而且土地上时有高地、凹地、坡地。那时的人们在能够耕种的前提下，更多地迁就了一种天然性格。这就是艺术家常说的“自然天成”。那时候也没有感觉到在这样的土地上劳作有什么不方便。因为田野就是田野，它不是马路，不是楼板，也不是桌子。田野总的来说是由风霜雨雪，以及上百年的大水的冲旋、更久远的年代地壳的变化所决定了的一种形象，它总的说是高高低低、弯弯曲曲，是多变的，多姿多彩的，它好像与我们东方人的性格及文化情趣都那么贴近和融合。而如今把土地搞得平整四方，由宽路间隔成一大块一大块，把田野搞成这样一种几何形结构，这就多少有点西方气，大概与近代西方的科技文化传入紧密相关。大概我们对这些现象的惆怅和若有所失，不仅仅是一种恋旧的缘故，而是两种文化在心底深处隐隐冲突的结果。

1990.11.19

书画作品。真正的艺术家怎样过完自己的一生。

有人说我们这一代人已经读不懂民族的艺术，比如许多人不喜欢书法和国画。这并不真实，因为如果是真正的艺术，总会有人喜欢。

可是现在虚假的东西太多了。我们有个感觉，这个年头再也没有比艺术领域里的假冒作品更多的了，而艺术当中作假最多的又是书画界。很明显，有一批以从事书画艺术为名，实际上却专心于攀附的人很多，他们混迹于艺术界。这些人有个共同的特征，就是一般都来往于上层、官场，又借上层欺压真正的艺术家；而那些长期做行政工作的官人又往往对艺术缺乏基本的辨析能力，于是钻进书画界的伪艺术家们也就有机可乘了。在艺术界，人们对这部分人特别厌恶，只是无可奈何。

书画艺术可以出大师、大手笔，可是如今一提起书画艺术，许多人已来不及谈论对大师们的崇拜和敬仰，首先触动的倒是深深的反感。他们反感这门高雅的艺术被玷污，愈来愈藏污纳垢。还有，一个“人物”只要年纪大了，大半也要写写画画，要别人把他们称为“艺术家”。这些人走到哪里屁股上都要带几管大笔，一有机会就铺开宣纸题字，而且一般都会写一个斗大的“寿”字或“虎”字；还有人专门学着画竹子或者老虎。总之，他们总是较快地掌握了一点机械化的笔墨，沾沾自喜，窃以为当个艺术家原来竟这般容易——既然艺术家都是一些无能之辈，那么藐视和压迫一些艺术家的做法也没有什么不合适——自己仅仅拿出了生命和精力的一个小零头，就堂而皇之地成了一个“艺术家”。

这些无知的东西把一些脏物涂抹在书画艺术上，使人懒得走近，也懒得谈论。前不久看过齐白石的一本自传，叫作《白石老人自述》，从中你可以清楚地看到一个真正的艺术家是怎样过完自己的一生的，他们一辈子的心血全倾注在笔墨之中。那真是一个身心朴素、神采鲜亮的一个老人。你还可以怀着同样的心情去看其他国画大师的传记，去看我们书画史上一座座的高峰，瞻仰他们的作品，领略那种神韵。你展开一幅幅长卷，去感受生命的奇迹吧。他们就是这样的既伟岸又朴素、既神秘又平凡，难以言喻。看过这些，再回头看看混迹于艺术界的这些虾皮烂蟹，会感到悲哀而又绝望。

书画艺术要比文学作品抽象得多，含蓄朦胧得多，所以也更有利于骗子们藏身。艺术之树往往就是毁在蛀虫身上，在艺术的各个门类里，都是一样的道理。

我们所说的那些半路掺进来的所谓“艺术家”也许并不可怕，因为他们的低劣浅薄是特别明显的；就艺术界而言，他们远远不是行当中人，要讲损害，也极其有限。可怕的是那些在艺术领域里颇有阅历、从某种程度上讲已成为一个方面的代表人物，甚至是大红大紫做了头领的人物——这些人在本质上完全不是什么艺术家，他们的兴趣主要在于二媚：媚上、媚俗。这一类所谓的

“艺术家”才是艺术界里真正的蛀虫。

1990.11.21

要经常强调“去做”；重视行动性的人。

有些事情最好亲自动手去做一做。作家往往偏重思想而轻视行动，常常以思代行，这样日久，两腿越来越沉，就越发不愿行动了。不仅是一个文学创作者，任何一个积极生活的人都应该重视“行动性”。只要你觉得这行动是有意义的，有助于发现、有助于判断、有助于感觉的，那就不妨去实践一下。就是说，一个人要勤于亲临现场，让行动尽可能地跟上思想。

我认识的一个朋友，他想看一看鲁南山区，于是就在工作之余自费去了一趟，尽可能仔细地看了一遍，因为他想亲眼看看那里的山和植物、那里的人。他又想拜访某个城市的一位老作家，又千里迢迢地去了。他想和朋友探讨有关的几个问题，每一次都主动联系，而且绝对守约。

这样的人表面看起来只是勤一点、生活得认真一点，但实际剖析起来，却有重视行动性的了不起的品质。你分析一下历史上的记录，会发现自古以来做成了大事的，往往都是这样的人。

重视行动性就是深刻地理解了行动对于生命的意义。它首先绝不亚于行动的欲望。实际上，我们很多人都明白具体的行动在那个阶段和范围内的意义，可惜总有心理上的某些障碍，结果就把应有的行为给废除了、省略了。

现在的作家比较起“五四”前后的作家有一个很大的缺陷——你比较一下就会发现——我们这一代作家参与的重要历史事件太少。许多重大的事件与我们没有直接的关系，我们既不是设计者，又不是参与者，甚至也算不得一个好的目击者。我们很难深深地感受时代和历史的脉搏，没法体味真正的欢乐和痛苦。

再回到日常的生活中来看，我们往往不守约，不守计划，没有恒性，也没有操守，只任时间之河慢慢往前推拥。这就决定了我们不会有大的造就，事业上表现得平平常常。

重视“行动性”还包括果决和勇敢，因为一个人需要这样的素质。我们看到一个严肃的学者有时候就为了一个“小题目”，会毫不犹豫地漂洋过海去做实地考察，把辛苦、疲劳和可能遇到的危险，全抛到了脑后，毅然地踏上征途。日本作家井上靖刚刚出版了一本《孔子》——我没有读过，不知道写得怎样；但我们知道他为写这本书三番五次来到中国，沿着孔子周游列国的路线扎扎实实地勘察体味了一遍。而实际上，他手头占有的关于孔子的资料已经数不胜数了。但他远远没有满足于这些。他把剩下的希望寄托在实际的行动上。我们这儿有几个青年作家徒步走黄河、走长城，这也非常动人。也许这在他们一生中只是短短的一瞬，可是因为要完成这一瞬，也需要有决心，需要去理解和重视“行动”的意义。

1990.11.24

小说的第一笔；学外国人要绝对小心。

无论是一部短篇，还是一部中长篇，第一笔都是至关重要的。我们记得已经有作家谈过类似的意思：第一笔往往就决定了一部或一篇小说的色调、意味，甚至是境界。有很多小说写得好，那首先是因为第一笔写得好，由它诱发出了许多灵感、许多机智。我们知道，有时候一个好的题目就可以决定或影响一部作品的命运，那么第一句话有多么重要也是可以理解的。题目对于整个作品来说是居高临下的，不是让它的光芒把全篇照亮，就是全篇的光辉把它反射得耀眼夺目，对于全篇来说，它不言而喻有一种概括作用、一种若即若离的关系。“第一句话”就不完全是这样了，它是胚芽，是根，可以慢慢生长。一部作品无论有多么巨大的规模，它都是由第一句话慢慢生长出来的。它跟通篇的关系如此紧密，不可分离。有人把诱发整个创作的灵感看成是一部作品的种子，可是这个种子在适宜的温度和水分之下，还要发出根芽——根芽就是第一句话。

于是，有的小说写坏了，第一句话也就变得责任重大——细究起来，它就是从第一句话坏起来的。好比弹一首曲子，头几个键就给按错了，对这场演奏来说是很糟糕的事情。大概第一句话至少在决定语言的节奏和风格上，作用是明显的。第一句话的语气是既定的，那么接下去要迎和这种语气，就需要做出相应的努力。还有节奏，通篇的语言往往都是由第一句话的节奏转化而来的。至于它所表达的时态、时间空间，对全篇都有一定的限制和决定作用。一篇文章很难脱离了它规定的时空去运行，所有的操作也要限定在它允许的范围之内。

这都是比较明显的问题。实际上夸张一点说，第一句话往往隐隐包含了这部作品的全部信息密码。一部作品就是一个有机的整体，我们取第一句加以诊断，或许可以了解通篇的问题。当然了，第一句话也是一个作者全部的功力和素养、自身的才气、运笔那一刻的运气等因素的凝聚和体现。谁不想写好第一句话？它是很难的。但正因为难，才需要极其认真地对待：放松了又紧张，紧张了又放松，寻求机会，求助于灵感，往往一个激灵就写出了第一笔——第一笔是绝妙的，那就紧紧扣住它往前走。

可惜现在的许多作品并不是那样写出了第一笔，而往往是随手扯来的一句话，就那样写下去，渴望奇迹会在半路发生。我们知道，这种奇迹是难以出现的，即便出现了，那也已经是太晚了。

第一句话要有个性，既不能俗气，又要自然得体，要凝练简朴，还不能总是抄外国书——“我想我们的故事开始了……”“我记得那一天下午……”这一类句式不是很可笑吗？这就好比看见了一个漂亮的人穿了一条健美裤头，我们羡慕不已，在冰天雪地里也非要穿不可，结果冻个半死。学别人，尤其是学外国人，绝对要小心。学他们的第一句话，那就得小心再小心。

1990.11.26

一部作品的主人公往往不如其他人物写得好。他只能“平庸”。

主人公常常是作者投放力量最大的人物形象，可是有时这样的人物费力不讨好。哪个作者都遇到过这样的埋怨，说他的主要人物往往不如某某次要人物写得更生动更传神、更有魅力，也更让人记得住。其实分析起来原因也很复杂。我们看到那些更有深度的评论者，在做出这样的评论时就审慎多了——因为那样讲讲很容易，也能获得很多赞同的声音，但问题究竟如何，还得好好琢磨呢。

不错，有时候那个主要人物确实是被作者弄坏的。他从各个角度去塑造他，其实是转着圈糟蹋他，把他弄得越来越不含蓄、越贫乏，最终失去了神采和活力；而那些次要一点的人物，作者写起来就放松得很，这样反而会出来一些真性情。而那个花费笔力最多的人物，总是要分担全部失败的责任。如果一部书基本是失败的，那就更没有什么好说的了。如果一部书部分地失败，而失败的原因又是非常复杂，那么读者也往往要把全部的责任推到那个主要的人物身上。这虽然有欠公道，但大致还是准确的。

一部书里所写到的一群形形色色的人物，无论他们的身份、职业、面貌以及素质有多大的差异，那个主要人物总算这个地方的一个领导者吧？一个地方的工作出了问题，主要领导就得负主要责任。

当然也有另一种情况，就是说评论者的眼睛出了毛病：短视，没有透视能力，看问题没有深度。这样的情况也不少见。有时候明明作品中的主人公写得非常扎实，非常有深度，他偏说不如那个次要人物写得更有好、更鲜亮更生动。这说明他只知其一不知其二。他对于艺术以及艺术表现生活的过程知之甚浅——主要人物往往代表了生活的更大的真实性，有时候并不一定就是个特色人物。他常常像生活一样深厚、复杂，而又特别平凡。他无论在作品中、在生活里所扮演的角色的性质，都决定了他必须这样；而其他一些次要人物可以是一个剪影、一个类型、一个粗线条的勾勒和概括——他可以十分传神，却不一定十分耐久；他可以留下读者再塑造的余地，却没有那么多被作者早已把握了的、实在而具体的内容；他只是更具个性而已——这种个性只是勾勒出来的图像，或者仅仅具有这些方面的倾向而已。那个主要人物呢？他只能像真实的生活一样“平庸”，他就是以自己的这种“平庸”才换来了其他人物的个性光彩。

1991.3.2

第十章
心灵的周游

一部战争小说；历史也要接受道德的检验。

一些描写战争的小说真是不太好读。比如我们手边的这本书。在我们这样的年龄，或者说再大一点的，有多少人还对这类题材感兴趣？或者说这类小说会有多少读者？大概读者很少了，特别是中青年读者比较少。老人大概还读那么一点儿。如果调查一下，就会得出一些具体的、不太让人乐观的数字。

作品没人读，读者急剧减少，原因在哪里？原因一定非常复杂。好像打了那么多仗，作家就得写出好的战争小说，写不出就是作家无能——当然，你得承认作家本身的努力确实不够，写作者当然有责任。他们大约没有在这个时代所能提供的基本条件下写得更好一些。特别是这几十年的时光，大家更有理由拿出描写战争的好作品，但事实上一直没有。从很大范围看，真的没有太引人注目的东西。每出一部战争题材的作品，就淹没在书海里了，一点反响都没有。

不过细究起来就不是那么简单，到底是什么耽误了作家还得好好研究。搞数学搞物理学，中国人不比外国人差，大概搞文学也不会差。

我们现在具体分析这本书。实事求是地讲，它有些出乎意料。我原来没有想到这部书能写得这样引人入胜，没有想到有人会拿出这么一部作品。像这样的题材越来越难写了，因为无数的故事都被人反复咀嚼过，再写就很难出新意。这部书倒有自己的花样，有内容。从今天出发去寻找昨天，那一定不是一件容易事。

但不会有许多人夸这本书。好的作品常常被误解，而不是及时到来的赞扬。艺术从来都是有要求的，没有无要求的艺术。一本庸俗作品讲的是破烂故事，于是大家听着都熟悉，也顺耳。比如最近大家都叫好的那个电视连续剧，就是彻头彻尾平庸的。

有人说这部作品形式上有新意，我倒觉得更重要的不是表现在形式上，也不是表现在某个人物上。如果与我们已有的写战争的作品相比较，会发现它思考的问题增多了，范围扩大了，思考的角度也有变化。作者无论是自觉还是不自觉，在客观上所表达的，都是一些上好的道理。这些道理几十年没人讲了。有人说它的爱情部分写得好，好在哪里？就因为有那个哭哭啼啼的女人吗？关键不在她，关键在于作家说了老实话：无论怎么忙，一旦有了爱情，还是先忙爱情去，别的先放一放再说。

作品给人印象最深的是女性，而不是男性；女性中，写得最好的人物就是那个哭哭啼啼的小女人——她虽然不是冰清玉洁的少女，但写得就是好。海明威在《丧钟为谁而鸣》中也写了个类似的女人，她也并非冰清玉洁，但写得也好。要紧的是她要可爱，有质感，表达出的温情又可信、诱人，让人思念，希望她真的存在……第二个好的人物就是那个老大娘。她穿得破破烂烂，贞洁而又坚定，对革命的贡献可真不少。书中有不少景物描写，都不太行。作者在情感上对景物还不够亲近，他对姑娘亲近。应该有景物描写，这是作品的空灵之地，哪怕有一点也好。这部书基本上写得比较实，虽然用许多新的手法伪装。

有色彩的东西只要有一点，就会给人留下很深的印象。它有个地方写了优美的泉水，以及少女在泉水中沐浴的情景——作者本来想让这个场面楚楚动人，结果适得其反。他大概想让人去思考：如果没有这场战争，我们人和自然，我们的女性，该有多么幸福。少女们这么美丽，形态婀娜，心灵又那么美好，是不是可以多待在这样的泉水里。看吧，历史却把她们推到了战争中，推到了战场上，推到手术刀和鲜血中去了。当然，他的这些想法也不错，只是写得太俗浅而已。

这个作品还写到许多庙宇，写到庄子老子的话，以及古人对战争的描绘。这一些都说明作者有余力，有闲心，并不紧张，也多多少少制造了那么一点气氛。

还有一个印象，就是作品的表达非常强烈，可见作者在写作时考虑到要打动更多的读者。有的章节算得上惊心动魄。一个有力的作品，无论有多少长处和短处，有一点是必须具备的，那就是要有强烈的场景，不然很难产生动人的力量。我们可以把作品写得很优美很闲适，但这至多是一种有特色的作品，不可能成为一个有力量的作品。这部书给人总的感觉就是：强烈、沉重、悲怆。

当然，它写得很有激情，尽管这种激情是时断时续的。我们过去讲得虚玄一点，就是读作品要读“气”：创作时作者有一股“气”注入其中，“气”随意行，笔到“气”到。我们觉得这部书不能说笔笔得“气”。但有很多得“气”之处。作品一开始就让人感到这一点。激情是从哪里来的？好像是出自作者对那场战争中的人的情感，这是主要的。歌德讲过：有些作家的才能本来很平凡，但是当他具有一种强烈的义愤时，他的作品也就显得很有力量了。作家对艺术事业本身的赤诚也很重要，他把整个身心扑在了艺术上，这种赤诚直接可以化为艺术激情，灌注在作品之中。

这部作品有意思的地方，还表现在作者并没有流于一种时尚，去追求所谓“从政治和历史的高度评价生活”。作家更多地运用了“道德”这把尺子，我们觉得这也很重要。它涉及了文学界长期争论不休的一个问题。特别是写战争题材的作品，尤其需要考虑这样一些问题：我们怎样把握战争生活中的人和事？怎样去判断？我们当然不能放弃政治、经济、历史等等尺子，但是也绝不能舍弃道德这把尺子。作家手中的这把尺子可太重要了——不能纯粹道德化地评价生活，但却要更多地从道德入手来评价生活。如果我们能冷静地分析，不牵强附会，那么就会发现许多好作家都是这样的。是不是可以这样说：我们对人物的历史判断，应当渗透到作家的道德评判之中？用道德评判去包容历史的、政治的、经济的判断？我们常常讲，“道德”要接受历史的最终裁决；但我们很少讲历史也要接受道德的检验——历史感的体现，更多地应该从作家的道德判断中渗透和显示出来。

如果一个作家还没有学得那么时髦，那么他就会更多地从人性和人情入手去理解事物。他运用了道德这把尺子，量来量去，心情会处于非常紧张、激烈、矛盾的状态之中。这种心情同时也自然而然地感染了读者。正是因为这样，才有可能写出让人亲近的人物。我们有时过多地强调“从历史的高度去把握生活”，其实更多的是在搞一点庸俗社会学，搞一点短期的和具体的配合，恰恰远离了“历史感”，是一种投机。

一部好的战争小说，会给写死了的一个题材带来生机，以自己的艺术实践证明：打仗的事儿还可以写出更多的好作品，不但可以写，而且可以有各种各样的写法。

我们还得谈谈这本书的缺点。这样一部作品，毛病也不少。首先是需要压缩，它太长了，应该压掉三分之一。一经压缩，它就更有力量了。目前看最大的缺点是不含蓄，写得太实，一些过多的议论、不必要的交代，都显得太多。大家可以预料的、预感的，心中明了的一些东西，作者就不必交代。而过多的议论，常常是不会精彩的。如果能够把这些压缩掉，就能够减少很多文字。对话再变得简明些更好。有些地方写得小巧，而好作品都是大巧若拙。应该把一些花哨的东西统统去掉，毫不吝惜。比方，每章前面那段名人语录应该去掉……总之一切工作都为了使之更淳朴、凝练、含蓄，使其变得刚劲有力。

1991.3.14

一部引起“轰动”的电视剧；制造与欺骗。

也许我们置身于一个相对寂寞的角落——不过我们接触的人也不算少，却没有像报上说的，感到这部电视剧有什么“轰动”。可能有人就愿意说什么又轰动了，以此来增添平凡生活中的意趣。

有时大家真的十分注意（愿意看）一部作品，但还未到轰动的程度。作为观众和读者，麻木和冷漠的时候很多，要“轰动”不会那样简单。现在我们觉得人们普遍在关注海湾战争，而不是什么戏剧之类。那个电视剧看了一点点，觉得比较浅俗，就再也没看。四周的人几乎没有谈论它的，后来报上说这部电视剧“轰动”了，都觉得奇怪。看来它至少在办报的那个地方轰动了。不过只要是在大众中轰动的东西，人们也不太指望它会有多么好。因为深刻的高雅的艺术从来不是为了每一个人的——即不会是“大众艺术”，而只会是“小众艺术”。如果有谁说他的艺术既是大众的又是小众的，那么你可以把他的话看作言过其实。

艺术总会有它自己的要求，任何一个读者或观众，必须先满足它的那些“要求”，才会走入这部艺术品中。如果大家都同时喜欢、同时被其强烈地感染，那就说明这件艺术品可能是没有什么要求的，也就是说它太一般化了。

有人说作为戏剧，如果演员演得好呢？这只是稍微的弥补，因为即便是天才的演员，也不可能从根本上改变一部平庸的作品……很长一段时间里有人总试图制造出一点“轰动”，可惜真正重要的作品并不是招之即来的。它的产生往往不在人的视野之中，而是慢慢地、自发地生长。你不能指望一方面给大地浇洒酸水，而一方面又会不断地收获硕果。这是不可能的。

任何一种事物，只要出现，就会引起不同范围、不同层面的人去注意它。这是很自然的。值得重视的只有一个问题，那就是到底有哪些人在注意它。是真正有修养有见地的人吗？是有广泛阅历和人生经验的人吗？如果不是，那就又当别论了。有人会批评说这是在“藐视人民”——难道把人民等同于无教养无知识就不是一种藐视吗？再说谁是“人民”？“人民”仅仅是以人数论吗？这其实是在用一个抽象的概念来掩盖真实。

“人民”可以理解为认识真理的不可掩埋的一种力量。“人民”也并非是被随便利用和借用的什么。真正有知识的人、掌握了一点真东西的人，才更容易接近“人民”。谈到艺术，那么只有艺术上深邃高超的人才更容易接近“人民”，而不是相反——你看艺术史上那些真正伟大的人物，他们的作品或许在当时难以被更多的人喜欢和理解（至少有时是这样），但在后来，在接下来的一个又一个世纪里，会那么强烈地震撼着、激励着一个民族，引导和启示这个民族，成为长久不熄的灯火。你能说他们不是代表了“人民”吗？相反，在当时迎合了众人的庸俗浅薄的东西，尽管一群又一群人向他欢呼，但后来还是不能长久，很快就被遗忘了，谁也不去注意了——他属于“人民”吗？

我们对动不动就自诩代表了“人民”的人十分警惕。如果真的热爱艺术、有独到的思维，那就不必请出一些谁也摸不着边的东西来支撑自己。

“轰动”的东西越来越多，平庸的东西就会越来越多。有人在屋里编个消息，第二天登上报纸，说什么又“轰动”了，其实是骗人的把戏。有人口口声声“人民”，其实是一种愚弄。前一段还有一个电影，据说谁看谁哭，于是就说不得了——其实该笑不笑、该哭不哭的人是很多的。再说“哭”与“好”本来就不是一回事儿。千方百计让观众哭的作品，本来就是很无聊的——我们从未见过杰出的艺术家总是让人哭泣。相反，他总是给人更深处的欣悦，或引人思索更深邃的问题——人在激烈思考的时候当然不会号啕大哭。那些让人哭泣的人、催人泪下的人，也许有一个目的，就是让你哭昏了头，于是不辨是非、失去了基本的判断能力，再糊糊涂涂去说好话。

1991.3.18

有些作品用词十分大胆。被语言兴奋着。语言就像他的指纹。

在书面语言习惯上，我们的手脚同样是被传统的绳索捆绑了，于是不能自由舒展。我们的常用词汇以及方法就是那些，这样日久，文章难免要死气沉沉，不能开创崭新的意象。所以有一段时间你说的那种“用词大胆”的作品一出现，就让人惊讶不已。好像大家在一个早晨突然明白了奇迹是怎样创造的。

有好长一段时间读者是被语言兴奋着，而这之前一直是被内容兴奋着。不过如果一直这样下去，人们的兴奋点又会转移到内容上，这是个规律。当然语言的革新也在丰富内容——不过专心摆弄语言的人可真不少，不能贬低这种做法。

具体到一部作品的总体价值上，那又是另一种说法……我们曾长时间为自己缺少变化、十几年如一日的语言状态而苦恼。好像没有办法改变。有人想在一个月或一个星期内改变自己的语言，只是幻想。语言习惯非常顽固。一个作者如果成熟了，他的语言简直就像他的指纹。

尽管这样，也不能说就毫无作为。你总会在可能的范围内尝试点什么——使之更简洁、更质朴，那总是应该的，也做得到。时间长了会明白一个道理：什么语言也不如准确的语言好。比如用词，不必总是讲究巧劲儿或大胆泼辣——那样也会让人发笑。真正有功力的人并不这样，相反他会极力使词汇沉稳隐蔽，而让一句话的意思变得明亮。这样创造出的美才会持久。别看一些普普通通的词儿，你在具体的语言环境中真正地把握它可不是件容易的事儿。你真的弄明白了它、感觉到了它，再去使用它。我们在修改自己的作品时，有时觉得有什么不对劲的地方，琢磨之后才发现，原来是一些词儿没有把握住，只是觉得差不多，就使用了。过去写的东西现在看，常能发现这样的毛病——写作那一刻并未深深地感知那个词儿。

一篇结结实实的文章，作者在使用词汇方面一定是谨慎有余的。他大概只用那些切实入心的词儿，自己也浸透在那个词儿所给予的情境中去了——每个词儿都规定了一种情境，如果突破这种规定，就要有相当大的理由。遵循一种规则办事，是任何竞赛能进行下去的基本前提。对于语言艺术来讲，也只有这样做才能摆脱一切浮华和矫饰，创造出真正健康和充实的美，它持久、实在，永远是清新的。即便时尚过去了，它还在那儿站立着。

1991.3.19

《他的琴》。就像抚摸自己的昨天。

这本小书让我牵肠挂肚。它印得不错，令人高兴。它的模样使人感到了劳动的快乐：不论劳动在昨天还是今天，只要勤奋地尽力地做了就好，就不会有什么遗憾和空虚。

这本小书收了整整三十篇短篇小说。它们都是十七岁到二十来岁的作品，又稚嫩又让人珍惜。本来它们都堆在那几百万字的旧纸堆里，每一次搬家都要小心地带上。有时不知为什么打开来，长时间地看下去，岁月积存的尘土直呛鼻子。这二十多年走了不少地方，变换了很多住处，就从未有过扔掉它们的念头。每一次翻动都让人内心深处涌起什么，有些难以平静。陈旧的纸头颜色不一，字迹不一，有的潦草，有的规整，常常让人回忆起每一篇东西写作时的情况、人的境遇。有时蹲在这些旧稿堆跟前，半天不愿离开。有的稿子就写在废纸头上，为了节省纸张，字写得很小很小，真正像蚂蚁。有的稿子写在漂亮的方格稿纸上——至今还记得当时得到这些稿纸时的兴奋。大概就是从那时起养成了收集纸张的习惯。

日子久了，多少觉得这些废稿是些负担。这不仅指它们的体积，而是指它们所包含的真正的内容——它所代表的那一段岁月、里面的故事，以及不必要的缅怀。在这样的年龄，过多的缅怀是不好的，也不自然，但它又让人情不自禁。曾起意要烧掉它们，好像那样做了也就一了百了，利利索索了。想是这样想，真要动手了又难过起来。好像一把火就会烧掉昨天一样。

说实话，它们尽管稚嫩，但记录的是一个更年轻的人的心路历程，它不可能被现在的作者所代替。我明白它的不可重复性——这大概就是长期不忍毁掉的原因吧！现在可以更成熟地表现想表现的东西，但却没有能力复制过去的那一切。这就是生命的奥秘。保留了它们，也就是保留了青春，保留了永远不甘失去的那一部分生命、它的痕迹……就这样动手编了一本书，把它们编成一本小小的选集。

这也许是个折中的办法、一个牢靠的纪念。

在这本小书印出来的一天，也许真可以烧掉它们了，那时好像就可以轻松地踏上新的征程，就像人们习惯于说的那样——“向前看”了。

如今这一切真的做过了。在《他的琴》分送朋友的同时，就毁掉了全部旧稿子。毁的那一刻心情仍旧十分矛盾，当然不会好受。为它们花费的时间和精力毕竟太多了，那时常在深夜写作，在蚊虫的嗡嗡声中写下了这么多。无数的不眠之夜，无数的心血。这当中包括了四部长篇、一部长诗、几十篇散文和短篇小说。其中的一部长篇小说四十五万字，一笔一画用复写纸抄写了四份……那时候好像精力无限，勇气也大得无边。当然，也比较无知。

这本选出的小书只是短篇小说类，数量仅占全部的十分之一还不到。但这已经给了作者诸多安慰。记得它印出不久我就因病住院了，朋友带着崭新的小书去探视，很让我感动。抚摸着这本小说选集，就像抚摸着自己的昨天。

1991.3.20

反常的气候。植树运动；让世道求助于绿色。

我们这一代人已经没有机会享受更好的气候了。我们只配消受反复无常的天气、生病，以及由此带来的各种各样的不测。这好像是必然的。你看我们一代一代人对大自然做过了多少蠢事，真是“不是不报，时候不到”——报应在我们这一代出现了。

一听说政府动员人栽树就觉得是大好事，是正经事情——再也没有比这个更重要的了。我们有时就想：一个国家的土地荒凉到这个地步，到处不见绿色，尘土飞扬，为什么就能无动于衷呢？为什么不能全力以赴地植树、让人人懂得爱绿色爱树木呢？

厌恶绿色，这在我们怎么也弄不明白。要知道树木长得也不算快，要它们顺利地长起来活下去，并非易事。大概今天栽下的树，十年后仍然健在的，不会超过半数。总会有人把它弄坏。为什么？就因为它是美好的、生机勃勃的东西。

走在田间小路上，你常可以见到这样的情景：路边上一排本来就疏疏落落的榆树或杨树，被在地头歇息的人顺手拢堆火就给活活烧死了——看到这样的事情你就会对人性之恶感到恐惧，感到绝望。一棵树长到像模像样的时候大概需要十几年，可是有人拢一堆火在树根部，一会儿就把它四周的皮烧脱了烧爆了，再过不了多少天这棵树就缓缓地干枯了，死了。人是多么残忍。难道留下这棵树给他遮阴挡风不好吗？再说它丝毫也没有妨碍他。

这个地方有一些人非常奇怪，他们极讨厌两种事物：知识分子和树木。

可是我们从来就没有人去追究这类恶性事件。大家都觉得没什么。实际上这种行为本身就埋藏了人类自我毁灭的种子，简直无可疗救。

根据西方古人的试验，树木——森林可以极大地调节改变气温。如果成片的树木多了，遮蔽的泥土多了，那么天气就会寒冷。树木少了，天气就会酷热。古时的西方人很懂得这个道理。大雪封地，严寒逼人，他们就无休止地伐树。森林渐渐少了，气候也就转过来了。可是如今的主要恐怖来自气候转暖，并且由于这个猝不及防的变化，人们无法适应，各种奇怪的疾病也都泛滥起来了。

在济南，记得三月中旬里有一天的气温是零下五度，可第二天或第三天，气温骤然提高到了二十二摄氏度。而且类似的情况并不少见。你想人会过得好吗？正常的东西——人的生理状态，全给扰乱了，如此，人们对世界、对周围事物的判断也会出问题，会干出更蠢的事情，会进一步损害这个世界。这会是一种恶性循环。

由此我们甚至想到，解救这个世界的办法也许有许多种，但有一个办法是简便易行的，那就是不停地植树，让世道求助于绿色。

1991.3.23

时下对一位理论家的批评。无法遮掩的同情心。

近来我们听到了一些令人不安的消息，许多这方面的传说。但我们看到的针对他的文章（批评、批判）不多。有一个大块文章发在一家显赫的刊物上。文章不能说毫无道理——绝无道理的文章是极少见的——但我们还得说它是一派胡言。我们十分厌恶这样的文章。文章作者根本不配这样谈论一位学者。在学术问题上，在心灵的邈远博大方面，他们基本上还摸不着他的边。任何人在学术研究上偶尔都会犯一点技术性的错误，他们于是抓住了这位学者的一些微不足道的东西去嘲弄他、挖苦他。是那位学者自己可笑吗？况且有的根本就算不得错误，就连技术性错误也算不上。

听说前不久还在一所大学开了一个会，会上有不少年轻的研究生也口吐狂言，按照时下某些人的要求向他发起了攻击。我不知道他们将来能否害羞。一个立志做学问的人首先要诚实，要一辈子求真求实，不能苟且。谁还能指望一个爬行尾随的人在学问上有所作为？

那位学者更应该算一个诗人。他的激情、他的无法遮掩的同情心，都曾经使人感动不已。

现在的人应该有勇气承认他的诗心、他的爱。

1991.3.25

嫉妒者从来都要借个题目；“有原则的人”的特征。

嫉妒者从来都要借个题目。因为嫉妒这个词儿不好，没有光彩。一个人如果自己不肯劳动，或者没有才分，才要嫉恨比他更有成就的人。这无论如何不能说是件光彩的事。所以他们总要找个适当的时机向那些有成就的人发起进攻，一般情况下，他们攻击的理由据说是“为了某种原则”。好像越是业务上的低劣者，比较起来越是有原则似的。不过你只要好好观察一下就不难看出，这些所谓的“有原则”者，一般都具有以下特征：一、专业上比较平庸；二、总跟着风头跑；三、尽可能地追逐有权势的人。

我们到现在还未见到一位真正的艺术家会那样表现自己的“勇敢”——“勇敢”地诽谤别人，“勇敢”地捍卫“原则”，“勇敢”地讨要别人吐掉的东西……科学界、艺术界，哪里都有这样匍匐在地的可怜相。值得庆幸的是，他们往往很容易被辨认出来——对这一类人仅仅是藐视还不够，因为他们常常蜷在人的视野里。

事情从来就是这样：艺术界学术界之外的坏人并不可怕，可怕的倒是界内的蛀虫。他们看上去似乎也有自己的“专业”，而对于界外的来讲，他们的“专业”好像也坏不到哪里去——尽管在界内的专家眼里，他们所谓的学术和艺术往往一钱不值。

嫉妒者如果勤奋工作和读书；改变本质之难。

有人常常惋惜地说：那些嫉妒者如果勤奋工作呢？比如更多地读书呢？这只是别人的一片良好用心。事实永远不会这样。如果那些人能坚持这样做，就会是另外一种人了。

我们常常谈到人的改造，总是满怀希望。实际上你在生活中看到几个人真的被改造变了过来？大概绝无仅有。人要从一类变成另一类，这几乎是不可能的。

一个人无论做什么都一样，都只能是优秀的或不那么优秀的。而真正优秀的人在任何行当里都是极少数，是极珍贵的。他们需要保护。

优秀人物除了才分高，一个共同的特点就是勤奋，是忘我的劳动精神。他们差不多把劳动当成了自己的生命，不顾一切地创造和探索，除此之外不知世界上还有什么更大的乐趣。我们真分不清是因为勤奋刻苦还是因为天才等其他不可理解的神秘因素，才使他们取得了令人瞩目的成就。他们都向往真理——

在这里“真理”的含义更宽泛一些——对另一些优秀人物（先行者、导师）佩服得五体投地。仅就这一点而言，那些品行低下的人也应永远羞愧——有人可以在方便的时候一脚踢开哺育了自己的人——一方面吸吮了别人的营养、暗暗地长久地在学术和艺术上模仿和汲取一个人，另一方面又要寻找机会攻击和诅咒这个人——人世间还有比这更可恶的行为吗？

一般而言，我们可以原谅一切在专业成就上远比自己高的人的过错——因为他们是心中的一部分圣洁的理想，是它某种意义上的代表。

嫉妒容易在人的心上滋生。但仅仅靠嫉妒是成不了什么事的。如果对人的嫉妒可以转化为更大的钦佩、一种仰慕，那就好了。用嫉妒积聚成一种毁灭别人的力量，结果非但毁灭不了别人，反而会烧坏自己。

在一个时代的转折期间，需要多么谨慎。这当然不是指胆小怕事。各种力量在演化中闪烁着不同的色彩，需要悉心辨析。特别不能迫于压力而苟且。歪风邪气再猛烈也会吹过去，最基本的原则却会永远存在那里。投机者一方面证明了他们自己是坏的、低劣的，另一方面也证明了他们是愚蠢的。一个人不管怎样，总要维护真和美，总要向善，真善美仍旧是存在的。

有这样好的愿望尚且做不好，如果没有这个愿望不是更可怕吗？

1991.3.26

莫德的《托尔斯泰传》。无人对其不恭。

大概翻译过来的托尔斯泰传记我们都看过了，还有那些回忆录什么的。大概最好的就是莫德的这一本。看了好几遍，其中有两遍读得很细。这本书有七十多万字呢，还有那么好的插图。写得详尽，很细，写这么伟大的一位人物，可能写少了不行。

托尔斯泰的作品伟大，这不用说了。一切都是因为他这个人伟大。他是善的化身，仁的化身，道德的象征，良知的代表。我们有时不知怎样尊敬他才好。在写作的间隙中，读谁的作品都可以，为了调节一下精神；不过最好还是读关于托尔斯泰的书。他有自己独特的精神生活，他拥有人的正气。他的气息会培育人、滋润人，使人更加健康。这一点上，那些很聪明很有才华和成就的现代主义作家就不行了。现代主义作家完成的仅仅是自己，他们有时并不太照顾周围的世界。而托尔斯泰活着时，考虑得更多的是怎样才能有益于这个世界。从艺术的角度看，当然我们没有贬低现代主义作家，因为他们的出世也不是自己的错。我们也推崇现代主义，因为我们也生活在这个时代。

托尔斯泰永远活着。海明威是个大狂人，连他也不敢对托尔斯泰不恭。

1991.3.26

住院。疲劳和专一。安宁的人不易磨损。

好像再也没有比一九九〇年更不顺利的了。一年里住了两次院，第一次在一月份，第二次在十二月份，共三个月是在医院里度过的，整整一个季度。对这样的年龄来说，算是极不顺利了。我们大多数人对自己身体的态度够好的了，是它不客气。

住院时不想别的，那里十分寂寞，只是想写作——写点什么才好。当然了，头一个月里差不多不能下床，连看书都不行。

那时想，以后身体一定会非常强壮，因为这使自己有了总结经验的机会。这种机会也并非易得。有人说过："人这一生，得个小病获得个小聪明，得个大病获得个大聪明，得个绝症彻底聪明——不过那时什么都晚了。"

躺在床上想，得病也因为对生活懂得还太少，还太蠢。

劳累并不是主要原因。从一九八八年到现在，不认为太累，工作节奏还不错。得病的原因，有时候是自己误认为自己太累了。

一些真正优秀的艺术家一生写了多少杰作、经历了多少激动人心的大事件，可他们仍然十分健康。真正献身给一种事业的人，一颗心会用得非常专一，又激动又安宁，倒是不容易磨损的。

常常想的是，怎样使自己的心用得更专一。人这一辈子做不成多少事，除非专一。不然身体与事业就会一块儿糊涂。

只有专一的人才能缓慢悠然起来，而那些急切不已、只争朝夕的人，有时只会事倍功半。

1991.3.27

人在观察自然时的心情。情绪的影响。

用心观察自然的人，是特别聪明的人，他们往往有一颗纤细之心。我们知道艺术家善于观察自然，大自然对于他就是一本无所不包的大书——而同样是观察自然，如果带着一颗俗心，那也不会有什么收获。我们觉得做出一副投身自然、观察自然的样子并不难，难的是能与大自然的律动、它的内在节奏和谐统一，能够与之共同呼吸。我们可以从不同的描绘大自然的作品中看出点什么——有的沉醉其中，有的只浮在表面。

要发现大自然的奥秘、它的美，并不那么容易。我们眼里的大自然，往往是更多地印上了那一刻的情绪的烙印，或欣喜或沮丧，或昏暗或明朗……大自然自身倒是一如始终地宽厚坦然。为了能真正地深入它的精神、领略它的胸襟，唯一的办法就是要做到心明如镜地观察自然。

如能那样，偏见即将消失，雾障也会隐退；你的心情安静、舒畅，眼前的一切就会比过去更突出、更容易辨别。既然心明如镜了，那么自然的景物、它的绚烂色彩，都可以倒映在你的心底。

我们有个体会——我们无数次地到泳汶河入海口那儿去，印象却大不一样。有几次印象深极了，觉得那里简直是好得不能再好——而实际上作为自然景观，它的风貌变化远没有那么大。那么我们感到的巨大差异是什么造成的？是我们观察自然时的心境。印象极其深刻的那几次，是我们心境坦然明朗的时刻，因为那时极容易贴近它的脉搏，走入它的深处。而另外的几次恰恰相反，我们的眼前就像有了无形的屏障，目光也就失去了穿透的能力。

比如说我们看过不知多少次蓉花树开放在河岸上，树下是洁白的沙子，是浓浓的树荫，可我们真正能回忆起它具体、鲜亮的形象的，也只有一两次。我们写到它的丰姿、它给河岸展示的美，也只是以那一两次的感觉和印象做依据。其他时候的所见所感又在心头留下了什么？好像什么也没有。

不同的时刻观察自然，所获得的差异竟是如此之大。

这样的道理要明白也不难。要做到心明如镜地观察自然，要紧的还不是什么道理，而是一种境界。人要达到一种境界，很可能要靠几十年如一日的磨炼。

说到这里，就想起了著名的大画家黄宾虹。随着年老，他的眼睛不行了，可是他在一生执着的追求中，望向大自然的双眼却永远明晰和深邃。那是一双打开的“天目”。还有俄国作家——那个大自然的不倦歌手、至死都对大自然保持了孩童般好奇的普里什文，像我们刚才说的画家一样，都表现出类似的特质。他们的心与一般人的不同之处就在于：他们可以感知大自然每一点最微细的变化。

1991.3.31

是否准备长久居住这座小城。年轻与忍受。

以前曾经想过，就一直居住在这座小城吧。现在不怎么想了——不是这里不好，它在许多方面比省城要好。比起大都市，小城总是寂静悠闲一些，而这样的特点，恰恰又为许多人所渴求。写作者的艰苦劳作、其工作的性质，常常使其回避，他们不愿混在那些嘈杂地方。那里各种会议、杂色人等，都会消磨时光精力，最浪费不过。最恼人的还要算各种各样的传闻、消息和流言，它们多少会干扰人的心境，破坏最宝贵的宁静。

而一座小城，对一个写东西的人、对追求安静的人来讲，就要好得多了。

这里的空气、食物，比较起来也都更新鲜一些。人要活得好，必须在一种新鲜宜人的空气里才行。人对饮食、居住条件都可以迁就，唯独对空气不能。大城市里可以有一万条优点，但差不多都是空气恶劣。说起济南，一直称之为泉城，应该是滋养人的地方，实际上烟尘滚滚，干燥少雨，没有多少树木——这是人类生存的一个大忌。人离开了绿色就会变得不近情理，就会愚蠢得不可救药。如果一些人生活在无草无树的地方，而另一些人生活在林木蓊郁之地，那么前者一定要在一切方面都大大落伍于后者——几十年几百年下去，两地的文明就会发生极大的变化，如果二者是竞争对手，那么前者的失败就是必然的。原因主要在于前者失去了绿色的陪伴，已经走入了极不正常的生存状态，智力思维等等都渐渐变得极不健康，难以进步。那里的日常生活也绝对不会有良好的秩序。

做学问的一大要求就是择居。近来翻看了德国黑塞的不少作品，发现他写得那么安然宁静，充满了人生的智慧。他一生差不多一直生活在乡村。还有很多哲学家，也是这样。一个具有二流才能的人，如果他一生基本上可以回避嘈杂，能够在绿色的陪伴下觉悟人生，那么就可以取得一流的成绩。反过来也是一样，一流的天才葬送在一个坏环境手里，也是很容易的事情。

既然这样，我们为什么不能立即告别大城市呢？因为我们发现，一个人如果处在学习阶段，最好还是居于闹市，这样就可以开阔眼界，接受各种思想的冲击。他鉴别和思索、陷于矛盾的机会会成倍地增加，于是有利于成熟。这是吃苦的时期。一个远离政治经济中心、消息十分闭塞的地方，很不利于一个年轻人的成长。一个人在居于闹市的这个阶段，一是要学会忍耐，二是要勤奋和有勇气，不必回避生活中来临的那一切。一个人早早地学会了超脱和聪明并不是好事。人要趁着年轻的时候多经历，要忍受下来。

我仍处于学习的阶段，而没有进入创造的阶段。人尚年轻，还能够忍受，也有这个体力。等到一个人比较成熟了，形成了自己的很多固定的、有深度的看法时，那时他就该离开闹市了。他只有在一块寂寞之地才能好好地总结，把一切早年播下的种子润出叶芽，让其慢慢长壮长高。

当然，学习和创造是交互进行的，不是截然分开的。我们上面只是相对来讲。一切还要取决于条件——一个人活着就会有各种牵累和制约，并不是你想居住到哪里就居住到哪里。现在就尤其是这样了。

1991.4.2

艰苦的工作条件。电脑。创作的量与质。

每个人的能力、素质等等差异很大，因此环境对他作用的结果也大不相同。有人在一种环境里可以陷于绝望，而另一个人在相似的环境里不仅能活得很好，而且还有激动人心的艺术活动。一般讲，恶劣的艰苦的条件也难以扼杀一个真正有才华的人，因为他特别顽强，有生存的激情。虽然坏的条件能够极大地损害他，消耗他，使他的创造在总量上降低下来——如果条件允许的话，再好一些的话，他会创造更多的好东西出来，可以更完整地展现他这个生命。但是，我们总怀疑恶劣的条件会从根本上改变他；甚至我们想，这也不会严重影响他创造的绝对高度。因为生命的精华总要以一种方式暴突出来，达到命定的高度，就是平常说的“命数”。

至于说很坏的条件也可以化为一个人的动力，那倒是很好理解的。不过这只是一定阶段内的事情，它终究还是销蚀了他。

中国作家写不多，有人就指出这是汉字太难写、写不快的缘故。这不会是个站得住的理由。现在一般的国外作家，工作室里总要有电话、打字机、复印机等等，这就方便得多。这样虽有利于他积累出更多的文字，但似乎不能从根本上改变他创造的性质。有人一直从工作条件上找原因，大概那是思路的问题。

人的工作能力、精力、勤奋懒惰……一切方面差别太大了。同样使用汉字写作，有的作家的创作数量是另一些人的十几倍甚至上百倍。现在中国作家也大多有了电脑打字机，这样就该免除了一个大遗憾——可是他们因此就会飞跃起来吗？也不一定，因为这是两码事。电脑打字机可以提高速度，也可以降低速度，就看使用者的情况怎样了。至于说它可以神奇地提高作品的质量，我们无论如何也不相信。更有可能的是，它会使质量不同程度地下降。想想看，一个人用手写了多半辈子，一下子改用电脑打字，这可不是什么好玩的事情。

如果人一开始就学习打字——从一开始学习作文那天起就这样，当然会好一些。不过打字比起用笔来写，那种机械操作的成分还是大大地增加了，很难说不影响一个人的创造思维。有人说熟练了可以实现盲打，盲打就不费脑筋吗？看到打出的整齐划一的稿子就说好——是内容好，还是外观看着顺眼？这是不能混淆的。

我也用电脑打字，但重要的东西，花大力气的东西可不敢使用它。抄稿子可以，不太重要的文字也可以，其他的就得放弃这种方便了。我亲眼见过一个朋友，用电脑以前写得蛮扎实，用了之后文风就飘浮起来，再也不受读了。

1991.4.4

作家不能藐视当代生活。责任心。

一个人无论写什么题材，比如说写古代的故事、纯粹个人的情感世界等等，那种冲动和激情都应该来自当代生活。无论是有意识还是无意识，一个写作者都不能藐视当代生活。可是你只要冷静分析和观察一下就会发现，我们自己有时就有这样的情况：藐视当代生活。这有点危险。

这种藐视常常会导致对生活的不负责任、失去价值标准，对追求真理和维护原则的冷漠，最终导致了对艺术本身也失去热情，粗制滥造等毛病都出现了，等等。大多数情况下这种藐视是不太自觉的，它往往是因为你藐视生活中的某些部分而引起的。你面对的，应该是生活全部的复杂性、它的永恒意义，而不是某一个侧面或片段，更不是组成生活的某些元素。对于过去的一段生活，比如说对待历史，我们常常是不会藐视的，因为它已经有了距离，变得非常客观化。

说到底，这种藐视因为是含混的，所以它本身也就不会具有什么深刻性，也不具有什么哲学意义。你置身其间须臾不可脱离的东西是无法藐视的，比如空气、水——如果我们有谁非要去藐视它们不可，那就一定是非常可笑的了。而当代生活就好比水和空气。水和空气有时会是非常污浊的，就如同生活本身。但你需要研究的是污染的原因、它的各种成分。你抛弃的只会是水和空气中你不喜欢、有害于你的杂质，而不会是水和空气本身。

研究当代生活、关注它、投入热情，就是平常所说的负责任。当然了，投入的方式会是各种各样的，有时也恰好表现为拒绝和斥责，但只要不是拒绝生活的全部就行。写作是一种独立的工作，必须关起门来作，可是这也容易使人产生超然世外、大大咧咧的那股劲儿。这当然是有害的。

1991.4.6

在什么上花费的时间最多；心灵的周游。

前些年，我们总以为自己在读书上花费的时间最多，其次才是写作。后来才发现不是这样。我们许多人是这样的：没事了就读书，一天到晚泡在书房里，花掉的时间最长——但我们坐下来就是读书吗？严格一点儿讲，我们只要捧着书就算是读书吗？我们知道自己明明有很长时间沉浸在一个想象的世界里，那时什么也没干，只是想着什么……我们想到了很远很远的事情，内容十分驳杂。一句话，身在书房，心灵却在不停地周游。

现在明白了，我们花费时间最多的，原来是心灵的周游。

这好像不该是年轻人的特点，可是记得从很早以前就常常遐思和默想了。因为只有这样才使我们感到幸福和宁静，感到了人生的意义。这种周游很少能形成文字——但它与我们的创作是同等的，或者更重要一些。人如果没有这种周游，就会变得粗俗。

一幅画、一本书，它的某一个细部、某一笔某一句，都不一定把我们的思绪引向何方，让我们产生奇怪的联想。有时我们长久地停留在一件艺术品所给予的情境中，度过一段离现实遥远又遥远的生活。人生是有限的，人的步履所及总是太少了。可是人的心灵应该是自由的，它会飞翔到宇宙间的任何地方。

我们常常想，就是这种心灵的周游使人真正获救，脱离了做人的寂寞——或者说挨过了寂寞。没有一点别的办法可以取代这个，那些智者也不会有别的办法。在漫漫的、缓缓的思绪里，你的脉搏会跳得更加均匀更加缓慢，呼吸也平稳起来，做到了真正的沉静。这是使人成熟、成长和纯洁的重要途径。

不能说所有的思索都算“心灵的周游”。首先，游动于远方的应该是“心之灵”，是尽可能超凡脱俗的、有别于现实利益计算的那种神思。我们觉得再也没有比书房这个环境更能有助于它的了。在这安谧的、较少尘埃的地方，你暗暗相迎的是一颗颗心灵的回响，它们就藏在四壁的书中，藏在变色的或透出新鲜墨香的纸页之间。翻开书，思路却从字迹上、从黑墨的缝隙间溜开，不知走到多远、多久，才渐渐地游荡回来。接上再读下去，一股甜丝丝的意味泛上心头：这样的生活纯粹而充实。

第十一章
人与书

纷争使精力和时间消耗。勇敢的人；世俗的精明。

无谓的纷争必须躲开，尽管有时很难。牵涉到原则的，尤其是需要拿出一点勇敢的，就不一定躲开了。为了一种道义而争就像写作一样重要。有人大谈特谈什么好的艺术家的基本特征：从不参与争执、斗争，永远地写着、从事他的艺术。这是胡扯，是唬人。我们就从未见过这样的好艺术家。这样的艺术家只能是平庸的、浅俗的。他倒懂得节省精力和时间的窍门，不管窗外风雨埋头著作，好像世上只有他才聪明超然。可惜这只不过是一种世俗的精明。

艺术家首先需要有血性。艺术有时也是比较人在各个方面的“血性”：对真理的追求和维护、捍卫正义。为了探索真理，可以明明白白地宣战——这一切都是艺术、艺术行为。

真正的艺术家无论在作品中还是现实生活中，都有勇气对邪恶的东西说一声“不”。

现在的从事艺术的人，要躲开纷争是多么难。没意思的争吵比比皆是，没大意思的争吵也太多了。可是在真正有价值的争执面前，有几个是始终清醒、勇气常在的人？恐怕极少极少。倒是有些年纪尚少，比如二三十岁的青年，却被屡屡叮嘱要背向一切争执，埋头于艺术……这不是与艺术的精神背道而驰吗？一个人不要说是从事艺术，就是从事任何行当，从一点点年纪起就开始变得鬼精明，还会有什么希望吗？大不了是俗人一个，不会有什么作为。

人要活得有几分精神，不能一直蔫着，耷拉着眼皮盘算物益。讲安全，最安全的事情是不要出世，一直待在母体里——可是母体如果受到了致命的伤害呢？那时他也完了。人的可贵之处在于：即便离开了母体，当母体受到伤害之时也要舍命为之一搏，誓死捍卫。那么一个人活在世上，卫护真理、道义、良知，与卫护母体不是一样吗？

躲开没意思的争执，这个道理我们从很小的时候就懂得了。可是当我们三十多岁时，才开始懂得不要回避纷争。

怎样分清争执的意义；有意和无意间的背叛。

争执有无意义，这又怎么分得清？标准在哪里？不知道，这只能依赖自己的判断，只能看一个人的境界。境界低的人，卫护自己一点点的私利就认为意义大得不得了。境界高的人，总是较少为自己而争——可能遇到的事情与你没有任何直接关系，但你觉得一生为之坚守的某种东西、某种至关重要的东西被损害了，而它对于你、对于无数善良的人，都是不可侵犯的——这时候你就会挺身而出。

一个敏感的、有道德的人，他往往能够较早地触摸到问题的症结之所在。在一个民族处于重要的历史转折时期，他会保持自己的清醒，懂得冒极大风险去维护什么，也知道从何处着手。一个人难能可贵的是站在历史的高度去洞察事件、分析问题，永远也不做有意无意间的背叛。一个真正的人不能苟且，一个艺术家首先要做一个真正的人——这不是什么大话和漂亮话，因为人生活着，时时都要面对真实。

1991.4.9

反复无常的春天。对春天感觉的变化。

尽管人们说春天是个萌发的季节，同时也是个多病的季节，但春天总是给人特别的愉快。到了春天，只要一转暖，人就觉得高兴起来，兴奋得无缘无故似的。不过今年的春天有点骗人，起码在四月上旬以前是这样。本来天暖洋洋的，人人都换上了鲜艳的衣服，很多人还手扯孩子上野外放风筝，谁知道一会儿变了天，气温一口气降到零度，先是下小雨，后来就下小雪。有好几次是这样了。

在春天总是有着强烈的写作欲。好像春天的风把心里的什么东西给吹活了。在春天，写不出最好的东西，但写出的东西总不会太错——这是十几年来得出的一个结论。大概春天容易产生激情——你知道，写作中唯有激情才是最重要的东西；可是春天人的身体一酥，气血不如秋天充足，所以思维还不是最有力的时候。一般的，人在秋天最充实有力，所以写作的人一般就在秋天优质高产，写得很沉着很内向，判断力也好。秋天可以干出奇迹来，像普希金有过的那个秋天。

人类把地球生态弄糟了，于是就把挺好的春天也给弄糟了。

我们担心接下去还要把秋天、冬天弄糟。夏天早就糟了，热得死去活来。在过去，在我们童年的记忆中、老人们的口中，每个季节都有清楚的层次感。那时人是幸福的，大家懂得怎样与大自然相伴，安然愉快地度过它，并且在每个季节干出点成绩来。现在不行了，忽冷忽热，人人都招架不住，忙着感冒，一片怨天尤人的声音，还顾得上好好劳动吗？

我们现在对春天的变化、它的层次感觉迟钝多了，不知是年龄的原因还是春天自身的原因，或者二者都有。

记得小时候，春天离得尚远就能把它捕捉到。虽然积雪厚厚，到处是沙土覆盖的雪岭，可是春天已经启程的那个秘密仍然不能掩藏。海滩上柳条开始悄悄变色，由暗红向淡绿转变。有小虫子在飞，它们异乎寻常地不怕冷了。这些都是春天将临的征兆。接着，大约是五六天之后，阳光明显地变柔了，热乎乎的风偶尔吹过一缕。中午，天最亮最热的那一段，你可以看到雪岭上的一层沙末起了皱褶——那是雪岭要融化的信号。空气中有股香味儿，花粉已在远处播撒也说不定。又是五六天的样子，脚下流水了，雪岭开始大模大样地融化了，中午有一个小蜥蜴在沙土上跑——我们都跟在它后面小步跑着，像是去追赶或迎接春天一样。

接下去春天就明显地、大踏步地走来了。柳树条上暴起毛绒球，再就是各种树木的花蕾、飞来的蜂蝶。在盛春里，各种鲜花的气味让人一辈子也无法忘记。树木的粗粗枝干被太阳烤得热乎乎的，粗糙的纹理让人觉得格外亲近。绿绿的树叶一点点长出来，看一眼心情就愉快起来——好像它们会带来出人预料的好运气似的。春天越深入，我们的兴奋就越增加。

这就是过去对春天来临时的感觉：有层次、强烈、伴着嗅觉上的记忆。

而现在，春天晃来晃去，总也不实在，就这么飘飘浮浮地一闪而过了。大概这主要是感受的差异，是年龄的关系，很可能只是这样。青春在可怕地消逝，对于大自然的敏感也在无情地消逝。如果一个生命像春天一般新鲜，那他怎么会感觉不到一个实实在在的春天呢？原因怕是在于一个生命变得陈旧了。

1991.4.10

这座小城面临的最大危险。人心的荒芜。

不仅是我们居住的这座小城，还有我们看到的很多地方，从省城到东部沿海，沿途有很多类似的地方。它们的危险是共同的，就是到处空气都在变坏，绿化也越来越严重地遭到破坏。在许多人看来绿化算得了什么，因为我们还很贫穷，为了迅速摆脱这种寒酸和不体面，就顾不得其他了——这看起来至少是灾难的一个原因。当然原因还有很多。爱好虚荣、自私，不顾及明天和他人的利益，像是赶在世界末日之前一样匆忙享乐，穷奢极欲，这才是深层的原因。一座城市的危机总之还是来自人性的弱点——有时它才是真正不可克服的。如果可以克服，那么我们世界的环境就不会是这样了：越来越坏，越来越趋近于危机的边缘。

人们常常歌颂一个地方的美，特别是故土的美。这可以理解。但这种歌颂必须是积极的、清醒的，而不是一种可怜的鹦鹉学舌、是一种可笑的心理惯性所致。从某种角度上讲，土地和自然是永远可爱的。不幸的是我们的赞扬恰好也包括了人与土地之间全部关系的总和。这就使问题复杂了。我们爱这片土地，就没有理由对施予它的粗暴和武断保持沉默。这种关系算是美的吗？人们对待这片土地的结果是美的吗？人们的所有创造真的值得赞美吗？恐怕不是那么简单，有时看来还正好相反。

我们随处可见目光短浅的规划和实施，它不仅浪费了有限的钱财物力，更重要的是把好端端的一片土地给弄得面目全非。你知道，我们很少将一些破旧的建筑物拆掉，然后还原成一片土地，而总是不断地侵占和扩充新的农耕地。粮田面积越来越少，可以生成绿色的泥土越来越少。这就是残酷的现实。

人人注重物利，差不多都在忘记一切地追逐钱财。没有人提醒和引导，没有人有效地倡扬新的风气。人心在荒芜，结果是土地变糟了，不可挽回了。即便是尚存的一些好地方不久也会被破坏，这是没有异议的。

哪一个时期的人都会有失误。但问题是我们今天的失误太多太多了，多到了积重成灾的地步。由此你可以想到，世界上任何一个角落屹立着的可爱的城市，都是那里的管理者和民众努力上进、不断地向善向美、不断地革除恶习的结果。成功不是十年二十年完成的，成功依靠传统的力量，而传统又在一点一滴的时光中形成或流失。

前几天我们又看到了路边被烧死的三棵挺好的榆树——当时大家站在那儿看了半天，心里想：大概有些可怕的结局是不可避免了，因为人心变坏了。

1991.4.12

泳汶河的变迁。河边葡萄园。

再没有比这条河更让人伤心的了。它现在很寒酸。一年里没有多少时间有水，河岸上那些高大茂密的树木也快要不见了。没有水的滋润，你想两岸的植物也不会好。记得过去一走近这条河就有一种奇怪的感觉：森严神秘。它那时水流或静或急，总是有水吧。有苇丛，有鱼，有捉鱼的人。

水到哪里去了？主要是天旱了——我们走进了干旱的时代。再一个原因是上游修了水库，水不能从发源地尽情地流淌下来。

现在随便一个小村庄就可以欺辱这条河：他们任意将河堤往里推，以便挤出更大一片田地来。河道逐年变窄，可见两岸的人胆子越来越大，他们试着将河堤一改再改。仔细观察，你可以看出老河道有多么宽。

有一年秋天我们来到河边，正看到又长又宽的大水汪汪地向北涌去，气势吓人。离河很远水声就震人耳膜，走近了，这声音反而并不增大多少。近堤处有不少柳树给冲倒了，发红的树根露出水面。那时的泳汶河多么壮观。

多少年来，两岸的葡萄园主要依赖这条河。那时园中没有现在这么多的深井，而是直接从河里引水。河水可能比井水肥，那时的园子黑乌乌油亮亮，长势总是好极了。我们总觉得现在的葡萄树变得小了，不像过去那样郁郁葱葱的。原以为可能是树种变了，一问才知道是肥水不行，它们于是萎缩成这样，就像缺乏营养的人发育不好一样。那时候雾气也多，看园子的人常在晨雾里吆喝什么，就是见不到他们的影子。

无论是园子、河水、河岸的一切，回忆昨天，总有一种童话似的意味和色彩，有一种神秘秘湿漉漉的感觉。这究竟是年龄大了，那种感觉损失了，还是河岸的景物本身就变化了呢？要知道人小时候、更年轻的时候，人们眼里的东西是别一种颜色和氛围。可是当我们现在用心辨析，还是发现：时代变了，河流的确是变了，变得更荒凉更平淡。一切都在枯萎，它离诗意越来越远，离不堪的现实越来越近。

看来要描绘出一条动人的河、一片迷人的土地，还必须依靠回忆。这是谁也没有办法的事。一条河的过去与今天有多么不同，而不仅是感觉上的差异。一切都装在心里，我们会将其表达出来，我们表达的是完全不同的两个世界。

1991.4.30

这里与省会的最大差异；根本优势。

从省城来到这里，我们可以发现：每次都在很短的时间内脸色就要变黑一点。而我们在室内和户外活动的时间的比例，与那里差不多。可能是因为这里的风新鲜，还有不同的阳光。同样是在阳光下，那里的阳光要透过一层层烟雾瘴气，而这里的阳光却差不多是直射到人的身上。这里四周都被绿色的田野包围，一股清新的气息在流荡。这里的食物比较起来更接近自然生长的状态，因为它们吸收着更清新的水，呼吸着更新鲜的空气，它们就是这样生成的；生成后，又从就近的土地上搬移到市场、厨房，所以它们给予人们更新的滋养。

小城与省城比较起来，会发现这里更缺少法度，缺少当代生活所必需的规范，即城市管理的框架。管理者和被管理者的素质都比较低。这里的精神生活仍然限定在较低的层次上，生活中难以自然地形成有内容有深度的专业聚会。缺少这样的聚会，生活中就会缺少活泼有力的创造，形不成变革和改造社会的力量。你随便在这里走上一会儿，就会感受到一种急于模仿的气氛，这里没有个性。因为个性的保持和表现需要自信和力量。而自信和力量都来源于知识和修养。如果没有独立的创造精神，就必然会陷于奔忙，因为模仿是没有尽头的。在这样的一种文化氛围里生活，无形中就会产生一种怨怒和窒息感。

这里真正有个性的事物在哪里？在田野上，在未加雕琢的自然中。海浪按照它自己的节奏拍击着海岸，各种野花迎着自己的季节开放，开出它的紫色、黄色，发出芬芳或者是辛辣的气味。总之它们在以自己独有的音韵迎接眼前的世界。在它们那里，任凭生命的力量鼓舞着、生长着，完全没有什么简单的模仿。

而在省会城市就很难看到这一切了。那里，大自然的个性遭到了磨损和消蚀，它们更多地打上了人为的烙印。哪怕是文化人的烙印，对于大自然来讲也不是什么吉兆。

这座小城的噪音当然比省会要少得多，可是这里超过规定音量的扬声器倒有很多。这一方面是因为我们上面说的缺少管理法度，另一方面也反映了当地人想以喧哗制造繁华的可笑心理。

比较起来，对于一个人的健康来讲，这里具有最根本的优势：食物、水和空气的新鲜，呈现绿色的泥土，空旷的田野……我们唯一担心的是这里的人究竟有多少力量来保护这一切，使它不受破坏、不受扭曲——不像省会城市那样，以高昂的代价来获取那点可怜巴巴的繁荣。这是我们真正忧虑的，也是我们害怕看到的。

1991.5.8

当代文学创作的主题。马尔克斯的“拉美的孤独”。

整个当代文学创作很难讲有什么主题。如果新时期十年的开端还能够寻找一个主题的话（尽管很勉强），那么，对于大多数作家所共同关注的一些东西来说，已经是越来越淡，以至于荡然无存了。这不仅是中国当代作家的悲哀，也不仅是当代文学的悲哀，而是整整一个时代的悲剧。记得契诃夫有一个短篇名作，上面讲一个人的苦恼：找不到“主题思想”。我们这个时代的人也就临近了契诃夫所描绘的那种情状，整整一代人都失去了主题思想。

不仅是当代文学失去了主题，而且具体到一个作家那里，也往往找不到主题。

马尔克斯发现了“孤独”这个主题——这在一个成熟的、重要的作家那里是自然而然的。一个人一生无论写了多少作品，提出了多少诘难，回答了多少问题，但他一辈子总会围绕着一个大主题——就像马尔克斯总是围绕他的“孤独”一样。

具体到一个作家那里，任何时代都有杂乱无章的、循情入理的、鸡毛蒜皮的、深邃沉重的……形形色色的现实，他的一生可能都身陷其中，都在徘徊，缺乏一个接续不断的寻找过程，从形式到内容只能模仿和追逐。他们没有自己的一块土地，他们不是在种植自己的作物，而是忙着移栽。这样的时代，一个人无法贯彻自己的劳动准则。

作家这一生所要表达的主题并不是一朝一夕就能成熟起来的，而往往是在不间断的、始终如一的工作里逐渐显现出来。观察一个作家的全部劳动，才能感悟和领受那个主题。对于那个莫大的主题来讲，最好不要逻辑地加以概括，而只能去感觉它。

嘈杂紊乱的当代文化生活，把人的注意力吸引到各个方面，值得研究和关切的方面太多了。信息传播的复杂性，超过了以往任何时代——这一切就是造成整整一个时代的思想者精神窘迫的根本原因吗？

十分让人怀疑。

1991.5.11

文学欣赏的“绝对标准”。永恒的意义。

在文学欣赏上有没有一个绝对标准？如果没有这个标准，那么在不同时空里发生的艺术作品之间就没法比较优劣了。譬如说，诗经中的一首诗，就绝对不可以比今人的诗，这显然是荒唐的。我们有时候在文学欣赏上过分迁就了一时的舆论，过分迁就了一些世俗的因素。实际上真正的欣赏是独立的，是一个人和一部作品之间形成的一个完整的世界。由于各种各样的原因，一部平庸的作品也可以激起强烈的反响。因为反响是需要很多外部条件的，一旦满足了这种些件，就会获得这种效果。而这些条件又往往与一部艺术品的优劣没有多少关系。我们这样讲，实际上就是在说文学艺术的绝对标准，也就是从它们的永恒意义上去加以考察。

而另一方面，我们又都会发现，我们常常陷入这样的困境：即离开了特定的时间和地点，我们简直就无从评价一部作品。因为一部作品无论如何还是刚刚脱胎于社会的母体，这个胎儿与整个社会有着千丝万缕的联系，它们的脐带、它们的血脉神经还没有切断。它们究竟怎样展现一个时期的特质，你就必须将它与之相连的那个大环境一起加以考察。社会的活水在流动，你从今天去追寻昨天的艺术，就有点应了“刻舟求剑”那个笑典。我们这样讲，其实是在讲文学艺术的当代性。

任何一部作品，我们都可以看到这两个基本特征的相互交融、相互制约和相互渗透。随着时间的流逝，产生一部作品的具体环境让我们变得陌生以至于遗忘，而那部作品却保留下来。就好比你到河流之上，水流舟动，而刻下的痕迹却历历在目。你所要评价的，仅仅是这道痕迹本身而已。你要联系刻上痕迹那一瞬间的河流吗？那么对不起，你所看到的河流已经是全新的了。

但是，只要有舟、有河流、有痕迹，那么它们三者就永远存在着这种关系：舟映在水里，而痕刻在舟上。这种关系是永远不变的。我们在评价这种关系的时候，也可以使用固定的尺度，这当然就是所说的永恒性了。

有绝对标准，可又没有这种标准。也就是说，“当代性”和“永恒性”是一对矛盾。你为一部作品叫好很容易，你弄明白它为什么好也就难了。最重要的还是相信你自己的感觉和经验吧。经验不足，感悟力不足，不看重自己的感觉，人云亦云，那么经验也就给浪费了。我们在评价一部作品的时候，常常指出这部作品产生的年代，它当时受到如何如何的欢迎等等。这就冷静不下来，那个“绝对标准”也就来不到你的面前。实际上，尽管随着时间的推移，新鲜的可以变得陈旧，但是那些崇高的、伟大的、美好的，以及生化它们的种种规律，却是一直存在着。

1991.5.12

“九成宫”字帖；一扫平俗的书法艺术。

就一些写字人的摸索来看，大概再也没有比“九成宫”再难学的了。有人学了很多年，可是仍然写得很不成样子。就练字来说，走这条路不见得聪明。可是我们也不能仅仅是为了练字。在我们眼里，这种字体坚硬、清秀、怪倔。从事艺术者，追求的还不就是这点精气神？以前说过，书法艺术中，一个字的结构与一部作品的内在结构规律完全相似——让这种字的神韵和气质天长日久地感染你，一定是个吉利。

练字当然是为了练性，为了在劳动中变成一个沉得住气的人。这样的人有同样的体力和智力，却会首先成功。“九成宫”下笔往往出其不意，一扫平俗。你看，它的这一笔与那一笔看起来离得何等遥远，好像缺乏关照，缺乏内在的呼应一样，写下来的结果一定会是松散、拙气。可是结果呢？正好相反。实际上这是书家获得了更大的自由、进入了更高的境界的一个显现。它潇洒得很，流畅得很，同时又可以称得上法度严谨。这与一部杰出作品的内在情形何其相似！你如果为写作中的不断落入窠臼、不断重复和因袭而苦恼的话，那么你就好好地揣摸这种书法艺术吧。看久了，就如同听一种音乐一样，它有旋律，有音响，它在鸣奏一曲不同凡响的音调。

当然了，你最好与它长久相伴，耳濡目染，这样才能做到悉心揣摸，与之默默交流起来。你会从它身上得到一些好东西，而且这些收获你并不容易从其他艺术中得到。

1991.5.15

巴尔蒂斯的画。展现个性的能力。

在这一本杂志里，所有的画幅都可以忽略过去，你只是随便翻翻而已。可是你到了这一幅画面前，就不得不踌躇一会儿了，接着把眼睛对上去，慢慢屏息静气了。它的色彩也不绚丽，题材也不怪邪，可是它有什么特别的力量，能够黏住你、迷惑你。这种力量很神秘，这种力量即便经过一再复制印刷，经过遥远的传递，也仍然没有消失殆尽。它就潜藏在这一张画页之中。

这种力量是什么？就是生命及其个性。只有它才具有这样的不可替代性、不可重复性。巴尔蒂斯是二十世纪最后一位具有历史意义的大艺术家了。他的所有作品都像梦一样迷人，决然不同于古典主义。比如这幅画中的蓝色，在古典主义画风里就很难出现；还有室内饰物，活的人体，都被一只巨手悄悄地改变了，扭曲了。特别是人体，这一最光润最灵动之物，有时却被他处理得稚气十足。手臂画成了蹩脚的泥塑。但你只要稍微注视一会儿，就能发现这一切故作的稚拙背面，隐藏了多么巨大的艺术活力、洋溢着生命的不可遏制的巨大热情……

真正的艺术品都有刺目的个性、有一种与世俗精神决不妥协的、骨子里挑战的坚定气质。它不是在宣布“我就是我”，而是在展现“我自然是我”。

由此你又可以想到这些年来我们这儿的所谓“现代主义”画家，他们所表现出来的“现代精神”，无非就是胡抹，是伪装的“绝望”和打扮起来的“疯狂”，是没有痛苦的呼喊和装腔作势的呻吟。这些东西还是用来糊弄小孩子去吧，或者用来糊弄热爱艺术的“时髦一代”去。

打开这本杂志，看看另一些印得很绚丽很明亮的几幅彩画，在巴尔蒂斯作品的映照下，它们显得是何等苍白无力。他们也同样画了女人，可他们只能画出粗笨的老羊皮外套，深厚的、然而是没经梳理的头发，娇美而粗糙的面容，稚气的、微微受惊的眼神——总之，一个生活在蒙昧山区、远未开化的美好少女，仅此而已。它表达的恰恰是一种粗浅的、极其容易捕捉的精神和状态。作者的思维没有扎进生命和生活深层的锐力，画笔也没有那样的手劲，扎不进命运的底层。他们所能表达的无非就是伤感、羞怯、困苦、惊讶、再加上愚昧……这都是一些浮在表层的、伸手就可以摸到的东西，如果不是一个艺术家，他差不多同样也可以碰到。一句话，他们并没有用自己的画笔告诉我们极其特别的、真正内在的东西。

向社会展现自己的个性，说到底不仅需要一种勇气，更重要的是需要一种能力。我们说过的那些胡涂乱抹的“现代派画家”，他们有时候疯狂得恨不得在自己刚完成的画幅上撒一泡尿，你能说他们没有勇气吗？他们真正缺少的是能力，是才华，是现代主义的精神和内容。当然了，一个人只有生活在更广阔的天地里，让最清新最自由流畅的空气和水去滋润，才能使个性之树长得强大。

我们觉得一个艺术家是否具有强盛的生命力，有时就要看他能不能在自己的作品里表现出那种极其独特的、偏僻的内心角落里的某种隐秘……他不是一个古怪的人，怎么会有如此古怪的观察？他表现出的那种古怪劲儿，总是引人长久地咀嚼。你总想钻到他作品的背面去，想看看背面有一只什么手在摆弄它。你想笑，想用力拍打什么，以发泄艺术家送给你的快意、勾起的那股奇怪滋味……比如巴尔蒂斯，我们说过，他就是这么一个古怪的人。大艺术家没有不古怪的。你看看《用纸牌算命的女人》这幅画吧，那真算一个“女人”了，四十郎当岁，大概经历过的事情不少，个人生活挺孤独，又富有又清苦，大概漂亮的男子不会太喜欢她，她才用纸牌打发寂寞了。你看她目不斜视，两眼发直，差不多是平伸右臂，用力地去翻那张与性命有关的牌了。好家伙，一只手立在桌上，手指骨节拐在桌面上，马上就要扑棱一翻。人家嘴唇紧张着，那表情在求助于冥冥之中的神灵，滑稽幽默，活脱脱一个奇怪的女人活起来了，让你对她的遭际、命运、事故做多方面的想象。再比如那幅《卡佳读书》，也是同样的效果。卡佳反坐在沙发上，衣衫不整，漫不经心地端起一本精装书来，好像是画册。弄不明白她用哪种眼神去看书？顽皮高傲，营养丰富，性感十足。你想猜测她的心灵、她的经历，想与她结识，想知道画面背后的那一切。有关这些生活的内容和个性，都是深深地刻在画布上的，而不是一般的、浮光掠影的表面化的涂抹。

对比起那些一般的画家，他多了点什么又少了点什么——多了一点稳、准、狠；少了一点平庸气。他从来不直直白白地表现苦难和所谓的“生命力”、“青春的美”，也不用同样的方法去表现什么“生命”和“土地”。关于艺术的这些“老理儿”，一旦让我们的艺术家知道了，那就热闹起来了，他们会不停地表现什么“苦难”、“生命”、“土地”，弄到最后都是一些表面的、浅近的概念化的东西，等于什么也没有弄出来。那些低能的艺术家最好还是剪剪窗花、搞搞宣传，写一点“张大爷扶犁前头走”之类的诗歌……千万不能让其知道艺术的“老理儿”，那样直到把人累坏了，也弄不好。

1991.5.19

比较起来农民最苦。关于土地。

比较一下，还是农民最苦。虽然不能说世界上各国都是这样，但绝大多数国家恐怕是这样。这看起来好像是自然而然的，事实上却包含着许多可怕的东西在里面。你想一想，人在土地上行走、建筑、繁衍生息、获得水和吃食，而他们当中最亲近土地的这部分人却要活得最苦。可怕的颠倒，可怕的不近情理。照这个方向发展下去，人类必然是贫穷，是走向彻底的衰败。

农民是侍奉最神圣、最根本的东西——土地——的人，他们理应得到最优厚的待遇和最大的尊重。我们相信一个充分进化、高度文明的未来国度和民族，必将把这一部分人看得像今天的权贵、学者、教授一样，去崇敬，去尊重。到了那时候，在土地上劳作就是一件了不起的事情，因为他有了得以亲近土地的最重要的机会。而那些社会地位比较低下的所谓“下等人”，该没有资格更多地沾染“地气”。那个社会懂得：把泥土的气息与人隔离开来，把各种植物从泥土中萌发、成长和成熟的过程遮掩起来，不让其看到溪水和河流在土地上流动，看不到风卷麦浪、小鸟等动物欢蹦跳跃……对他来讲，这才是一种根本性的惩罚，是一次不可弥补的削弱，会像抽掉人的筋脉一样抽掉了他的健康。那时候，一个现代人所需要的所有聪慧、灵巧、无与伦比的想象能力，都将受到损害。

我们今天真正在心灵和现实上拥有一片土地的人只能是农民了。而他们的劳动却被看成是最无诗意、最无希望、最不需要灵感的事情。实际上一切只会相反。当农民感受了这一切诗意、领受了这一份光荣的时候，我们人类从精神到物质都不会贫穷了。可是你知道，人类要等到这一天有多么难。

不断地损害土地、侵占土地，这已经习以为常。既然这样对待土地，又怎么会很好地对待农民呢？一切都是可想而知的。

1991.6.13

创作。写巨大的或琐屑的都有可能成功。

写什么只是一个角度、一个外在形式的不同。每个人都有自己的一个方法，只要能成功就好。其实二十世纪以来的一些现代主义名作，内容大多是琐屑的，可也并没有影响它们什么，特别是没有影响它们的深邃性。在这方面福克纳就是个绝好的例子。他的沉着古怪看上去多少像个弱者，像个怪异的人，他写出了多少“琐屑”。但你只要耐着性子读下去，就不仅会感到它的意趣，还会感到它的庄严和崇高。

它里边有许多诀窍，其中之一就是它们差不多都在写一个关于“天、地、人”——这样一种大三角关系。用前一段流行的一种气功用语就是：“通天无限远，入地无限深，我在其中”——“我”就是人类；“天”就是太阳；而“地”更好理解，简单一点讲就是土壤，是脚下的泥，是可以滋生万物、让无数英雄豪杰争来夺去的那片平原或者山岭。所有巨大的或者琐屑的事物，无非都在这种大三角关系之中所蕴藏、所生发，而且总在曲折地、委婉地表达它们与大三角之间的关系。整个表达的过程应该是一部完成了的艺术品。你想一想，太阳照耀着绿色植物，进行光合作用，产生氧气，并使其籽粒或根茎成熟。而人（也包括其他动物）吃掉这些果实，才可以繁衍生息。人在生活中消耗掉的所有热量都来自土地上寻觅到的食物，热量就贮藏在果实里。果实的概念还可以扩大到叶片、枝茎等等。其他动物的热量来源也同样如此。这样你就完全可以看作是滚烫的太阳给了植物热量，通过一个消化过程又回到了人的身上。而土地又差不多决定了所有生物的性质，因为土中有水，还有各种各样的元素。泥土与泥土之间哪怕只有微小的差异，滋生出的生命都会有所不同，这在植物和动物之间的观察对比中是再清楚不过了。

你从非常质朴的角度去理解这几个大关系，就会稍稍领悟事物的一些本质方面，明白它的起源和归宿，理解那些不可思议的事情——原来一切都发生得这样自然而然。

一部书不必刻意去表现这样的一种关系。一个生命落籽扎根，在世俗世界里磨砺，一定会逐渐触摸到那些至关重要的根须。一个好的作家，关键是要从生命的角度去体验、去感觉、去探究。如果这样做了，他的思维指向、他的笔力就会趋向那样的一个大关系。

1991.7.1

日常的苦恼。牢骚、伤感、低沉。

没有一个人是始终愉快的，只是你常常看不到一个有作为的人牢骚满腹罢了。因为牢骚等于呻吟，人在重病缠身的时候才不停地呻吟。它只对当时有点用处，后来他自己听到这呻吟都要脸红。你面对着一个永远不想妥协的生活环境，更不必呻吟。因为你首先要忙自己的生活。只要活着就得准备自己，不准备是不可能的。想求得生存，就得让心灵愉快——也就是工作下去。属于自己的这份工作是必不可少的。

你的那种牢骚来自一种压抑感，来自对权力、金钱等等世俗的权威事物的深层的、无形的崇拜。它们吸引你也压迫你，你有时会以责怪和疏远的态度去表达，曲折地表达对它们的向往和热情，而不是真正的疏远。要做到真正的疏远当然对谁也不容易。不过要在这个方面剖析自己、明白自己，看清利弊，及时调整——退一步天高地阔，何必追求那些很费力、很有悖于性情的东西。拥有者本身也不见得愉快，它们给人的愉快真的是短暂的。你要获得一种世俗的权力并不容易，获取之后还要保持，还要企求更大的权力——一种梦想把人缠住，就像游泳时被落水鬼缠住一样，非淹死不可。权力和金钱，终归要以衰老和其他方面的变故而失去，这时候留给人的缺憾、失意，是无法抵挡的。为什么？因为它实在属于身外之物，它与心灵的关系太遥远了。

你如果是个心中有诗的人，那么你就有了一份表达生命的厚礼，生命不止就受用不完，真正是幸福无边。你用这一辈子守住的诗心驱逐了人人都害怕的失落感，不是最聪明的办法吗？你留下的是心灵的记录。它滋润了自己的心灵，也可以滋润别人的心灵。而追逐权力和金钱，不可能不伤及别人——无论你有多么好的愿望，多么高的技巧，你都做不到洁身自好。

诗意，说到底是用来安置自己这颗苦涩的心。人活着，心的安置成了第一要事。没法安置，就有了无边的懊恼、牢骚、嫉妒。有了诗意的驻留，一切全都改变。你从此追求的是永恒的东西，跳出了世俗生活狭窄的圈子，开始放眼去看遥远之地，你生命中的参照于是为之改变。

一个人的境界高下，主要是因为生命的参照不同——我们眼前的许多事情根本算不了什么，不久的将来就会毫无痕迹，可谓轻若鸿毛。

1991.7.1

你的真诚。偶尔缺乏宽容。激情是百发百中之物。

人的最大长处是真诚。有人或许认为这种真诚近似于笨拙，但我们却觉得这是为人最了不起的一个长处。没有这种东西，就不会有真正的成功。

但你缺少与自己保持一段距离去加以审视的能力，有时太迁就和沉浸于一个阶段的、一时一地的情感，特别偏激。你有时候把一些并不太重要的东西挂在嘴上，喋喋不休像个老人……我们一旦察觉自己这样，常常就想：这是生命力衰退的一种表现……人没有旺盛的生命力，就难以冲破这些偏见，溶化这些琐碎。你当然还不到衰败的年龄，但人人都可以有某个阶段上的、生理和精神上的不健康时期。

多么希望你有更好的文字。你是一个摄影家和画家，使用的工具是摄影机和画笔。可是文字表达能力却是一切艺术形式的初步，人要有“起草”能力，这个基本功如何，肯定会影响艺术创造。

有时候你不够放松，对一些友谊也做出过分敏感的理解和揣测。这影响了你，你在这方面敏感了，艺术上就会失去敏感。

偶尔缺乏宽容。有些东西根本不值得如此。它们使你放弃了一些迫切需要去做的重要事情，因为你心绪不好。这样也会耽误一些必要的合作，因为合作并不一定都发生在尽善尽美的人物之间，合作如果是为了一个美好的目的，也就可以迁就对方的一些弱点。而你恰恰相反，疾恶如仇，于是抑制了你关怀重要事物的那种了不起的热情，耗费了你的激情。人在一个阶段里、一种事物面前，往往只激动一两次，不必要的冲动会让人失去更宝贵的机会。

简单点说，艺术和诗的事业中，唯有激情才是百发百中之物。

1991.7.21

艺术之路上的同行者。人与书。

我们常常这样想：在崎岖漫长的旅途上，在疲惫饥渴再也不愿举步的时刻里，我们最需要的究竟是什么？是援助的手臂，是甘饴和清泉，是一片遮阴的绿树？这正是我们的希冀和企盼……可我们觉得这一切，尚比不上如下的情境更能使人感奋——无边的旷野上遥遥走来一个同行者，他像我们一样疲惫，但也像我们一样执拗……

当我们熟悉了一个人，以及了解了他所进行的事业的时候，心底也就涌起了如上的感觉。与他在一起，我们会感到一种极少有的温馨和安慰。如果我们相聚在一起，我们会很少交谈，因为他也会是一个沉默的人。但一种安静的相视和同处就已经足够了。他的纯洁和韧力，他的坚定和无畏，那么清晰地凸现出来。不需要什么解释，不需要什么注解，他的默默耕耘说明了一切。

摆在我们面前的一部好书，就会像它的作者一样朴实无华，内容厚重。我们如果有幸接触的是原稿，还可以看到他苍劲的笔力，领略一种力透纸背的意境。我们将感动得一时无语。他度过了多少寒暑，费去了多少劳动，只是一声不吭。我们不记得读过同类文章。那时对于他的心力与信心、悟性与才华，都感到了深深的钦佩。

尽管我们不是一个方面的专家，也谈不上是一个具有很高修养的人，但我们还是阵阵入迷。因为它所包蕴的深深的文化精神与人的追求一脉相通。它给我们开启智门，使我们增加聪明，让我们在咀嚼和领悟中得到点化。

时光如箭，一切都在流逝。但是唯有心灵化成的东西才能永存，永远也不会磨损——而我们正在谈论的这些书，正是一个艺术家的心汁浸泡而成的。

我们将一再地阅读它，并永远记住人的劳作。

1991.7.22

日常生活。家庭的压力。

在日常生活中，家庭的压力常常是直接的、每时每刻都在发生的。有时候它们是强烈的，但更多的时候它们是淡淡的深长的……唯其如此，才更为可怕。亲人不经意的一瞥，包含了多少复杂的内容。如果这种内容包含的世俗的东西更多一些，那么我们相信它对人构成的压迫就会是沉甸甸的，使人难以摆脱，对一种事业的损伤也最大。

因为你抵挡世俗压力的那种免疫力，一直是面向家庭之外的。来自家庭内部的侵腐，对你来说等于一种特殊的“细菌”。对于这种“细菌”，你暂时还没有建立起一整套的防御系统。

家庭不总是给人亲和向上的那种情绪和气氛。一个家庭里也有不同的各自独立的空间。比如夫妻之间仅仅拥有长久生活形成的共同习惯，就能够遮掩所有深刻的分歧吗？这些分歧之所以称得上深刻，就因为有时它们不得不牵扯到人生的原则等等。能够妥协吗？温柔、亲密，可以使你把那些严厉的东西忘掉一时，但能把它们彻底抛到脑后吗？不过，你如果执着于这些原则，就会挑起极大的冲突——你会让这种冲突继续下去吗？

家庭就是家庭，亲人就是亲人，你将设法消融这其间的那种压迫感。我们应相信，很多东西都能在一种微笑中冰消瓦解。而这样做，又大致不会损伤你的什么。你最终要贯彻自己的原则，也必须依靠一个大致温暖的环境。有人不信这一套，结果惹出了麻烦，痛苦不堪，到最后弄得没地方吃饭，只得到我们这里找饭吃。

1991.7.25

第十二章

走向开阔的生活

知识分子的责任；时代的物质主义应该得到揭露。

在目前的情状之下，大家认为过分的叹息、一再做出的无能为力的表示，都有害无益。实际上不同的阶层和职业，也各有自己的特征和局限。知识分子的责任就是不断提出新的警醒，并与更多的人融为一体。他们既有作为一个劳动者的生活贴近性，又有一个思想者的时代远瞻性。

叹息是与责任背道而驰的。叹息伤及自信和自尊。自尊不是世俗上的“有用”所能满足的，而只有劳动才能满足。而知识分子的劳动方式，其中最重要的就是不能停止的思想，不能休止的批判。

一部分从事技术者，如果仅仅停留于科技的层面，就会削弱了知识分子性。他们在走向真实——科学——的探索中，应该贯彻深刻的理性，最终走向精微而犀利的分析和判断。这与专业特质具有真正的一致性。

任何民族任何时代都曾出现过拜金主义，人群着魔般趋向金钱物利，不惜伤害千百年来赖以生存的生活准则，践踏基本道义，形成恶劣可怖的社会环境。

但伴随其同时出现的，就是知识分子对物质主义的揭露。

这种揭露是时代的清醒剂。这种揭露使一个时期的物欲和竞争难以溢出自己的轨道，使其尽可能避免对社会生活的侵伤，比如对政治、体育、艺术、道德、教育等等诸方面的腐蚀。

物质的交换和流通应该得到限定和肯定。这一规范的形成，必须建立在对物质主义深入揭露的基础上。这不仅可以使一个时代走上健康发展的正轨，可以使时代的精神蓬勃向上，而且就经济活动自身来看，也将会变得更为扎实和有力。

在物质主义泛滥的时代，人们绝无幸福可言，整个民族一旦陷入这种盲目的欲望跃进，就像人患了热病，除了狂乱失控的行为，还会有令人震惊的呓语和尖利。

1992.7.6

尚未成熟的性格。表达和怀疑。敢于前进的勇气。

一个人不仅是见解，即便是表现这些见解的方式，也会随着年龄的增长而渐渐稳定下来。思路和行为之中，跳跃和中断式的停顿少了。这就是成长的结果。

人一开始容易被引领，愿意跟从，有过多的好奇与过多的听信，冲动频繁。可是失望和委顿也多，困惑常常光顾，一种情绪可以把自己全部笼罩，并且长久难以从中走出。认为自己有无数的选择，并且都会成功。这些选择有些甚至能够坚持下来，还做出了一定成绩。但由于其他种种干扰，又不得不放弃；放弃之后，回忆时颇为惋惜，却又担心重新拣起时不会有太大的效果。

这是一种尚未成熟的性格。

性格在生命的发展过程中会逐步变得丰盈饱满，并相对固定。成熟的性格会产生深长的魅力，而且更有力量。这种性格要改变是非常之难的。

任何一个人大概不会在自己的性格成熟之后才去行动。人的生命过程即是不断表达的过程，行动即是表达。但性格在趋于成熟之前，表达中会贯穿着不间断的怀疑。不仅是对内容的怀疑，还有对形式的猜度。总是认为方式有问题，认为是不得当的方式严重地伤害了内容。

即便这样，一个人仍然不能停止向前，不能停止探索，这如同不能终止一棵植物的前期生长一样。

为了突破来自内部和外部的恐惧，一个人在任何时候都不能失去前进的勇气。

1992.7.7

认真的态度，严整的精神和思想。无足轻重的嬉戏者。

没有多少人对始终如一的认真态度给予应有的评价，有人甚至对其冷嘲热讽。他们可能认为这不过是一种迂腐刻板，是“智商”不高的表现。这样的误解可太严重了。

任何一个历史时期，那种认真的、自始至终贯彻某种精神原则的人，都只嫌其少不嫌其多。

对于人生和社会，最缺少的就是认真负责的态度。认真不仅是一种特征，更是一种品质。它是一个生命的性质，更是一个生命的力度。

有人只会嘲讽、戏弄、玩笑、卖弄聪明，其实是没有能力进入真正有意义的生活。这种自封的聪明、颇能唬人误人的聪明，大多是无价值的。一个人对什么事都不能够认真，不能前后一致，当然不值得信任——与类似的人交往，也是对生命的浪费。

学术界和艺术界当然不乏严整的精神和思想。但还远远不够。越来越多的学人和艺术家倒是崇尚“机智”和“急智”，崇尚应变的能力，希望自己与所处的时代风尚能够相处默契。

考证的功夫、实证的决心、纵横比较的能力、沉淀反思的耐心，这一切都是思想者的特征。他们有不动声色的观察，有咀嚼和反刍；他们也正是在这些重复或等待的过程中，战胜了盲目和冲动的热情。他们的全部见解如珠子般串起，服从于整体的完美和缜密，很少有前后矛盾、破绽百出的时候，也极少因为受到时尚风气的侵染而改变色泽。

他们的声音在时代的鼓噪中往往被一度淹没，但不会永远淹没。这声音落地为石，让风雨磨洗得晶莹璀璨，所以流习和烟雾吹散之后，它们就光芒闪射了。

比起另一些不断设法使自己跟随世风的人、不停显示小聪明的人，那些认真的人的确重要得多。

人的天性中自有浅薄的一面，嬉戏者就是突出了这种浅薄。他们应时多变、随机苟且，常常沦为时代的打诨者。这些人对于人类的事业是无足轻重的。

1992.7.10

纯粹的心境。自我安定的时刻，连续不断的过程。

当芜杂混乱的感觉缠住了我们，无论什么工作都难以进行下去——等待渐渐平静一些、从容一些，让一切从头开始。

可是各种牵挂仍要不时地打扰，现实利害仍在冲击着情绪。我们生存在一个竞争的时世、复杂而庸碌的岁月。如果是一个从事精神劳作的人，必将迎来极大的考验。仅仅是回避芜杂、摆脱混乱仍嫌不够，还要看自己的心情落实到了什么地方。

高洁深远的思想、向上的精神，总是产生在比较纯粹的心境之中。这种纯粹一是有心灵的秩序，二是有心灵的洁净。只有这样才适合思悟、适合在苍茫的忆想中探求。

有时我们虽然急切，却不能有所作为。急切也不能帮助我们形成所需要的心境。千头万绪的日常生活，隐隐的威胁，人生不可避免的忧虑，使人来去匆忙，惶惶不可终日。焦虑着现实，又焦虑着未来。既沉浸人过去，又企盼于明天。矛盾的心情交织不绝。人的思绪在这种矛盾面前开始和终结，欣悦和懊丧都在尽可能的理解之中。理解之后就有助于迎送岁月，而不至于在突兀的冲击下溃败。

我们总是寻找着徐徐展开忆想的那种感觉，因为它美好而又宁静。作为一种心境，它往往是清洁自然的，较少焦恼，也较少私欲。

让这种自我安定的时刻尽可能地延长，以形成一个连续不断的过程。这既是方法，又是良好的生存状态。

1992.7.12

苦难在遗忘中积累。总结和记录的功绩。“新人”并非吉音。

常常让人感到震惊的是，刚刚过去没有多久的大悲剧，转眼之间就遗忘了，没有多少人谈论了。他们在反复提醒下或许还可以随声附和几句，但口气平淡极了。

可怕的淡漠和遗忘。

应该相信，苦难必是在遗忘中生成，并将不断地积累。人们失去了记忆，于是形成悲剧和劫难的诸多因素也就不被注意，不被追究——当它们重新出现时，也全然不曾察觉。苦难的积累过程就这样暗暗地、视而不见地开始了。

历史上的许多悲剧和苦难经历都似曾相识，所以就有“历史总有惊人的相似”、“前事不忘，后事之师”的说法。许多人为此惊呼，振聋发聩，但能够记取的仍旧只是极少数。这是人的一种天性吗？

从另一方面看，这遗忘也可能是对苦难的恐惧造成的。因为人们对于生的困苦和艰辛，实在是经历得太多了，他们活得太难，不得已只求“速忘”。这种不能直面、不敢直面的境况，却又换取了双倍的苦难。

对待苦难和悲剧的唯一办法，就是牢牢记取，反复提醒，并在一代一代人当中研究和探讨。这当然不是一个让人愉快的过程。可是歌舞升平的愉快中，苦难之丝就会偷偷地把人缠住。

所以说，那些历史的有心人，那些记录者和总结者，当归于人类中最光荣、最伟大的行列。他们的功绩永不磨灭。他们帮助我们恢复记忆，战胜遗忘。他们阻止某些病菌在头脑中的空白处繁衍弥漫。

我们过去常常呼唤摆脱历史重负的“一代新人”的出现，并急切地制造这样的“新人”，让其早日出世，幻想着这些“新人”会以全新的思路、以远比上一代人大得多的勇敢和直率，改变人类伤痕累累的现状，走上坦途。这实在是一种幼稚的想法。

“新人”如果是以遗忘为特征的人，如果其“勇敢”是建立在无知基础之上的，那么这些“新人”就是苦难和灾难的病菌最容易感染的一类。他们没有经验，没有比较，在灾难面前看不到“预兆”，没有任何免疫力，当然没有阻挡灾难的方法。“新人”的出现并非吉音。

我们应该培养起成千上万的不会遗忘者。我们的全部希望，就在于有一大批具有历史重负的人。他们心上沉重，所以步伐稳健。

1992.7.15

没有明天的人，毁坏者的特征；放纵和掠夺。

到处都可以见到放肆消耗的人：对物质和文化资源毫不顾惜。他们的狂饮和享用、掠取和贪婪，让人想到这是一群没有明天的人。他们明确无误的只有一点，即他们在这个世界上只活一次。所以他们认为不必负责，不必怜惜，更不必多愁善感——一切都是多余的，他们只为自己的一生负责。

没有明天的人实际上也没有昨天。他们否定人类业已建立的一切理想和规范，特别不能容忍道德伦理范畴的框束，砸毁和推倒各种制约，以便堂而皇之地夺取。

从长计议的任何步骤都在其嘲笑的范围，对自然环境、精神环境，给予毫不犹豫的摧毁、毫不顾及后果的榨取。对于明天可能出现的任何危机，都不闻不问，不在思考之列。

这就是毁坏者的特征。他们在一个鼓励竞争的时代是颇有活动余地的，因为一切都得到了鼓励，有合理合法的遮掩，毁坏被说成了“开拓”，掠夺被说成了“开发”。

在一场可怕的放纵和掠夺之后，留下来的将是需要几代人打扫的狼藉。

1992.7.16

音韵，语言的天才。叙说与歌唱；足踏大地的行吟。

文本语言对于写作者而言，其自身当有一定的独立性、分离性，但这应该是适当的、毫不过分的。

生命的特质时刻规定着语言的音韵。音韵是对于语言特别敏感的人才会关注和理解的。一般的语言操作者只满足于把话说清楚、说漂亮，而从不去注意它的音质和韵律——如同音乐般的神秘回旋，在心灵的空间穿越。它的节奏、色彩和重量，都敲击在心上，引起震荡、喜悦或惊讶。

音韵往往不可言表。它的存在，只可以感受。它是一个生命的声律，随生命的波动而起伏，与生命的轨迹完全一致。一个生命在世界上运动的全过程，就是一首长歌，徐徐急急，高高低低，越过时间的隧道。一个生命的全部经历，它的曲折旅途，就像一场难以终止的叙说与歌唱。

人这一生，行走，倾诉，歌唱，直到生命的终了。每个人的音质和节律都不相同，但并非每个人都能自觉地感悟这种韵律。

而作为一个写作者，一个语言艺术家，却必须对此有敏感的思悟和把握。他应该自如地贴近生命的律动，随波逐流。一个写作者、文学家、诗人，本来就应该是一个足踏大地的行吟者。

他关注这吟唱，视吟唱为生命，并从这吟唱中展示生命的色彩和变化。

1992.7.18

深沉内向的艺术和缺少心智的艺术；水流与泡沫。

任何时代总有一些“喧哗的艺术”，这往往是极为活跃的一部分艺术家制造的。他们敏感地抓住了这个时代表层上的一切，但仅仅是一些漂浮物。他们是一个些于驱赶和拍打水面泡沫的仰泳者。这就产生了拍水声，产生了喧哗。

喧哗的艺术缺少触动实质的力量，只是更多地制造了热闹，吸引了一部分注意力，并可以吸引比较多的人参加进来。这种参与所需智力不高，难度不大，尽可以普及。

真正的敏感应该抓住、至少是触及时代本质的某些方面，比如一个时期人性的文化的风习的大层；仅仅是不断地、及时地回应一些即时性的喧嚷和浮躁，没有太大的意思。

人面对一个时代，的确需要用心去思悟。心与脑是有区别的，脑想敏捷迅速，条理清楚，明朗动人，色彩也绚丽。心想迟缓多了，混沌多了，有时思路还会冲突矛盾，但它会像雾气一样笼罩大地，极其仔细地润湿和抚摸万物。可是大雾终有消散的一天，到那时一切都将变得格外清晰，鲜亮逼人。由于要等待，要化解，要在徐缓的状态下挨蹭，所以并非所有人都有这份耐心的。

用脑与用心的方法不同，结果也不同。用心的艺术家很可能长期默默无闻，因为他不曾拨动过喧哗，也不曾参与过喧哗。但作为生命的一份沉重、一种大力，在时间的流动里，总会让人感到。因为他的确存在着。他用特殊的方式把握和左右生活，他是深沉内向的艺术家。

抛弃世俗的恐惧；独立自守的精神。在命运面前的谨慎。

人们有时不得不如此匆忙，处于十分尴尬的境地。在生活的喧闹中，那些灵快的反应和对策、机智的运作和表现，其实正是面对世俗的恐惧而自然生成的。这种恐惧是具体的、危及生活的、近在眼前的。这些恐惧任何人都不会视而不见，无动于衷。因为生存问题就是现实问题。

但一个艺术家完全专注于、过分专注于世俗得失，对现实生活的威胁、潜在的种种危机耿耿于怀，就不会有深远宏阔的思维，不会有邈远的艺术想象，就会丧失形而上的关怀。所以他也必须一度抛弃那些牵念，变得更自在一些——这时独立自守的精神才会发展强大，变得更有气度、更为敏感。

但没有恐惧的生命是浅薄的生命，没有恐惧的艺术家更是平庸的艺术家。问题是恐惧什么。那些杰出的艺术家只在命运面前谨慎，他们于无言中体悟，感受某种神秘难言的定数。

1991.7.20

事物的极端状态；某些艺术品的“虚假”。

“物极必反”真是一条不变的至理。我们可以多次观测事物的极端状态，发现事物每走到了一个极端，再运动就要走向反面，就要回流。如果停留在极端状态，也往往是与另一端仅距一步之遥。

特别真诚就近似虚伪，特别宽容又显得苛刻。再比如花束：某些制作的塑料或绢花走到了极端，看去几可乱真；而有一些真花，特别完美的盆花，又常常让人误认为是假花。

文学作品也是如此。许多作品因为太逼真了，直逼人性或社会的真实，欣赏者在一瞬间又闪过一丝怀疑，怀疑它的真实性。而有一些作品正好相反，由于非常虚假，与生活中常常呈现出的假象毫无二致，所以又给人以“真实无误”的感觉。

人们在对事物的判断中如何避免这种尴尬，走入真正的理性和真实，的确是个难题。但真实的显露，它的识别，最终也是一种必然。虽然时间会告诉我们一切，教给我们一切，但有时这判断又不能完全依赖时间，它需要我们尽快做出取舍——也正是这种时间上的局限和制约，使我们产生了不可避免的失误。

不断地从这个角度提醒自己，尽可能地放松、冷静，让心境变得清纯和达观，也许会稍稍好一点。

不仅对于艺术品，就是对于一个时代，有时也会犯下类似的判断错误。这种错误，将是分外严重和可怕的。

人们对这样的情景不会陌生：有人把最混乱、最荒谬的时代，歌颂为最光辉灿烂、最伟大的时代。这其中有献媚，有假话，却绝不仅仅止于此。有人就是做出了这样的判断。

1992.7.22

个人冲动；民众的直率的激情；比较和验证的方法。

生活中常常看到某些人的突兀举动，出乎预料，令人惊讶。这往往属于个人的冲动——行动者自己长期沉浸在一个世界里，已经走得很远。这爆发式的行为，在他那儿其实是一种必然，自有其内在的逻辑依据。

尽管每个人都生活在同一个时代，同一个大环境，有着大致相似的外部条件，但每个人所受到的具体刺激不同，有时差异大得难以形容。每个人的经历、心理状态及其他区别都很大。这些区别会造成人与人的难以沟通。他人就是他人，一个人就构成了一个复杂的世界。他可以是至为独特的，其内心生活、精神状态，与外部世界发生联系的方式，与他人完全不同。个人与客观世界发生了对抗，或者是强烈的对抗，这都不奇怪。

个人冲动的特殊性，无论怎么理解都不过分。它是令大多数人感到茫然、不可分析不可探究的一种心理结果。

但人们仍然还有不约而同的、大致相似的心情和心理。在一定的时期和环境中，这种情形可以表现出惊人的一致性。一种难以遏制和阻挠的情绪渐渐激烈起来，而且表达方式也非常接近——这或可称为民众的直率的激情。

民众直率的激情是难以否定的。它不是靠某一部分人的引导才出现的，也不可能是盲目冲动的结果。民众的激情大多数时候具有自己的真理性。

然而，个人冲动在某些时候是十分深刻的、不可替代的。它的可贵之处就在于是自主自为的，是一个生命的迸溅和冲决，需要真正的勇敢。个人冲动往往是民众直率激情的先声和引导，它陌生地走在了前方。个人冲动可以是盲目的，它的盲目性似乎可以被验证——在比较漫长的一段时间过去之后，人们不仅发现它与大多数人的情绪相对抗，而且更重要的是，冲动者自身开始了深深的否定和不安——由于缺少深刻的依据而无法持续，无法在心理和思想等方面找到连续的支持。

而有一些所谓的“个人冲动”，却会长久地保留和发展，并在一个较长的过程中变得充实有力，也更坚定了。它有坚实的内在依据。它是自己的、个人的，同时又是民众的。

1992.7.25

遥远的悲怆和切近的爱情；抽象的人。

生活过多地造就了两种人，而很少造成第三种人：一种人是彻头彻尾地悲观，他的悲凉的心情是真实的、并非矫揉造作的，而且常常能够感染别人。他的悲观不是浮浅的，而是有深度的，有哲学背景，也有经历和感触，即建立在深刻人生体验的基础之上。我们甚至无法简单地否定这种悲观。

但同时我们也知道，仅有这种悲观是不够的。生活毕竟不尽是悲观，不全是悲剧。它无助于人生的全面发展，无力推动生活、改善生存，相反会使人失掉创造的热情。没有了向上的热情，生活将多么可怕。所以说仅仅是充满悲观的人，也并不能导致好的、积极的人生。

另一种人近似于无知地傻乐，心无皱褶，从青年到中年再到老年，生活就是教不会他沉重。懊丧来临时，如果有机会挣脱，他很快也就回到了乐观。在他而言，这乐观也是真实的。他很少去想什么形而上形而下，而是生活在一个非常具体和现实的世界里。他驱除不快和懊丧的方法，永远是从世俗的角度入手，很快求得一个适合自己心情的眼前环境。他们不曾有过真正的远虑，对于“杞人忧天”这个成语中描绘的“杞人”，有十二分的不解和讨厌。他们特别讲究生活的眼前享受，尽量抓住当下。

这种人往往很普通，容易理解也方便沟通。他们如果也曾有一个比较远大的目标的话，那么这目标只会是比较现实可行的。

毋庸置疑的是，第二种人在很大程度上陷入了盲目。他们对生活和生命的理解过于简单化，当然也是一种肤浅。

与以上两种人不同的是，第三种人既有远大关怀的能力，又是一个从现实入手解决问题和分析问题的人。从根本上讲，他不乏悲悯的心情。他很容易理解眼下的生活，懂得具体的事物，也能爱一些很具体的事物。他知道具体的热情、爱恋，是支撑他生命的最宝贵的东西。他常常心怀遥远的悲怆，又有非常切近的爱情。他可以爱人，爱动物，爱自然，爱身边一切可爱之物，深深地投入自己的情感，流连忘返。他就是在这种生活中忘掉了悲凉，获得了力量，保持了一颗健康的心灵。

可惜第三种人太少了。而且第一种人与第二种人的简单结合，也并不等于第三种人。

生活中时常可以看到那些在一个领域愈走愈深的专家或学者，他们高深固然高深，但却逐渐告别了具体而鲜活的生活。他们渐渐待在一个抽象的世界里，变成了一个抽象的人，对一切具体的事物都失去了兴趣。

这也是人的悲惨。

1992.7.26

频繁而复杂的现代干扰；人性的历史脱节。密切与土地的关系。

由于影视声光等现代通讯传播工具高度发达，不可思议地改变了当代人的生活。从另一方面讲，这也是一场快乐的谋杀：人类在自身的创造中被阉割和异化，变成了陌生之物。人类或许已经无法为自身的行为负责，无法为自己的明天负责。

电视时代的市场经济、政治变动和商业流通、科技竞赛……一系列呈现复杂因果关系的事物，使当代生活变得极为紊乱难测。整个世界更为安全还是更为危险，已经难以判断。这种不测的现实主要是由不测的人性造成的。

因为在频繁而复杂的干扰之下，人性的历史已经脱节。人们已无法像过去那样考察和梳理人的变化、分析它的质地与轨迹了。人性之树失去了正常的土壤，它正畸型生长，改变，难以预料的因素多得不可胜数。人由动物间脱颖而出，经历了千万年的演变，人性的萌发、成熟、发展、保持，都有自己清晰而执着的历史。人性在大自然的培植下得到了常规性的发展和继承；而到了当代，这种继承性受到了致命伤害。

主要原因就是人类空前地脱离了自然背景，在拥挤的超级城市里生活，甚至如此终了一生。计算机、光盘多媒体、立体音响、高清晰电视，几乎所有给人类以方便的最新科技成果，都缩短和减弱了人类的听力和视力、手臂和双腿。人类与大自然、与土地，产生了空前的隔膜和距离。

现代科技的发展有一个积累和突破的过程；这个过程终于有一天突破了一个度，伤及人性的朴素和自然的属性，而且难以换回。这将是当代人类诸多难题和困境、导致未来灾难的总根源。

人类也许在这方面的觉悟和进而采取行动已为时过晚。但又不能放弃努力，不能束手待毙。所以人类唯一的出路仍在于借助记忆、记录，去恢复起一些“原来”。人与人、人与群体、民族和血脉、土地与家族、传统和宗教、神秘主义……从诸方面关系中梳理寻找，力求保护最有利于人性发展的那一切。

这样做是困难的，但舍此人类就不能康复，也不能存在。

1992.7.28

关心具体的痛苦和不幸；社会的不公道以个人痛苦的形式出现。

任何时候，惯于“大处着眼”的人总是太多。他们习惯于说“总的看”如何如何、“全社会”如何如何，而对于街头巷尾那些活生生的痛苦视而不见。

其实具体到一个村庄、一个城市街道，都有不少生活上难以为继、陷于绝境的人。在城区，每一个垃圾箱都有不止一个人光顾，他们靠拣拾里面的东西过活。

这些现象太多，多得让人习惯。流浪汉成群结队，长年宿在城区隐蔽之地，在立交桥洞。对于具体的贫民、流浪讨要群落，关心的人不多了。而一般市民和群众即便关心，也无力解决这么一大拨人的温饱。看来这必须由社会管理机构去承担，并化为它的日常工作。

这儿不存在财力人力物力不足的问题。因为我们各个机构都人手过剩，人力不成问题；从财力物力上看，政府的接待部门酒肉成河，进口的豪华轿车也排成了河，豪华馆舍也雨后蘑菇般钻出地面。看来物力财力也不成问题。问题在哪儿？问题只在于正常的人道不足，人心如冰，没有同情心，没有起码的道德义愤。

具体人的痛苦和不幸，就是全社会的痛苦和不幸。不幸和痛苦总要通过一部分人去显现。它实际上预示了每个人生活情状变迁的一种可能性。由于社会变故、各种各样的原因，痛苦和不幸选择了这一拨人，不一定什么时候又会选择另一拨人。这一帮痛苦者的上几代很可能是贵族，而今天的权倾一方者很可能上一代就是衣不蔽体的人。所以说世事变幻是无常的，有时还是极偶然的；他人的痛苦和哀伤应该也是自己的，或自己的一部分。

谁想得出那个满脸污垢的乞讨者在许多代以前就是另一个权贵的表亲或直系亲属呢？谁又想得出另一个衣衫褴褛者的前几世会是朝廷的重臣呢？

尊卑贵贱贫富这一类，在人类的海洋和时间的长河中不断互置，已经不可测知。我们拒绝帮助的痛苦贫寒者，极可能是个潜在的有血缘之亲的长辈或晚辈。所以说不必在贫富贵贱之间划上太深的壕沟，人类的幸福和痛苦本来就有着一致性，他人的欢笑或者眼泪，应该有着巨大的感染力。

评价社会生活离开了具体的人的痛苦和幸福，也就失去了标准和原则。社会的不公道总是以个人痛苦的形式表现出来的。如果越来越多的人内心有了哀伤，陷入了其他不幸，被苦难缠住，那么就很难说它“总的看”如何如何。乞讨和流浪比起有屋可居有饭可吃者，在数量上看常常居于少数；那么依此比例去“总的看”，任何社会都是充满幸福的、不需变革的，都可以颂歌长鸣——我们只凭常识就会知道，这是最荒唐的见解。

无论痛不欲生的人群多么少，我们都要关心、探问，理解他们的不幸与社会生活的关系、它的性质，并从中理解和判断社会生活的不尽如人意之处、不公道之处，并设法改变它，以不断地求得社会和人类的进步。

1992.8.6

专注于有意义的探讨；最糟的莫过于不能严肃认真地对待自己的激情。

应该专注于有意义的探讨。一个人常常在脑海中涌现一些东西，各种思绪经过时间的整理和归结，最后只剩下一些极感兴趣的题目。但有人可以把这些题目做到底，而有的人不能。他们的兴趣很快转移，刚刚着手不久又抛弃。这样闪烁不停，活络跳跃，结果是半途而废。

一个生命对于社会的价值，常常体现在它的专注性、执拗性。如果每个生命都能抓住自己感悟的一点意义，并且不再松脱，那么整个人类社会将会发生了不起的进步。可惜这样的生命太少。更多的是浅尝辄止，是兴之所至，随意敷衍；他们的个人兴趣更多地迁就一个时期的风气。其实个人的觉悟、对生命、对社会和自然的思索，并不总是与时风一致。

人是有激情的。来自生命之源的激情是创造的动力，是人世间最可宝贵之物。由于它是生命的摇撼和震动，就远远不同于一般的冲动。这种激烈动荡的情怀应该让其记住。

人面对着人类社会和自然社会，在人间万象、世故变迁之间，常有怦然心动的时刻。他在激动起来的时候会敏感有力地抓住自己的使命；他认为必须做出一点什么，否则就不算什么有价值的人生。他认为自己有能力有必要去贯彻和实践一种思路。他甚至在激动不安的那个时刻里，清晰地看到了自己努力的结局。他似乎下了决心。

但接续下来的日子，情况就会因人而异。岁月之水时缓时急，冲刷着肉体和心灵，让人在不断迎接中遗忘和记取，确认和改变。新的主意生成了，旧的计划放弃了。新的感激怀念像浪潮一样，把昨日激动全部覆盖。

这样下去，循环往复，没有终止，直到一切结束。

看来世上最糟的事情，莫过于不能严肃认真地对待自己的激情。激情的浪费耗失，是最为奢侈的。这样，也就没有了创造，没有了改变生活的力量，使生命力在游动漂移中变得轻如鸿毛。

1992.8.7

走出拥挤的人群之后；热爱自然的人与自然的清福。

很难设想一个人总是陷入拥挤的人群、纷争的人事关系中，会有什么清洁高远的思想。认真和入世是必须的，但这一切最终还要回到纯洁和远阔的胸怀上来。所以一个人在一定的时间里，应该也必须走出拥挤的人群。这之后就是另一番情怀，另一番感觉，另一种度角。回视这之前的一些争执、摩擦，其中大部虚妄。它的虚妄性，就在于背离了生命的意义和目的。

心理上的距离有时的确依赖于地理上的距离。要移动身体，要使自己到远方，到自然之中、到新的环境之中。思路会攀附新的事物走远，会有新鲜的、超脱般的欣悦。如果纯粹到一种自然的天地，那么心情和思路该有多么放松和真挚。不放松就不能真挚，不能愉悦。

大自然是善良者所依赖的。温柔和勇敢的人是有“故乡”的人。大自然是所有人的“故乡”，但并非所有人都有“故乡感”。他们其中有的遗忘了这个关系，有的干脆遗弃和嘲弄这个关系。他们即便走入自然的怀抱，也不曾有被拥抱感，而是用陌生费解的、疏离的目光去观察四周的一切。大自然柔长和蔼的触角最终也不会触摸他们。他们走开了，回去了，回到自己那个拥挤又昂奋的窝里。

只有热爱大自然的人才会享受自然的清福。幸福与幸福是有差别的。清福就是清静清洁清纯之福。与“清福”对应的大概还有“荤福”。“荤福”是耗人的，它不会养人，尤其不会滋养出挺拔高贵的人格。

人与自然互爱的结果，也是迎来清福的岁月。

1992.8.10

平和明静的胸襟；笃定的人有最多的勇气。追求安然。

比起另一些时候，现在的人要冷静平淡地享受日常生活是困难多了。没有什么独立完整的生活空间，现代生活的相互依赖性和联结性渗透性，使每一个角落都不得不跟从统一的节奏波动摇摆，让人受尽颠簸。

人的疲惫、焦灼甚至愤懑，皆由此而生。

即便那些宗教圣地，参观的人流，再加上电视电话录音设备等当代视听手段的涌入，也难以设想还会是一个闭门静修的清净之地。

看来寻求安静与平和，要害不再是寻找某一个绝尘场所，而是首先保持一个平和明净的胸襟。当代喧嚣在穿透各种心障的时候，情形当有区别。对于嘈杂无聊的呼叫，人应该筑起坚厚的心障，让其难以渗入。

如果人能够放眼历史和自然，在更为宽阔的参照中确立自己的人生理念，也许一切会从容安定许多。眼前的一些争执得失，包括一般而论的“重要损失”，大概都会减轻分量。这样做的目的并不是销蚀自己的斗争锋芒，折掉尖锐，而是增强生命的底力和元气。有了大的方面的参照，才能确信，所谓的艰辛其实只是不足道的短促，同时也会更为主动地走向真善美，并在整个过程中增加人的自觉性，对事物的分界和极限都有个了解。

实际生活中，尖声辣气的人并无多大勇力，而看去主意笃定的人才有最多的勇气。他们有气量有眼界，有开阔的视野，懂得世故而不世故，知世则更入世。这样的人一旦维护原则，确是最好的战士，是不会背叛和妥协的。正因为他们极少一般化的冲动，所以也是可以长久指望的中坚。

在急速的历史长河中，在时间的漫流中，短暂而多舛的生命是宝贵的。当它为永恒的东西去贡献的时候，才显出了真正的意义。人世间、自然界，有许多永恒存在着，人类为之探索、付出，一代一代延续。在这样的过程中，生命追求安然，期待和思悟着永恒，积蓄着勇敢和智慧，确是最好的状态。

1992.8.14

艺术家的自主性；商业时代的损坏与恩惠。

与十几年前的区别是，现在刚进入商品经济的试验中，文化开放度加大，竞争和适应环境的心理空前增强。要竞争和适应，就没有了“自主”的艺术。所以艺术家从现实角度讲，要存活就得适应环境，制造出有竞争力的、满足大多数消费者的作品；而从艺术的角度讲，要使一个艺术家存活，就得无视环境的冲击和其他一些要求，专注于自己的思考和追求，与商品社会的要求有一个距离。

没有艺术家的自主和自为，就不会有优秀的艺术品的产生。任何时代，艺术家强化个性的力度，都是至为重要的。

现在令人忧虑的是，我们可能被商品环境、被这个时期荡起的物欲之流席卷而去——不得不挖空心思包装自己，或顺应，或逆向，总之完全失去了自主的力量和信心。作品是操作和制作的产物，没有了心血和汗水，没有了灵魂，完全沦为职业化操作。我们甚至不再明白：为什么真正的艺术家会把自己工作的职业性降至最低，以至于使其成为生命的结晶？

商业时代的来临，对艺术和艺术家的损坏是显而易见的。它的残酷无情，与物质主义的携手合作、对精神的有力扼杀、推动人性中的盲目跟从和冲动，都是非常明显的。但是它对于艺术、精神的恩惠呢？这恐怕又不能得到充分的认识和肯定。

首先是它的开放性、多样化。这里不仅是物质创造和竞争的激烈，还有精神和思想存在与表达的活跃。这种相对自由和多元的色彩，本质上只能有利于思想家和艺术家，有利于他们的尝试和创造。时代的变革总是辐射出自己的文化意义，商品之河完全可以负载和运行自己的精神之舟。这是必然的、不必置疑的事实。

在一个更多比较、鉴别和试验的时代，有作为的艺术家将进一步加快成熟。无论是思想还是经验，都将迅速生成和积累。观察机会的增多，考验机会的增多，使其更有可能居于个性的一隅，发出自己的声音。

在各种各样有形无形、有声无声的召唤之中，如果一个艺术家能大致保持自己惯常的步履与节奏，就会显得极为有力。这是一种自然的状态、自然的艺术生涯，可是在一个剧烈嘈噪的环境中，就已经显得非常执拗、非常触目了。

1992.8.16

并非无聊的“现代主义”。命中注定的牺牲；领受集体光荣。

就一个民族文化艺术的历史和现实而论，或许会对新时期以来的中国式“现代主义”艺术评估失误。而且这种失误本身，有时也算是眼光尖锐、卓有见识。从局部或全局，这种评估都是正确的。但失误的原因何在？

他们认为处于模仿阶段的“现代主义”既然是无根的，那么一切都无从谈起。模仿从“形式”入手尚且不足论，如果从“形式”转入对“主义”的模仿，那简直就不仅无聊，而且还有害。这种从“形式”到“内容”的虚假、做作、矫情、苍白，似乎是非常明显的。

从“现代主义”的试验者而言，操持者大多是新时期文学阵容中的“后生代”，他们的人生内容相对单薄，也是开放以来受舶来品之惠较多、处于胃口极佳的生长期。从吸收和释放的规律上看，给人不信任感是必然的。因为艺术、诗，说到底还是一个生命对世界强烈冲撞的产物，是它的激情。激情不可以学习，不可以从技术入手移植。这种移植从本质上伤害而不是强化了生命的感动。

但问题远不止那么简单。首先，新时期以来对现代主义的模仿不是偶然而是必然，是中国作家对僵死刻板的文学实行突围的一部分。这其中就包含了生命的冲动。

其次，这种“移植”或“模仿”激活了当代文学，给整个文学创作提供新的经验和参照，瓦解了各种板结。它为另一种新的、更本土也更成熟的民族文学提供了养料，催其成长。真正的艺术必须是民族的，而今天“民族艺术”这个内涵已丰富得多宽阔得多。它不再是粗疏简陋的俚语小调，而是充分融合了时代精神的、深邃博大的作品。

从这个意义上讲，新时期以来的“现代主义”作品并非是无聊的。它是汇入合唱的清新的旋律，是巨幅绘画中多彩的一笔。

在整个当代文学的发展和成长中，“现代主义”的移植和模仿做出了极大的牺牲。它们由于先天因素，由于选择本身，造成了命中注定的牺牲。它将领受集体的光荣。

1992.8.19

思考和反省的艰难。在大量感觉中建立相对的重点。

一个人好像随时都可以思考和反省——其实人远没有这样的自由，他在很多时间里被剥夺了这样的权利。

在紊乱的当代生活中，人要奔波和应付，满足周围世界对他的各种要求，思绪在大量时间里是急躁紧张和被动的。有时围绕某一问题的思索好像是自己的、自主的，实际上仍是被迫的、他人的。一种独立的思考，特别是关于自身的反省，需要相应的自身条件和外部环境。

思想的闲暇和身体的闲暇不是一回事。人被大量的现代问题所焦虑，就会有焦思的痛苦。人不得不思索一些原本不愿动脑的问题，不得不设法对应客观世界。世俗的扰烦频频而至，更根本更远大的思考不得不退居角落。人没有空闲去反思关于生活、自身的一系列问题，也不可能有比较周全的总结。人在一些重要的问题上深入不下去，而要被迫把目光收束近前。

这样一来，人就不能在大量感觉中建立自己相对的重点。方向和重点都被迫移动，人的行为也就走向了盲目。当代生活的混杂、虚妄、荒谬，在很大程度上就是由个人的盲目交织而成。这样反过来又作用于个人，形成恶性循环。

人要有强大的自主性，并以此遏制干扰，制止自身滑向种种世俗要求的运动惯性。

1992.8.20

诗人与人口的比例；土地的器官。文化的代表和产儿。

谈到诗人的珍贵和缺乏，有人往往会感到费解。他们自觉不自觉地以欧洲或其他人口较少的国家去比较，认为十几亿人口的大国，真正的诗人应该多得多：既然吟唱是一种生命现象，我们这片土地上有这么多生命，为什么就不能产生更多的卓越歌手？

好像是对的。其实这里有个比一般想象和推导复杂得多的问题。同一片土地，面积再大，也仍然只是一片土地。一片土地生长着它自己的器官，即诗人。如果一片土地是小的，那么它也仍然要生长出自己的器官。尽管比较起来，土地有的肥沃，有的贫瘠，但大致的原理是不会变的。

土地是文化的分割和标界，一种文化对人的培育是相同的；而同一种文化在接受外来刺激时，产生的反应、滋长的因素也大致相同。无论有多少人口，只要是同一个民族、受同一种文化的饲喂，那么这种文化就要有自己的代表者。它派出的各方面的代表，即便在数量上多一点，也不会多到按人口比例增殖的地步。

一个人数较少的民族，如一千万人口的国家，在一个世纪的时间内产生了两个优秀诗人，那么等于每个世纪产生五百万分之一的优秀诗人。按这个比例，中国在一个世纪内要产生多少优秀诗人！这样换算当然是荒谬的。

诗人仅是同一片土地、同一种文化的代表和产儿。

1992.9.11

讲述人类经验中的某一个方面；比较和加强。轻浮的当代创作。

现在长期专注于研究某一领域、体验某一主题的创作者越来越少了。他们主要是迅速地写出手头的东西，然后再写其他，既“丰富”又“多产”。

这样的著作可能很快消失。因为它没有讲述出人类经验中的某一个方面。

在人类漫长的历史中，有许多方面的经验，它们或许芜杂，有时掩埋着，需要挖掘和考查。然而，所有经验都是弥足珍贵的，不加以提炼，就会遗失和腐烂。它们有可能生长在日常和当代，也有可能存在于以往。它们更多的是在某一段历史中蕴涵，在某一个群落中生存。即便抓住其中微小的一部分，也需要一个人付出毕生精力，需要全神贯注。

那些在自己的著作中抓住了某种意义的，时间会告诉我们。它们必有重量，于是在大量满天飞翔的读物中，终有一两本落定下来。这样的文字一定有内容、含宝贵金属。

只有真正的、不被掩埋的人类经验，才可以用来进行比较；比较的结果是人类聪明了，获得了发展。这种多次的、反复的比较中，会有美好的东西得到鼓励和加强，而糟粕将被扬弃。人类生存中，最宝贵的是经验。真理、逻辑、理性，也要来自经验。当代创作是相当轻浮的。那些匆忙制作的文字除了干扰人们的思索，使混乱中增添更多的混乱，连腐败沤制的资格都没有。它们起码是不认真的，更不必说犀利的目光和穿透力。没有基本的认真态度，也就只剩下了游戏和嘈杂。这样，庄严的工作没有了，写作者最终沦为插科打诨的角色。

1992.9.16

埋藏起孤独和忧愁。走向开阔的生活；创造和劳动的无穷魅力。

挥之不去的懊恼。它纠缠着、侵扰着。没法拒绝，就像没法拒绝喜悦的心情一样。可是喜悦的心情能够伴随人的行走，而懊恼附加在人的身上，人就无法迈开步伐。

且埋藏起孤独和忧愁。把它遗在原地、滋生之地，迈开大步走向开阔的生活。到思念和现实的遥远之地，那里足可以吸引我们的视线。目光在阳光里变得柔和起来，心情安定自然。

在嘈杂的人群中，一个人是会孤独的。在空洞的欢笑中，一个人是会忧愁的。这是现代生活的特征。

生活失去了最初的质朴，深深的隔膜和频仍的伤害同时存在。

个人已经无法搬开心灵与心灵的阻障，无法回避和预防。人求助的只能是远离，只能是把目光投向更遥远的地方。

在一切的方式中，一切有效的方法中，唯有创造和劳动才有无穷的魅力。在这样的岁月里，那些纠缠、无谓和无聊的扰烦，都会像一种短促的细菌一样，随着时间的延续而自行消亡。而当再一轮细菌袭来时，人的免疫力已经大大增强了。

目光永远注视前方，在各种与人生伴随的忧烦围困下也绝不停步。这既是对无聊的藐视，也是前进的必须。走向远方，走向心灵呼唤和确信的远大目标，才是人生的欢乐，永久的欣悦。

这欢乐滋养着一个人，使其变得洁净而高大。

1992.10.11

再版后记

这是一部二十多年前的“言说”记录，今天再版，让我未免踌躇。也就是记录下这些文字的时候，恰好正是我开始写作三十九卷小说《你在高原》的日子。现在展读它们，让我有一种往昔重现和历历在目的感觉。

我惊讶地发现，那时的我有多么年轻和率直，也更有勇气。我的稚弱和简单是存在的，但它们是不必遮掩的。这只是一份青春的记录，劳动和思索的记录。

我由此重温那些火热的白天和夜晚，感慨万端。

这次再版，我除了将当时个别的误植和错记改过之外，尽可能地不动一字。

《你在高原》中有一个人物，他这样概括自己年轻时的状态：“茂长的思想，浩繁的记录，生猛的心身。”

人在时光中前行，却又未必能将往日的收获一一携带。这也是一种遗憾。

2011.10.19　于万松浦

出 品 人：许　永
责任编辑：许宗华
特邀编辑：雷　彬
责任校对：雷存卿
装帧设计：海　云
印制总监：蒋　波
发行总监：田峰峥

投稿信箱：cmsdbj@163.com
发　　行：北京创美汇品图书有限公司
发行热线：010-59799930

创美工厂
官方微博

创美工厂
微信公众号